AV

Titelvignette: »Kinder Geld zählend«, Lithographie von Murillo
Vor- und Nachsatz: »Erst Zoll bezahlen«, Lithographie von R. Brendamour nach einem Gemälde von Hans Dahl

Eine Gemeinschaftsausgabe von L. Staackmann Verlag KG · München
und Österreichischer Agrarverlag, Wien

Gesamtherstellung: Wiener Verlag
ISBN 3-88675-024-8

Peter Rosegger

NOVELLEN II

Von jungen und alten Leuten

L. STAACKMANN VERLAG KG · MÜNCHEN

Volkslied

Es springt ein guldener Bronnen
Aus heißem Herzen auf,
Und spiegelt in der Sonnen
Des Menschen Lebenslauf.

Es steigt ein ewiges Klingen
Zu Gottes Himmel an,
Das Höchste muß man singen,
Weil man's nicht sagen kann.

Kein Adler mag sich heben
So hoch zum Himmelszelt,
Als deine Lust am Leben
Im Jauchzen aufwärts gellt.

So tief legt sich der Müde
Zur letzten kühlen Rast
Als du dein Leid im Liede
Zur Ruh' gebettet hast.

Inhalt

Im vorliegenden Werk werden die Novellen von Band I fortgesetzt.

Vorwort

Auch dieser Novellen-Band soll durch Peter Rosegger selber, mit einem Brief des jungen Dichters aus dem Jahre 1870 an seinen Jugendfreund August Brunlechner, eingeleitet werden. Sein Freund hatte ein Wirtshaus im Schladnitzgraben besucht und an den dort bemerkten Derbheiten Anstoß genommen. Rosegger nimmt sein besorgtes Schreiben zum Anlaß, ihm humorvoll zu erläutern, wo er den sein Schaffen inspirierenden Gestalten und Menschenschicksalen begegnet.

Du guter, sehr guter Brunlechner, Du suchest die Poesie der Dorfgeschichte in allen Ecken und Enden der Bauernhöfe und Kneipen! So und gerade so hat weiland Diogenes am hellichten Tage die Menschen mit der Laterne gesucht. Diogenes fand keine Menschen, Brunlechner keine Poesie in den Winkeln und Kneipen! Weil Du selbst davon redest, so vermute ich, daß Du heute außergewöhnlicher Weise Interesse an dem Thema hast; ich will Dir demnach die Kunde tun, wo ich die Poesie des Landvolkes finde, und zwar in solcher Macht und Hochheit finde, wie ich nie im Stande sein werde, sie wiederzugeben. In den Winkeln und Ecken und auf Dunghaufen und im Dunst- und Wollustbrodem der Kneipen nicht; das vorläufig. – Wenn Du in einem verlornen Tale des Hochgebirges, wo man nichts sieht von der Welt als das Schönste, die Natur, wechselnd in allen ihren Gestalten der Tages- und Jahreszeiten, geboren bist und dort 20 Jahre lebst und mit allem gleich harmonierst und fühlst und denkst, so wirst Du wunderbare Dinge erleben. Du wirst Menschen geboren werden, sich finden und lieben und hassen und sterben sehen. Da gibt es kein lieblicheres Bild auf Erden, wie wenn das Büblein und das Mägdlein Arm in Arm durch wüsten Wald und über Schneefelder zusammen in die Schule gehen, und wie sie so aufwachsen und sich zugetan bleiben in unverdorbenem Gemüte und wie sie sich unendlich lieben, ohne daß sie es wissen. Und so habe ich bisher in meinem Leben auch noch nichts Pakkenderes, Erschütternderes gesehen als den Bauer, der in der stillen Vorkammer seines Hauses beim Lämplein aufgebahrt liegt drei Tage und Nächte, und die Angehörigen und die Nachbarn kommen und wachen im Hause und beten und singen; und da kommt ein kleines, behendes Mäuslein über das Brett gelaufen und sieht mit seinen hellen Äuglein den Toten an und dann geht es wieder langsam zurück; es wagt sich nicht über die Leiche! Und dann geht der Mond auf und strahlt still durch das Fensterlein dem Toten ins Antlitz. – Die Schicksale der armen Menschen ergreifen unser Gemüt mehr, wenn sie sich mitten in der stillen Erhabenheit der Natur allmählig und unabänderlich abspinnen, als wenn wir dieselben in Städten bei gebildeten, zum Teil blasierten Menschen betrachten. Hier ist alle Weihe jenes Geheimnisvollen weg, die unsere Seele in der Natur mit solch unsäglichen Wonnen erfüllt. – Der Wert des Menschenherzens bleibt sich gleich in der Stadt wie im verlorenen Gebirgstale; wenngleich der Landmann ein stumpferes Denken hat, so hat er kein stumpferes Fühlen als der Gebildete; ja, es ist ein Faktor da, daß sein Fühlen und Empfinden für andere Menschen konzentrierter und heftiger ist. Der Landmann kennt nicht die Schönheit der Kunst und er hat auch keine Ahnung von der Größe und dem Wunderbaren der Natur. Er lebt 80 Jahre in der Herrlichkeit des Hochgebirges und wird sich der Herrlichkeit nicht bewußt. Die Gewalten seines Herzens lenken sich also gewöhnlich nur auf Menschen und äußern sich in den wildesten Leidenschaften. Das ist gewiß ein Vorteil für die Dorfgeschichte, umsomehr als – nein, Brunlechner, ich will schweigen; derlei für Dich nicht interessante Auseinandersetzungen hast Du durch Deine harmlose Bemerkung gewiß nicht verdient.

In aufrichtigem Galgenhumor Dein *P. K. Rosegger*

Die Harfe im Walde

Die Gegend ist fremd, der Wald ist finster und abendlich, die Wege verrinnen in den Schluchten, an den Hängen, in den Dickichten – und wir haben keine Zuflucht. Über den Almen und Felswänden hängen die Wolken, die schweren, hochsommerlichen Wolken. Die Bäume wagen sich nicht zu rühren, denn in ihren Zweigen schlafen die Vögel.

In den Tiefen rauscht der Waldbach; – wenn in den Tiefen so sehr der Waldbach rauscht, sagen die Leute, dann kommt ein Sturm.

Wir wollten hinüber zum Kirchlein des heiligen Hubertus, das im Walde steht und den Waldleuten am Tage des Herrn als Versammlungsort dient. Nun ist keine Zeit dazu. Laßt jetzt auch das Suchen nach Himbeeren und Alpenrosen – es fallen schon die schweren, eiskalten Tropfen.

Ein mattes, plötzliches Hinleuchten zwischen den Stämmen – da beginnt es hoch oben zu rollen, rauh und schwer, wie das Aufatmen des Himmels, dem der Alb auf der Brust sitzt. Jetzt werden die Bäume wach. Sie schlagen mit den Ästen um sich, das Gevögel schreckt auf. Der Wald rauscht, hoch in den Wänden tost der Widerhall – über den Wipfeln kreist der Habicht, der bringt den Sturm.

An uns Eilenden huscht ein Mann vorüber, eine schwarze, verwilderte Gestalt mit einer Flinte. Plötzlich steht er wie gebannt, lauert, kauert sich zu Boden und richtet den Lauf des Gewehres in die Luft. Wie von seinem glühenden Auge entzündet, kracht der Schuß – aus den Lüften nieder stürzt der Habicht. Das Tier fällt an den Bäumen langsam von Ast zu Ast herab und bleibt endlich hängen über dem Haupte des Schützen. – Am Felshange fliegen die Wolken herab. Der Mann klettert auf den Baum wie eine Wildkatze, faßt mit den Zähnen den toten Vogel, springt zur Erde und eilt durch Wald und Wettersturm der Hütte zu.

Die Hütte steht zwischen uralten Fichten; vor derselben sind rauchende Kohlenmeiler, der Bretterbarren und der Ziegenstall; hinter ihr der brausende Bach.

Und aus dieser finsteren Hütte schimmert zu den kleinen Fenstern Licht heraus in die große, wilde Welt. Die Türe ist verschlossen, der Mann rüttelt: »Kilian! Mach auf, die Räuber und Mörder sind da!«

»Erschreck du einen andern«, sagt hierauf eine Stimme von innen. »Ich kenne dich wohl, du bist der Hans.«

»Und darf der Hans in dieser Nacht bei dir sein?« fragte der Ankömmling. Die Türe ging auf, der Kohlenbrenner stand da und sagte: »Bist gern gesehen.«

»Sollst es nicht umsonst tun, ich geb' dir ein paar Pfeifen Tabak.«

»Die paar Pfeifen Tabak nehme ich«, sagte der Kilian, »aber für das Dableiben wirst nichts schuldig. In so einer ungestümen Nacht ist's kurzweiliger, wenn zwei sind. Die Brautleut' sind nach Feichtau gegangen und noch gar nicht daheim, die stecken sich bei dem Gewitter heilig unter einen Tannenbusch.«

Der Köhler, der das sagte, war eine große, derbe Gestalt, deren Gesichtszüge unter dem dichten Kohlenruß kaum zu erkennen waren. Seine Augen schauten offen und sanft. Er stak in einem weiten Lodenkittel, die Schenkel umspannte eine verschlissene und versengte Lederhose, vom Knie abwärts waren die Füße nackt bis auf die Holzschuhe. Er warf Äste und Kohlen in sein prasselndes Herdfeuer, welches den vorderen Raum der Hütte durch den Rauch mit flakkerndem Rot erhellte. Zu Fuß des Herdes war ein beweglicher Holzbalken, und so oft der Mann auf denselben trat, sprühte und lohte das Feuer in heftiger, blauer Flamme auf. An der berußten Holzwand hingen unter Haus- und Küchengeräten große Hämmer, Zangen und Hacken, und neben dem Herde stand ein kleiner Amboß.

Der Köhler ist hier auch Schmied. Er schmiedet den

Holzleuten im Edelwalde ihre Äxte, Beile, schärft ihre Steigeisen und Sägen – er ist der Geschicktesten, Fleißigsten und Wichtigsten einer im Walde. Auch ist ihm was dafür geworden.

Hinter seiner Werkstatt und Küche – das ist eins – hat er eine recht geräumige Stube, da drin steht ein halb Dutzend Lehnstühle um einen langen Tisch herum. An der Wand sind Reh- und Hirschgeweihe, von denen des Köhlers Töchterlein seiner Tage meinte, sie wären aus dem Holze herausgewachsen. In der Tischecke ist das übliche Heiligtum – ein rauhgeschnitztes und hellbemaltes Muttergottesbild. Darüber ist allweg ein Kranz von Tannenzweigen oder Preiselbeersträuchern gewunden, im Frühjahre auch von Eriken, im Sommer von Farnkräutern und Alpenrosen, im Herbste aus Enzianen und Edelweiß – im Winter schmiegt sich ein kunstvolles Gewebe von farbigen Moosen um des Hauses Heiligtum.

In dieser Stube treibt Kilian ein drittes Gewerbe. Dort im rauchgeschwärzten, aber reichgeschnitzten Kasten – der ist aus alten Tagen, heute schnitzt man weder in den Städten, geschweige im Walde so kunstreiche Möbel – stehen große volle Flaschen und ringsumher, wie durstige Zicklein um die Mutter, kleine Trinkgläser.

Agnes, des Köhlers Töchterlein, ist in den Herbsttagen durch Gehege und Geschläge gegangen, hat Vogelbeeren und andere Beeren und Steinobst und Gewurzel gesammelt, und der Vater hat neben den Meilern einen kleinen Ofen gebaut, einen Tonkessel mit langem Rohre darüber eingemauert und in diesen Kessel die Waldfrüchte getan, hat alles fest verklebt und verschlossen, darunter Feuer gemacht, vor das Rohr eine Flasche gestellt und gerufen: »Jetzt, wenn ein guter Geist drinnen ist, so komme er heraus, ich beschwöre ihn!«

Also ein Geistesbeschwörer? Nein, ein Branntweinbrenner. Aus dem langen Rohre begann es vorerst zu dunsten, dann zu tropfen, und endlich floß ein helles Brünnlein in die Flasche. Das war Kilians drittes Gewerbe.

Und wenn dann die Holzer, die Pecher, die Hirten, die Würzner und Kräuterer, die Jäger und auch die Wilderer kamen, so setzten sie sich an den Tisch und redeten von dem und dem, was da im Walde war und nicht sein sollte, oder nicht war und sein könnte, oder auch was recht war, daß es war, oder recht war, daß es nicht war. Kam dann allemal der Kilian herbei und fragte: »Mögts einen?« Und sie darauf: »Gib her einen.«

Dann schlugen sie für das funkelnde Gläschen auf den Tisch die Münze hin, so fest, als wollten sie dieselbe vor dem Weggeben noch in Holz abprägen. Und das Wirtsgeschäft war Kilians viertes Gewerbe.

In der Köhlerhütte, Schmiede, Branntweinbrennerei und Schenke ging's denn auch immer recht lebhaft zu. Da saßen sie stundenlang, nächte-, ja oft tagelang zusammen, die rauhen wildbärtigen Wäldler; jeder hatte sein Griesbeil neben sich lehnen und in der rechten Hosentasche ein langes, blitzendes Messer stecken. Manchem davon wäre auf entlegenem Waldweg nicht gut begegnen, sagen die Jäger. Der rechte Waldmensch mag unter allen Raubtieren den Jäger am wenigsten leiden. Der schießt ihnen den Braten vor der Nase weg und läßt, wenn er kann, die so Benachteilten noch einsperren. Der Wäldler beichtet und betet, arbeitet und fastet, ist ein guter Kerl, aber dem Jäger trotzt er bis aufs Messer. Gegenseitig mögen sie sich aus purem Jähzorn erschlagen, aber den Jäger morden sie mit Vorsatz. Wildschützen sind sie, und ginge es um Erd' und Himmel.

Jetzt, da Kilian den Hans in die Stube führte, war sie leer. Der Köhler nahm dem Gast die Flinte ab und verbarg sie unter einer Diele des Fußbodens.

»Magst einen, Hans?«

»Hast einen rechten Beißer, so gib ihn her.«

Der Köhler steckte einen brennenden Span in den dazu

bereiteten Wandhaken, brachte Schnaps und sagte: »Ich glaube schier, du hast dir heute keinen verdient.«

»Wesweg meinst das?« fragte der andere.

»Weil du nichts, als wie den Wettergeier bei dir hast.«

»Glaubst du«, sagte der Hans, »man fängt die Rehböcke und Gemsen so unter den Steinen heraus als wie die Regenwürmer? Ei ja, wenn diese kreuzverfluchten Jäger nicht wären! Aber heut' sind sie dir wieder den ganzen Tag im Wald herumgestreift wie wütige Füchse. Und wenn einer einmal so Jahr und Tag im Kotter sitzt, wie ich, nachher fährt er nicht mehr so hitzig drein. Probier's nur selber. Wär' dir heute recht gut zu Schuß gekommen. Steht so etlich sechzig Schritt vor mir ein Vierzehnender, ein sakrisch Tier! Ich mich gleich hinter den Busch niedergelassen und zur Wange fahren, ist das erste. Paff! schnalzt es auf der anderen Seite und der Bock stürzt hin. Vermaledeit! denk' ich – grad daß ich nicht geflucht hab' – muß ein Jäger da sein. Sehe ich auch schon den Franzinger, wie er dem Tiere zuläuft. Jetzt, Franzinger, jetzt kommst mir zurecht, denk' ich, jetzt zahl' ich, daß du mich in den Arrest hast geschickt! – Und leg' den Finger an den Hahn. Weiß der Teufel, wie mir jäh sein Kathel einfällt und die Kinder, zittert mir der Finger am Hahn. – Kathel, denk ich, dich hab ich einmal gern gehabt, und ist dir auch der flott' Jägerbursch lieber gewest wie der arme Hans, ich trag dir's nicht nach, ich hab dich einmal gern gehabt. – Und schieße nicht. Bin durch den Anwachs gefahren, als hätte ich das wilde G'jaid hinter mir. Was schieß' ich heut', daß mir die Kugel im Rohr nicht faul wird? Da seh' ich den Geier und brenn' ihn herab. Sollt' eigentlich der Franzinger sein. Magst ihn haben, Kilian, nagle ihn auf deine Hauswand, wenn du willst, nur die paar Federn behalte ich mir, und noch was.«

»Ein sauberer Vogel«, meinte der Köhler. »Ich mag ihn schon; mein Hühnervolk wird sich freuen, wenn es den Geier auf die Wand genagelt sieht. Dank dir Gott, Hans.«

Als der Köhler hinaus zu den Meilern nachsehen ging und der Hans allein in der Stube war, zog er sein Messer aus der Tasche, stach dem Habicht die Augen aus und verzehrte sie.

»Hast auch den Glauben«, sagte später Kilian, »daß gegessene Geieraugen dem Schützen einen recht scharfen Blick machen?«

»Ich habe gar keinen Glauben«, versetzte der Hans. »Ich weiß es; Geieraugen sind allemal ein sicheres Mittel für so was, aber gut müssen sie sein.« Er führte die Sache nicht weiter aus, er warf den Vogel unter die Bank; dann zündete er die Pfeife an, ließ sie aber wieder ausgehen. Er starrte finster auf den Tisch. Die Spanflamme schüttelte sich hin und her, als sei sie nicht recht einverstanden mit dem, was der Wilderer denkt.

Draußen braust der Wettersturm. Man hört die Bäume rauschen und die Wipfel krachen – die Wände des Hauses ächzen; der Bach braust, und bei dem Leuchten der Blitze sieht man sein wachsendes Fluten und Anprallen an die Steine und Überquellen aus dem Ufer. Die Donnerschläge mögen bald verhallen, die Regen versiegen, die Wetter vergehen – als Herr bleibt der Wildbach. Wer hat dem Köhler erlaubt, hier seine Hütte aufzustellen? Fort damit! Ein Steinwall nimmt sich noch der armen Köhlerei an; der Rasende zerschellt an ihr und schäumt wütend dahin, hier einen Baumstrunk, dort ein Stück Erde mit sich reißend.

»Der Mensch wird rauschig, wenn er zu viel Branntwein trinkt, der Bach, wenn er zu viel Regen trinkt«, sagt der Kilian. Er weiß es, morgen ist das Bächlein wieder klar und klein und hilft ihm die Kohlen löschen und den Schnaps kühlen und leugnet alles, was es heute getan.

Der Kienspan verlosch, aber im Herzen brennt es fort.

Draußen wurden mehrere Stimmen vernehmbar. Der Kilian ging, um zu sehen, und rief: »Seid ihr endlich da, ihr verdankten Leut' ihr! Gott Lob und Dank, daß ihr da seid.«

Ein junges, heiteres, erwachsenes Mädchen und ein ebensolcher Bursche kamen in triefenden Wettermänteln hereingestolpert.

»Na, heut' wohl, Agnes!« rief der Kilian. »Heut' hat's dir den Brautkranz wohl aufgefrischt. Was hab' ich denn gesagt zu Mittag? Hab' ich nicht gesagt, es kommt was? Es sind die Gelsen so ins Feuer geflogen. Jetzt macht euch zurecht, ihr Lotterer ihr! Die Dirn' weiß Bescheid; und du, Baldl, häng da deinen Wettermantel über den Herd; wie deine Haut trocken wird, sieh' selber zu.«

»Aber nein«, rief das Mädchen. »Aber so was, da! Ich bin ganz zusammengeschlagen vor Schreck!«

»Was hast du denn wieder für einen Schreck gehabt?« fragte der Vater.

»Geistern tut's schon wieder oben bei der Huberts-Kapelle. Daß ich euch nur sag': 's ist die Nacht und der Regen da, wie wir vorbeigehen. Stehen wir unters Dach, sagt der Baldl. Ist mir nicht lieb, sage ich, bei der Kapelle tut's gern einschlagen. Hat der Übermut drauf noch gesagt, ein bissel Feuer wär ihm lieber, wie so viel Wasser – so eine Sündhaftigkeit sagen! Und wie wir unter das Dach springen wollen, sag' ich: bleib stehen, Baldl! Hab' ich so ein Summen und Klingen gehört in der Kapelle, gerade wie wenn von weitem Glocken täten läuten. Hab' den Baldl zu mir gerissen und sind durchs Wetter herabgefahren wie nicht gescheit. Und jetzt verspür' ich erst den Schreck.«

»Ihr seids zwei Kinder und wollts schon heiraten«, sagte der Köhler. »Wo habt ihr aber den Pechhacker gelassen?«

»Der ist zu seinem Mardereisen nachschauen gegangen, muß bald da sein.«

Die zwei Leutchen, die hier so naß geworden waren, hatten heute einen sehr schönen Feiertag gehabt. Sie waren in Begleitung des Pechhackers drüben in der Feichtau beim Pfarrer gewesen. Der Baldl ist unter den Holzleuten im Edelwald der Meisterknecht oder Vorarbeiter. Er ist im

Holz geboren und kennt sich in demselben aus wie ein Borkenkäfer. Wie er Vorarbeiter wird, fällt's ihm auf einmal ein, er will auch eine Vorarbeiterin haben, und geht in die Köhlerhütte und schürt Kohlen, und geht in die Schmiede und schmiedet das Eisen, so lange es warm ist. Da ist lange hin und her geredet worden, haben etliche Gläschen Branntwein dabei getrunken, und der alte Pechhacker, des Kilian Gevatter, hat bei diesem Reden und Raten vor lauter Sinnen und Grübeln ein neues Pfeifenrohr zerbissen.

Endlich ist alles richtig worden; in einer Woche ist der Ehrentag in der Feichtau beim Wirt, da, verhoff' ich, wird der Gevatter wieder zu einem neuen Pfeifenrohr kommen.

In der Luft war es endlich wieder still geworden, nur von den Bäumen rieselte es nieder. Die Meiler draußen, die waren nach dem Regen schwarz wie vor demselben. Nur der aufsteigende Rauch ist jetzt in der Nacht schier weißer als sonst.

Endlich kam der Pecher heim. Aber er kam nicht allein, hinter ihm humpelten ein Mann und ein Weib in fast fremdartiger Kleidung; mit den seltsamen Päcken, die sie mit sich schleppten, stießen sie an die Türpfosten, daß es klirrte.

»Holla ho, Hochzeitsleut'!« rief der lange, hagere Pechhacker. »Lustig sein, ich bring' die Musikanten mit!« Damit warf er einen breiten Filzhut auf die Bank, daß es spritzte.

»Was hast denn du für zwei Fledermäuse bei dir?« fragte ihn der Hans, auf die abenteuerlich aussehenden Fremden deutend.

»Die hab' ich da oben in der Kapelle aufgestöbert – über und über naß, unter und unter schier erfroren. Haben im Gebirg' den Weg verloren, sagen sie, und in der Kapelle übernachten wollen. Das geht nicht, hab' ich gesagt, ich hab' ein großes Vertrau zu dem heiligen Hubertus, aber ich glaub', bei Menschenkindern tut euch diese Nacht besser. Es geht ein eiskalter Wind, weil es auf der Scharnhöh' gehagelt hat, und das Weibel sag' ich, schaut ohnehin schier einer kranken Henn' gleich. Der Kilian da unten, sag' ich, nimmt euch über die Nacht schon in sein Haus und kocht euch eine warme Suppe – wird keine Schwierigkeit setzen.«

»Eine warme Suppe können sie schon haben«, meinte der Kilian, »aber mit der Liegestatt wird's heut' schlecht ausschauen.«

»Nein, nein«, murmelte jetzt der Mann in fremder Kleidung – er war betagt und hatte eine heisere Stimme – »für mich ist alles gut, auch auf dem Fußboden schlaf' ich; aber die Meinige da, die ist mir krank worden, für sie tät ich wohl um ein warmes Nestlein bitten, wenn es sein könnte.«

»Wohl um Gottes willen!« flehte das Weib und faltete ihre fiebernden Hände.

Das war schon durch und durch ein nasser Abend, auch in den schönen veilchenblauen Augen der Agnes gab's jetzt Wasser. »Das ist ja leicht«, sagte hierauf das Mädchen. »Die Frau schlaft oben auf dem Dachboden in meinem Bett, und den Bärenpelz drauf; dafür bleibt der Mann bei uns in der Stube und zieht dem Ding da die Pfaid ab.«

Sie hatte bemerkt, daß der Alte in seinem Sack eine Harfe stecken hatte. Der Baldl sah seinen Vorteil und unterstützte den Antrag des Mädchens. Und so wurde es. Das fröstelnde Weib trank aus der hölzernen Schale warme Ziegenmilch, dann barg es mit Sorgfalt sein Instrument, es war eine zweite Harfe, in die Ecke, sagte allen eine gute Nacht, ließ sich auf den finsteren Dachboden führen und legte sich ins Bett unter den Bärenpelz. Der Alte hatte seinem Weibe noch nachgeschaut und dann gesagt: »Was ich froh bin, daß sie zum Schlafen kommt; ich tue, was ihr wollt.«

Fürs erste wollten sie, daß er sich in ein trockenes Gewand stecke, dann, daß er ein Glas Branntwein trinke. Dann zündeten sie einen frischen Span an und setzten sich um den Tisch.

»Na, Hans, was ist's mit dir?« polterte plötzlich der Pecher den finsteren Gesellen an, der wortkarg in seiner Ecke kauerte. »Was meinst, wann erwürgen wir den Franzinger? Mir hat der Scherg' das Mardereisen ausgehoben. Will er einem auch das Raubtierfangen nicht mehr vergunnen. Der gibt nicht Ruh, so lang' er nicht die Bohn' im Leib hat.«

Der Hans ließ unter der tief in die Stirne gedrückten Hutkrempe hervor einen Blick schießen. »Ja«, murmelte er, »'s ist einem verteufelt langweilig am Abend, wenn man nichts geschossen hat.«

Mittlerweile war Agnes in Unterhaltung mit dem fremden Mann – der Harfe wegen. Es war ihr so wunderlich in den Füßen, just als hätte sie auf jeder Zehe ein loses Rädchen. Und kaum legte der Mann die Finger an die Saiten, huschte Agnes nach ihrem Baldl. Aber – die Saiten wollten nicht klingen. Der Regen hatte sie heiser gemacht.

»Sie werden schon trocken, derweil trinkt Branntwein«, sagte Kilian zum Fremden. »Mit Verlaub, von wo seid Ihr denn her?«

»Wo wir hin wollen, meint Ihr«, versetzte der Mann. »Wir sind alt, wir kommen aus der Fremde und gehen der Heimat zu. Im Böhmerland sind wir daheim, nach dort sind wir jungerweise aus Preußen eingewandert. Jetzt ziehen wir schon über vier Jahr' in der Welt herum und musizieren den Leuten was vor, weil uns von heim der Jammer vertrieben hat. Wo es lustig zugeht, da bleiben wir; wollen sie tanzen, so spielen wir; tut sich aber nicht gut tanzen zum Harfenspiel. Wollen sie hören, so singen wir – die Meinige hat eine gute Stimme gehabt, letzt' Zeit freilich, da ist ihr der Stimmstock umgefallen. Jetzt geht's nicht mehr recht, und wenn wir singen, so geben uns die Leute Geld, daß wir aufhören sollten. Ist auch recht, sag' ich, so brauchen wir keine Saiten zu stimmen; aber der Meinigen hat's das Herz abdrücken wollen – das Singen ist ihr noch der Trost gewesen, seid der Junge tot ist.«

»Trinkt wacker«, sagte der Köhler. »Ich füll nach. Ihr müßt auch harte Sach' durchgemacht haben.«

»Ja, das glaube ich!« lachte der Musikant überlaut auf.

Dann schwieg er. Dem Kilian tat's leid, daß die Erzählung des Mannes verstummen wollte, er sagte denn nach einer Weile: »Böhmen soll ja ein schönes Land sein.«

»Ein schönes Land«, antwortete der Fremde.

»Was gibt's denn Neues dort?« fragte der Köhler äußerst ungeschickt.

»Ich bin schon lang' nicht mehr dort gewest. Dazumal hat's Neues genug gegeben. Sind unsere Landsleut, die Preußen gekommen, haben uns das Haus niedergebrannt und unsern Sohn totgeschossen. Drauf sind wir fort. Gehen wir vor den deutschen Leuten nicht mehr sicher, sag' ich zu der Meinigen, so müssen wir halt ins fremde Land! Und sind über das Gebirge ins Welische hinein.«

»Jetzt soll ja schon lang' wieder alles gut sein«, sagte der Köhler.

»Das haben wir auch gehört und so reisen wir wieder heimwärts.«

»Und was hört man sonst Neues?« fragte nun der Pecher und stopfte sich aus einem Blasenbeutel Tabak in die Pfeife.

»Die Franzosen sollen wieder anrücken«, sagte der Harfner.

Über dieses Wort richteten alle ihre Köpfe auf; auch der finstere Hans den seinen.

»Die Franzosen wieder anrücken?« meinte der Köhler. »Das ist 'leicht doch eine Lug, Vetter!«

»Wird hübsch wahr sein, der Napoleon will uns wieder haben.«

Jetzt hörte man nichts, als den Wildbach draußen. Plötzlich aber schlug der Pecher mit seiner knochigen Faust auf den Tisch, daß die Gläser emporsprangen. »Sakra«, fluchte er, »wenn sie wieder kommen, so setzt's was! Sie sind schon dagewest und unsere Vatersleut haben sich treten lassen, daß es schon ganz hündisch ist gewest. Aber wir raiten anders, wir! Mit Hacken und Messern fahren wir drein und klieben ihnen die Schädel auseinand. Edelwaldleut, wir sind keine Hundsfötter, wir sind freie Leut. Kreuzsakerment!«

Der Mann war aufgesprungen und hatte sein langes Messer mit einem schweren Fluch in den Tisch gestoßen.

»Was hat er denn?« fragte der Baldl.

»Er wird allemal wild, wenn von den Franzosen die Rede ist«, sagte Kilian. »Sie haben seinen Großvater erwürgt.«

»So haben sie ihn erwürgt in des Teufels Namen!« rief der Pecher. »Sie sind Feinde gewest. Aber daß sie hernach meinen Vater zu einem Knecht haben gemacht, zu einem Spion und Schurken, das verzeih' ich ihnen nimmer, und wenn's mir den Himmel kostet!«

So redeten und schrien sie hin und her, es war ja zur Zeit des deutsch-französischen Krieges, wo auch die Waldleute tief im Gebirge aufgeschreckt worden sind, wo sie alles Weh, das sie vier Jahre früher erfahren, vergessen hatten und nur vom Franzosen-Erschlagen die Rede war. – Zur solchen Zeit tat eine gemütliche Musik wohl. Und in diesem Augenblick, da die verwilderten Gemüter entbrannten zum Vergelten und Schlachten, legte der alte Harfner seine Finger in die Saiten...

Sie klangen noch ein wenig trüb, aber sie klangen und spielten ein fröhlich Lied. Agnes legte den Arm um den jungen Bräutigam – es begann der Reigen.

Und als das Paar anmutsvoll und geschmeidig durch die Stube walzte, da pfiff Kilian die lustige Weise mit und schnalzte mit den Fingern den Takt dazu und trillerte in seiner bäuerlichen Art:

Wan ma zithernschlogn,
So schlogn ma stoansteirisch,
Wan ma steirisch tonzn,
Tonzn ma stoansteirisch,
Toan ah stoansteirisch kegelscheibn
Wan ma Dirndl liabn,

So liabn ma stoansteirisch,
Will der Feind ins Lond,
So zogn mas stoansteirisch,
Daß ma stoansteirisch wölln bleibn!

Die beiden anderen schlugen dazu mit ihren knochigen Fäusten auf dem Tisch die Trommel.

Der Harfner brach sein Spiel ab und sagte: »Es tut mir doch das Brautpaar leid, daß man ihm eine solche Kriegsmusik macht.«

»Möglicherweise fangt ihnen jetzt der dreißigjährige Krieg an«, lachte Kilian.

»Hätte ich hier was dreinzureden«, versetzte der Harfner und schüttelte seinen grauen Kopf, »so wollte ich sagen: So ein Spaß gehört sich nicht. Wenn man jungen Eheleuten allemal das Schlechte voraussagt, so meinen sie nachher, es muß so sein, und suchen und finden überall Schlechtes. Wie ich vor zweiunddreißig Jahren die Meinige genommen, ist auch Gefahr gewesen, aber ihre Mutter hat frisch gesagt: Ihr mögt tun, was ihr wollt, ihr zwei gehört zusammen; ihr mögt voneinander fliehen und euch verfolgen und Leid antun, es wird vergebens sein, ihr werdet euch lieb haben. Ihr werdet auswendig Elend und Kümmernis haben, ihr werdet miteinander weinen, aber ihr werdet glücklich sein. – Schön hat sie reden können, so ist es geworden, und so will ich es auch euch wünschen.«

Dieser Worte wegen schauten sie mit Wohlgefallen auf den alten Harfner; nur der Hans nicht, der lugte durch das kleine Fenster hinaus. Draußen über den finsteren Tannen standen jetzt die Sterne des Himmels; ihretwegen blickte der Mann wohl nicht hinaus. Ob er nicht an das Weib des Jägers Franzinger dachte? Er möchte sie fliehen, verfolgen, möchte ihr Leid antun und muß doch an sie denken...

Jetzt zog der Hans ein Horn aus der Tasche, ließ daraus Pulver in seine Hand rinnen, tat dasselbe in das Rohr seiner wieder aus dem Verstecke geholten Flinte, ließ dann eine Bleikugel hineinrollen und verstopfte das Rohr mit Papier, das er mit dem Ladestock hineinstieß. Dann prüfte er den Hahn und starrte wieder zum Fenster hinaus.

»Jetzt sollt Ihr uns aber auch eins singen«, sagte Kilian zum Harfner.

Der Alte schaute besorgt drein: »Nicht wahr, ihr guten Leute, die Meinige hat eine warme Decke?«

»Den Bärenpelz, der inwendig mit Schafspelz gefüttert ist«, antwortete der Köhler. »Unter solchen Tierhäuten kann keiner erfrieren.«

»Dann singe ich gern und sing' eins für die liebe Jugend«, sagte der Alte, griff in die Saiten und begann zu singen:

»Auf dem Bergl steht a Hüttel,
Bei dem Hüttel steht a Bam,
Und so oft ich dort vorbei geh,
Find ich allemal nimmer ham.
In dem Hüttel ist ein Dirndl,
Ist frisch wie ein Reh,
Und so oft ich das Dirndl anschau,
Tut mir 's Herzerl so weh.
Und das Dirndl hat zwei Äugerln,
Wie am Himmel die Stern,
Und je öfter ich hineinschau,
Um so mehr hab ich's gern.
Hab a Freud mit dem Dirndl;
Ob ich wach oder tram,
Denk ich alleweil ans Dirndl
Und 's Hütterl beim Bam –«

Jetzt schrillte die Harfe und war still. Was ist das? Drei Saiten auf einmal gesprungen...

Dem Alten war die Stimme auf den Lippen erstorben. Der Pecher meinte, das hätte was zu bedeuten.

»Der Nässe wegen«, sagte Kilian. »Nasserweise angespannt, dann trocknen sie zusammen und springen. Gießen wir noch zu guter Letzt eins nach!« Und er füllte das Gläschen des Harfners wieder voll.

Der Baldl, dem eigentlich noch nicht genug getanzt war, versuchte die Saiten zu knüpfen.

»Laß es sein«, sagte der Alte. »Was hin ist, ist hin.«

Kilian ging zu seinen Kohlstätten, um etwaige Glutausbrüche zu dämpfen. Der Pecher meinte, für ihn wäre es Zeit, daß er seine Klause aufsuche, sie stand oben am Waldhang, wo morgen früh wieder die Pechbrennerei angehen sollte.

»Da, Vetter!« sagte er, »da habt Ihr was fürs Aufspielen«, und warf für den Musikanten ein Silbergröschlein auf den Tisch hin.

Und der Hans? Der hatte während des Gesanges sein Gewehr unter die Jacke genommen und still und finster die Hütte verlassen.

So wollte sich auch der Sänger anschicken, auf den Dachboden zu seinem Weibe zu gehen.

»Nachher wären wir doch ganz allein«, sagte das Mädchen besorgt.

»Das macht nichts«, meinte der Baldl.

»Die Kinder sollen auf dem Stroh liegen«, sagte der Köhler schalkhaft.

»Nein«, rief Agnes. »Das tu ich nicht.«

»Wo willst denn schlafen?«

»Da gehe ich lieber zur fremden Frau hinauf«, versetzte sie und war rot im Gesicht.

»Ist auch recht«, meinte Kilian. »So mag der Herr Musikant beim Baldl auf dem Stroh liegen.«

So geschah es. Der grauhaarige Harfner und der junge braunlockige Meisterknecht legten sich in der Stube auf das Stroh, und der Baldl sagte: »Ja, Vetter, wir zwei sind auch noch niemalen beisammen gelegen.«

»Und *werden* vielleicht auch niemalen mehr beisammen liegen«, entgegnete der Alte. »Gute Nacht, jetzt!«

Beide rückten manierlich in sich zusammen, keiner wollte den andern drücken. Ist es das erste- und letztemal, so soll keiner über den andern zu klagen haben. Der Alte schlummerte bald ein; der Baldl dachte: nächst' Wochen lieg' ich schon bequemer.

Agnes war über die Leiter in den Dachraum hinaufgeklettert. Kilian arbeitete mit seiner Schaufel an den kohlenden Meilern. Es heißt nun wachsam sein.

Wenn die Flamme aus der schwarzen Decke des Kohlenmeilers schlägt, so brennt sie dem Köhler in den Geldbeutel hinein. Was lichterloh brennt, das wird zu Asche, was still und im Innern glüht, das ist das Rechte. Es soll ja auch beim Menschen so sein.

Nachdem die Arbeit geschlichtet ist und der weiße Rauch still zu den Wipfeln aufsteigt, stützt sich Kilian auf den Schaufelstiel und schaut vor sich hin. Es ist jetzt alles so still, selbst das Rauschen des Baches ist feierlich – dem Mann ist wie zum Einschlafen.

Da geht leise die Tür der Hütte auf. Eine weiße Gestalt huscht heraus – Agnes im puren Nachthemdchen.

»O Kind«, sagte Kilian. »Was laufst du herum in der kalten Nacht?«

»Vater«, flüsterte das Mädchen, »es ist was geschehen. Ich getraue mich nicht mehr hinein.«

»Er soll dir Ruh geben!« sagte der Vater strenge.

»Mir nicht«, schluchzte sie. »Mir tut kein Mensch was, aber – das fremde Weib wird gestorben sein. Es liegt ganz kalt und starr im Bett und ist nicht aufzuwecken.«

Jesus und Maria! denkt sich der Köhler, jetzt ist diese Frau gestorben.

Er eilt mit seiner Tochter auf den Dachboden – ganz still machen sie es, so daß niemand aufwacht. Dann schlägt er mit Schwamm und Stein Feuer, und bei diesem matten

Glimmen sieht er's, mit seinen zitternden Händen fühlt er's – die Harfenspielerin ist tot.

Jetzt saßen sie lange am Bett, der schwarze Köhler und sein weißes Töchterlein, und berieten, was zu machen sei.

»Wenn ich an den armen Mann denke, will mir das Herz abspringen«, sagte das Mädchen.

»Jetzt lassen wir ihn schlafen«, sagte Kilian. »Er mag sich ausruhen und stärken. Wenn er des Morgens wach wird, da müssen wir ihn halt in Gottesnamen vorbereiten. Kannst mir's glauben, Agnes, ich weiß, wie das tut! Lieber einen Finger von meiner Hand, als ihm das sagen! Es ist ein hartes Kreuz!«

Sie hüllten eine Leinwanddecke über den Leichnam, wie es sonst ist, wenn der Mensch schläft. Dann stiegen sie vorsichtig über die Leiter und gingen hinaus zu den Meilern und arbeiteten. Sie sagten kein Wort und arbeiteten.

Und als allmählich ein kühlerer Lufthauch wehte, und als es nach und nach lebendig wurde in den Bäumen und der Morgenstern aufging, trat der Baldl aus dem Hause, ging zum Bach und wusch sein Gesicht. Und als dieses Gesicht recht frisch und heiter war, ging er hin zu den Arbeitenden und sagte: »Was gibt's denn da in aller Früh zu tun, daß ihr den Hahn um den Weckerlohn bringt?«

Agnes eilte zu ihm heran, als wollte sie seinen Mund verhalten: »Sei still, Baldrian, es ist heute nacht ein Unglück geschehen in unserem Haus. Da oben unter dem Dach liegt eine Leiche.«

»Die Musikantenfrau?«

»Ist gestorben. Geh jetzt hinauf auf den Steinkogel und mach ein großes Feuer, damit die Holzleute und die Almer wissen, daß wir einen Toten haben.«

Der Bursche schüttelte den Kopf, als könne er die Sache nicht so bald fassen.

»Ja, mein Sohn, so sterben sie wieder auseinander«, sagte Kilian. »Geh und bete unterwegs dein Morgengebet.«

Der Baldl ging auf den Steinkogel, wo man über die Wälder hinaussieht in das weite Tal und auf die Berge und Almen. Dort trug er Reiser zusammen, und als die Morgenröte aufging, brannte auf der Höhe ein großes Feuer.

Die Menschen, die es von ferne sahen, sagten zueinander: »Dort brennt ein Totenlicht!« und beteten für die abgeschiedene Seele.

Agnes und ihr Vater arbeiteten noch immer auf der Kohlstätte, da gab es stets zu tun, und wäre das nicht gewesen, so hätten sie sich heute zu tun gemacht. Sie wollten nicht in das Haus gehen, damit der alte Mann nicht in seiner Ruhe gestört werde. »Er soll schlafen, solange es ihn freut«, sagte Kilian. »Es kommt für ihn ein schwerer Tag.«

Aber als die Sonne aufging, steckte der Harfner sein graues Haupt zum Fenster heraus und rief: »Guten Morgen!«

»Guten Morgen«, sagte der Köhler.

»Ihr seid schon fleißig und ich faulenze in den Tag hinein. Aber es ist gut schlafen in eurem Haus.«

Sie gingen zu ihm in die Stube. Agnes machte auf dem Herd Feuer und kochte das Frühstück. Kilian nahm die Harfe in die Hand und sagte: »Das wird sich schwer machen lassen, drei Saiten auf einmal.«

»Mein Weib hat neue«, antwortete der Musikant. »Aber das gottlos lange Schlafen von ihr! Sie ist doch recht müde geworden auf dem weiten Weg.«

»Jetzt esset mit uns eine gute warme Suppe«, sagte Kilian und teilte die Holzlöffel aus.

Der Harfner blickte durch das Fenster und fragte: »Sind das die Hirten, die da oben auf dem Berg das Feuer gemacht haben?«

»Das Feuer habe ich auch schon gesehen«, meinte der Köhler. »Hirten sind es nicht, es ist ein Totenfeuer.«

»Ein Totenfeuer, wie ist denn das?« fragte der Musikant.

»Wenn in unserem Walde wer stirbt, so zündet man da oben ein großes Feuer an, damit es die Leute wissen. Es geschieht nicht selten; im Wald ist oft ein Unglück; Alte und Junge trifft's, der Mensch muß darauf gefaßt sein.«

So sagte Kilian, und jetzt erst bemerkte der Harfner das ernste Gehaben des gestern so fröhlichen Kohlenbrenners und die verweinten Augen des Mädchens.

»Wo ist der junge Mann?« fragte der Musikant. »Der Bräutigam?«

Der wäre eben auf den Berg gestiegen, um das Feuer zu machen, sagten sie.

Der Harfner hatte den Löffel schon in der Hand gehabt, jetzt legte er ihn langsam weg, stand auf und tastete unsicher nach der Türklinke.

»Wo wollt Ihr hin, Vetter?« fragte Kilian, aber der Mann stolperte, ohne Antwort zu geben, über die Schwelle, und mit dem Rufe »Susanna!« kletterte er hastig die Leiter hinan.

Kilian eilte ihm nach. »Susanna!« rief der Harfner oben in der finsteren Dachkammer.

»Müßt nicht zu sehr erschrecken, es ist des lieben Gottes Willen so!« sagte Kilian, nahm den Musiker bei der Hand und führte ihn zur stillen Bettstatt.

Ein Blick ins starre, fahle Antlitz, dann sank der verwaiste Greis zu Boden.

Wenige Fuß darüber, auf dem sonnigen Dachgiebel, jubelten die Schwalben...

O du schöner, frischer, fröhlicher Wald! O du klingender Vogelsang, du duftiges, tauiges Blumenleuchten! Du sonnige Himmelsrunde, du erquickender Schattenschoß mit deinem unendlichen Leben, wie bist du gräßlich! Gräßlich, wenn durch dich der Weg zum Totengräber führt.

Das ist der Weg, den der alte Harfenspieler wandelte.

Der Totengräber zu Feichtau saß in seiner dumpfigen Stube und klopfte mit einem Hammer verbogene und verrostete Sargnägel zurecht und nagelte dann damit für seinen Kleinen einen Kinderwagen zusammen.

»Braucht Ihr was?« fragte er murrend den eintretenden Musiker.

»Ein Grab«, antwortete dieser. »Mir ist mein Weib gestorben.«

»Ist schon recht, werden es wohl machen. Seid Ihr beim Pfarrer gewest? Nicht, dann geht jetzt zu ihm. Ich krieg' nachher meinen Gulden.«

Der Harfenspieler ging zum Pfarrer, der in seinem Garten mit dem Spaten ein Blumenbeet umstach, und klagte ihm sein schweres Anliegen.

»Sie sind wohl fremd in der hiesigen Gegend?« fragte der Pfarrer.

»Freilich wohl, Hochwürden, und so wollt' ich höflich gebeten haben –«

»Es war Euer angetrautes Weib?«

»Mein Gott, ja.«

»Und katholischer Religion?«

»Ja, sonst schon«, meinte der Alte. »Aber wir sind von Preußen ins Böhmerland eingewandert und sind dem Glauben unserer Eltern treu geblieben.«

»Also protestantisch?«

»Evangelisch, ja.«

»Das ist schlimm«, sagte der Priester, lehnte seinen Spaten an einen Kirschbaum und ging neben dem Alten her mit verschränkten Armen durch den Garten.

»Das ist sehr hart, mein lieber Mann«, versetzte er dann und blieb stehen. »Ich als Mensch, das mögt Ihr mir glauben, mache keinen Unterschied; wenn ich Euch dienen kann, ich tue es gern. Aber – wir in Feichtau haben keinen evangelischen Friedhof, und Personen von nicht katholischer Konfession auf dem katholischen Friedhofe zu beerdigen, ist mir strenge verboten. Eben in dieser Zeit, wo der Kampf zwischen Kirche und Staat wieder heftig entbrannt ist, hat das Konsistorium die Satzung verschärft, und ich als katholischer Priester muß danach handeln.«

Der alte Mann stand ratlos da. Und fast ebenso ratlos stand der Pfarrer neben ihm.

»Wenn Ihr heute schon vom Edelwald herauskommt«, sagte jetzt der Priester, »so werdet Ihr einer kleinen Stärkung bedürfen. Ich darf Euch wohl ein Glas Wein vorsetzen?«

»Oh, vergelt's Gott!« rief der Harfner. »Wie könnt' ich trinken, wenn für mein Weib keine Raststatt ist. Weit und breit kein evangelischer Friedhof. Soll ich sie denn im Wald vergraben?«

»Und *wenn* es darauf ankäme!« versetzte der Pfarrer, »die Erde ist überall Gottes. Kann ich zu Eurem Troste kommen und beten? Ich tue es gern.«

Der alte Mann wankte wortlos davon.

Er ging durch das grüne Tal den Wäldern zu, er stieg über den Berg in die Schlucht hinab, wo das Haus des Kilian steht. Und als er dort in die Stube trat, stand er vor einem Heiligtum.

Es war nicht mehr die Zechstube, wie in der vorigen Nacht, wo hier im Tisch das lange Messer stak und auf dem Fußboden die derben Schuhe des jungen Paares reigten – es war anders. An der vorderen Wand der Stube, von zwei Öllichtlein milde bestrahlt, lag sein Weib aufgebahrt zwischen Waldblumen und wilden Rosen. Zu Haupten stand ein kleines, hölzernes Kreuzbild und ein Weihwassergefäß mit einem Sprengzweiglein. Auf der Brust der Leiche lagen papierne Heiligenbildchen und zwischen den Fingern stak ein Vergißmeinnichtsträußchen und eine Wachskerze. Die Stirne war mit einem grünen Lärchenzweig umwunden. Der Körper war bedeckt mit einem weißen Tuche und zu Füßen der Bahre lehnte die Harfe.

»Susanna«, sagte der Harfner und legte seine Hände an ihr Haupt. »Wie sie es herzensgut mit dir meinen. Schau herab vom Himmel in dieses Haus. Sie haben dich zwischen Rosen gelegt – schau herab.«

Hinter dem Hause war der Köhler beschäftigt, mit Erlstrauchbändern zwei Stangen zu einer Bahrtrage aneinander zu binden.

Der Harfenspieler fiel ihm um den Hals und weinte.

»Ist recht«, sagte der Köhler, »weint Euch aus, dann wird Euch leichter.«

»Eurer Gutheit wegen«, schluchzte der Musikant, »Eure Gutheit schlägt mir so ans Herz. Aber die Tragbahre, lieber Mann, die haben wir nicht vonnöten.«

»Den Sarg wird uns der Zimmersepp morgen früh bringen.«

»Wenn ich bei Kraft wäre, wie ich einstmals bin gewesen«, sagte der Harfner, »ich wollt' mein Weib hernehmen wie ein kleines Kind und sie so weit tragen, bis ich einen evangelischen Friedhof fände.«

»Seid Ihr 'leicht evangelische Leut'?« fragte der Köhler.

»Gotteswegen, ja, und deswegen kann sie der Pfarrer auf dem Feichtauer Friedhof nicht begraben.«

Der Kilian stand eine Weile sprachlos da, dann machte er mit der Hand einen Schlag in die Luft und rief: »Das sind Dummheiten! – Nein, Vetter, laßt Euch das nicht anliegen. In unserm Wald hat Euch das Unglück getroffen, wir Waldleute verlassen Euch nicht. Bleibt jetzt da und hütet mir das Haus. Ich gehe zu meinen Nachbarn, Euer Weib wird mit Ehr' und Lieb' bestattet werden.«

Der Harfenspieler ging in die Stube, setzte sich an die Bahre und sah in das blasse, ernste Antlitz seines Weibes. Und er träumte hier bei den Rosen und Totenlichtern die liebe Lebenszeit, die er mit ihr zugebracht…

Der Köhler ging hinan durch den Wald gegen die Hütte des Pechers, und dann ging er in den hinteren Edelwald zu den Holzarbeitern und ging auf die Alm zu den Wurzelstechern und Hirten.

Auf seiner Rückkehr unterwegs sah er hinter dem Moosstein im Gebüsch einen Mann kauern.

»Wer ist es?« rief Kilian.

Ein unverständliches Gebrumme. Er erkannte den Hans.

»Was machst du da, Stromer?« fragte ihn der Köhler.

»Ich«, murmelte der andere, »hin werde ich. Es haben mich die Jäger erschlagen wollen.«

»Und warum haben sie es nicht getan?«

»Weil ich mich zu früh totgestellt hab'.«

»Und warum hast du sie nicht niedergeschossen?«

»Schieß nur, schieß, wenn sie dir das Brennscheit (Gewehr) stehlen, während du den Rehbock ausdärmst! – Fett ist er, denk' ich, und heut' hat's geraten. Stehen sie auf einmal da ihrer drei und hauen mit dem Griesbeil aufs Messer, daß es entzweispringt. Mit was wehrst dich? Kaum daß ich dem einen noch die Faust ins Gesicht werfen kann, fangen die andern zwei schon an, loszudreschen. Ein Schaft ist in Scherben gegangen – da schau dir die Trümmer an – bis sie mich zu Boden gebracht haben. Der Franzinger ist auch dabei gewesen. Halt, denk' ich mir, für dich muß ich mich noch aufheben, und hab' die Zung' herausgereckt und mich nicht mehr gerührt. Der steht nimmer auf, haben sie gesagt, nachher sind sie fort mit meinem Gewehr und dem Tier. Aber aufsteh' ich noch! Schau mich an, Kilian, aufsteh' ich noch, und ehevor ich noch einmal auf den Erdboden fall', ehevor fällt ein anderer!«

Der Wilderer war etwas arg zugerichtet. Er bewegte sich mühsam weiter. Der Köhler wollte ihn stützen, aber er schlug es trotzig aus; er braucht keine Krücke.

»So komm in mein Haus, wir legen Hasenschmalz auf deine Wunden.«

Der Verwundete hinkte neben dem Köhler her und knirschte. Plötzlich rauschte es im Gebüsch. »Wildtauben!« zischelte der Hans, hob einen Stein auf und schleuderte ihn ins Dickicht. Etliche flogen davon, eine flatterte auf und stürzte wieder zu Boden. Ohne Gewehr hatte der verwundete Wilderer ein Tier erlegt.

Als der Köhler zurück in sein Haus kam, saß der Harfner noch an der Bahre und sah in das blasse, ernste Antlitz seines Weibes.

Langsam und still verging der Tag. Am Abend, als Agnes vom Walde heimkam, machte sie auf dem Herd ein lebhaftes Feuer, holte aus den Schränken Mehl und Fett und begann zu kochen und zu backen. Und in der Nacht kamen der Pecher und sein Weib im Sonntagsstaate, es kam der Zimmersepp mit dem Sarge und es kamen andere Leute, wilde, narbige Burschen, struppige und gutmütige Greise, Weiber und Kinder. Jedes kniete, als es in die Stube kam, vor der Bahre nieder und betete still, dann stand es auf und sprengte mit dem Tannenzweige Weihwasser auf den Leib der Toten. Dann blickten sie teilnehmend auf den fremden Mann hin, der im Winkel saß, und einer oder der andere suchte ihn mit Worten zu trösten: man müsse es nehmen, wie es Gott schicke, sterben müßten wir alle einmal, keiner bleibe übrig, und die Abgestorbene hätte es überstanden, für sie sei es so am besten, sie hätte gewiß nicht viel Gutes gehabt auf dieser Welt. Gott tröste ihre Seele.

Sie wachten die ganze Nacht, und dann kam Agnes und trug Krapfen auf den Tisch, und Kilian, der sich heute allen Ruß vom Leibe gewaschen und in seinem Sonntagsanzug gesteckt hatte, lud die Leute ein, sich an den Tisch zu setzen und zu essen, wie es Gott gesegne.

Sie setzten sich hin und aßen. Der Harfner blieb in seinem Winkel und aß nicht.

Nach dem Mahle gab der Köhler jedem eine große Wachskerze in die Hand. Dann machte er die Tür auf und sie trugen den Sarg herein. Derselbe war aus neugeschnittenen Brettern gezimmert, und zu Haupten lagen Hobelspäne als Kopfkissen.

Nun kamen alle zum Sarge heran und besprengten ihn. Dann hoben drei Männer die Leiche und legten sie hinein.

Das geschah, indem alle schwiegen. Jetzt trat ein Mütterlein zum Harfner und sagte: »Wollt Ihr sie noch einmal anschauen, so kommt. Ihr seht sie dann nicht mehr, bis zum Jüngsten Tage.«

Der Greis sank hin über den Sarg. An der Wand schellte die Harfe.

Jetzt erhoben sie ihre Stimmen und sangen den Grabgesang:

»Fahr hin, o Seel' zu deinem Gott,
Der dich aus nichts gestaltet,
Zu dem, der dir durch seinen Tod
Den Himmel offen haltet.
Fahr hin zu dem, der in der Tauf'
Die Unschuld dir gegeben;
Er nehme dich barmherzig auf
In jenes bess're Leben.«

Nach diesem Liede legten sie den Deckel auf den Sarg und nagelten ihn fest. Da zitterten die Herzen. Es gibt keinen Schall auf Erden, der das Menschenherz so eigen erschüttert, als der Hammerschlag auf den Sargnagel.

Agnes legte einen Kranz aus Weißdornzweigen auf den Sarg, dann wurde er gehoben. Die Menschen hatten ihre Kerzen angezündet, und so trat der Zug nun aus dem Waldhause. Er ging den Weg entlang, der am Waldbache aufwärts führt. Die Bäume säuselten, auf den kahlen Höhen glühte das Morgenrot. Voran, hochgehoben, schwankte der Sarg, hinter demselben ging Kilian, der ein hölzernes Kreuz trug. Dann gingen Agnes und ihr Baldrian, das bräutliche Paar. Dann folgten alle anderen und beteten laut.

Ganz zuletzt ging der Pecher und an seinem Arm, die Harfe schleppend, der alte Sänger.

So gingen sie aufwärts durch das Gebüsche, zwischen Wildfarn und Heidekraut. Und sie gingen am Felshange hin und kamen auf eine stille, tauige Wiese; sie gingen über graues, moosiges Gestein, sie gingen über eine lichtvolle Höhe und sie gingen durch einen schattigen Tann. Die Sonne war aufgestiegen und spann ihre goldigen Fäden durch den grünen Wald. Da war's, als zittere in der Luft der Klang eines Glöckleins.

Da sie tiefer in den Hochwald kamen, war kein Sonnenstrahl und die Luft wehte kühl. Vernehmlicher wurde das weiche Klingen des Glöckleins. Und endlich in der Wildnis, durch welche nur ein schmaler Steig über den Berg gegen die Feichtau führt, eingefriedet von Felsen und alten Bäumen, auf einem Anger, stand das Kirchlein des heiligen Hubertus. Es war aus Holz gezimmert, rot angestrichen und auf seinem Bretterdache wucherte das Moos. Über dem Eingange, aus welchem brennende Lichter des Altars schimmerten, erhob sich ein Türmchen, und aus diesem klang es mild und ruhevoll, als klänge es aus der Ewigkeit herüber.

Aus der Ewigkeit mit einem Gruße an die Menschen auf Erden, und dann wieder in die Ewigkeit verzitternd. – Am Kirchlein wuchs der Schlehdorn und die Hagebutte und anderes Gesträuch mit roten und weißen Rosen. Daneben war braunes Erdreich aufgeworfen, und hier war das Grab.

Der Zug stand still und bildete einen weiten Kreis. Die Träger setzten die Bahre ab, lösten den Sarg von den Stangen los und ließen ihn langsam hinabgleiten in die Tiefe.

Und als er hinabrollte, sangen sie den Grabgesang:

»Dein Leib geht jetzt der Erde zu,
Woher er ist genommen,
Der Seel' wünscht man die ewige Ruh'
Bei Gott und allen Frommen.
Wann durch des letzten Tages Flamm'
Die Welt zu Grund' wird gehen,
So bitte Gott, daß wir beisamm'
Zu seiner Rechten stehen.«

Das Lied verscholl, das Glöcklein schwieg. Der Harfenspieler saß in tiefer Traurigkeit an dem Grabe.

Die Kerzen loschen aus, und nur die blauen Bändchen des Rauches an den Dochten wehten hin wie Trauerfahnen. Die Erde rollte auf den Sarg; Kilian nahm den armen Witwer an der Hand und sagte: »Nun wißt Ihr, wo sie schläft. – Ihr werdet mit Eurem Saitenspiel wieder zu frohen Menschen gehen, Gott gibt Euch auch selber noch manchen heiteren Tag. So will ich eins sagen: Solange einer von allen, die heute hier beisammen sind, im Edelwald lebt, wird dieses Grab in Ehren gehalten werden. Hier auf den Hügel pflanze ich dieses Kreuz. Der liebe Herr Jesus sei mit ihr und mit Euch und mit uns allen.«

So hat er gesprochen, der schlichte, wackere Mann. Dann gingen sie auseinander nach verschiedenen Richtungen. Der alte Harfner gab Kilian noch einen Händedruck: »An deinen Kindern wird's vergolten – du guter Mensch!« Noch einen kurzen Blick auf das Grab – dann ging er davon, dem Tale zu, wo die Landstraße war.

An der Kapelle war es wieder still geworden; nur ein leises Lüftchen wehte, säuselte in den Zweigen und summte in den Saiten der zerbrochenen Harfe, die an einem Baume lehnen geblieben war.

Gegen Abend desselben Tages kam der Wilderer Hans, schlich hinter die Kapelle, steckte sein Gewehr zusammen, lud, untersuchte es und lauerte. Bald darauf schritt den Fußsteig, langsam und gemächlich, der Jäger Franzinger heran. Er war in schmucker Tracht mit grünem Federhut, war ausgerüstet mit Weidtasche, Pulverhorn, dem Hirschfänger und dem Doppelstutzen, der lässig über seine Achsel hing. Jetzt stand er still und zündete sich eine Pfeife an.

Hans legte den Lauf seiner Büchse an einen Baumast, da er die linke Hand in der Binde trug, und zielte gegen den Jäger. Dieser hatte Mühe, der Wind löschte ihm die Streichhölzchen aus. Nun griff er zu Schwamm und Feuerstein.

»Mein lieber Franzinger«, murmelte der Wilderer bei sich. »Dein Feuermachen ist umsonst, du mußt jetzt sterben.« Er tastete mit dem Finger nach dem Hahn – da hört er ganz nahe neben sich etwas wie Harfenspiel. Hans fuhr zusammen, da fiel das Gewehr auf den Boden und entlud sich in die Luft. Der Jäger stieß einen Fluch aus, sah den Wildschützen und verfolgte ihn. Beide verloren sich in den Dickichten des Waldes.

Nach einigen Tagen, als Baldrian, der junge Meisterknecht, und seine anmutsvolle Braut auf ihrem Hochzeitsgange an der Kapelle vorüberkamen, lehnte am Baume neben dem Grabe noch die Harfe, und ein niederhängender Zweig, der im Windhauche sich bewegte, spielte sacht' in den Saiten.

Im nächsten Frühjahre wucherte es neu und üppig um die Kapelle und wob das Grab in ein reiches, dichtes Geranke von immergrünen Blättern. Die alte Harfe mit den drei zerrissenen Saiten hing im Kirchlein an der Wand und hängt noch heute dort. Über derselben hat jemand folgende Inschrift anbringen lassen:

»Unser Herz ist eine Harfe,
Eine Harfe mit zwei Saiten.
In der einen jauchzt die Freude,
Und der Schmerz weint in der zweiten.
Und des Schicksals Finger spielen
Kundig drauf die ewigen Klänge,
Heute frohe Hochzeitslieder,
Morgen dumpfe Grabgesänge.«

Drei Jahre nach dieser Begebenheit hat sich folgendes zugetragen:

Kam an einem stillen, friedlichen Herbstabende der alte Kilian spät vom Walde heim in sein Haus, nahm sein Enkelein auf den Arm, herzte es, küßte es, sah es an und immer wieder an und hatte Wasser in den Augen. Von diesem Tage an war er ernst und in sich gekehrt, aber noch milder und gütiger gegen die Seinen als sonst.

So fragte ihn Agnes einmal, warum er nicht mehr so lustig sei wie sonst, ob ihm was fehle?

»Ich weiß mich gesund«, sagte Kilian. »Aber einmal wird's wohl auch für uns zum Urlaubnehmen sein.«

»Vater, wie kommt Ihr auf solche Gedanken?«

»Ich will dir's wohl sagen, Kind. Wie ich das letztemal oben an der Hubertskapelle vorbeigehe, denke ich, sollst einen Augenblick weilen und ein Vaterunser beten für deine Verstorbenen. Und wie ich in der Kapelle niederknie – es dunkelt schon, 's ist recht still und ich bin der einzige Mensch weit und breit – und wie ich bete, da hebt auf einmal ganz von selber die Harfe an zu spielen. Sie spielt ganz voll, spielt auch mit den drei zerrissenen Saiten, spielt ein Lied, wie ich es meiner Tage nicht gehört hab'. – In Gottes Namen, denke ich, das ist mein Zeichen. Ich habe nämlich dazumal, wie wir die Harfnerin begraben, bei mir den Gedanken gehabt: Wenn ich mir für den Christendienst eins könnte wünschen, so wäre es das, es möchte mir einige Zeit vor meinem Sterben eine Weisung zukommen, daß ich nicht so unverhofft fort müßte wie die arme Frau. Das Zeichen habe ich vernommen. Jetzt, mein liebes Kind, weißt du es.«

Darauf stand es noch an sechs Wochen lang, und der gute Mann war eingegangen in das Reich, wo die Seligen den Harfenklängen des gesalbten Sängers David lauschen.

Die Kreuzhüttenbuben

In einem Tal bei armen Hirten. Das Tal ist so eng, daß ein Bach und ein schmaler Wiesenstreifen es ausfüllt, der Weg muß sich schon an dem steinigen Berghange weiterhelfen, nie eben dahin, immer auf und ab. Die Berge sind sehr steil, teils mit Wald bewachsen, teils mit grauen Felswändlein bestanden, hoch oben sind grüne Almkuppen. Dort jauchzen die Hirten. Sie jauchzen hell, denn es sind die kurzhosigen Stadtherren und die rotkitteligen Stadtfräulein noch nicht erschienen, bei deren Anblick anderswo den Hirten der Juchezer im Halse stecken bleibt.

Im Engtale, dort wo es zu Rande geht und in zwei wilden Gräben aufsteigt ins Gebirge, steht die Kreuzhütte. Ein hölzernes Haus mit kleinen Fenstern, steilem Dache und einem Söller unter demselben, daneben das Wirtschaftsgebäude. Das ist von alters her noch eingerichtet für Getreidegarben, während an den Äckern lange schon die jungen Lärchen grünen und Erlsträucher wuchern. Drei Äcker hatte er gehabt, der Kreuzhütter. Weil sie aber schwer zu bearbeiten waren und kein Dienstbote zu kriegen in den ödweiligen Graben herein, so hatte er sich drei frische Buben angefriemt bei seinem jungen Weibe. Aber als diese Buben erschienen – Jahr für Jahr einer – waren sie so kleinwinzige Kerlchen, daß sie durchaus keine Haue und keine Sichel führen konnten, im Gegenteil, noch für sich selbst die unglaublichsten Dienstleistungen beanspruchten. Auch wollten sie nicht Brot essen, immer nur Milch trinken. Da hat der Kreuzhütter die Pflüge verkauft, dafür Kühe angeschafft und die Felder zu Weiden werden lassen. Die drei Buben wuchsen leidlich in die Höhe, der alte Kreuzhütter jedoch ging von Jahr zu Jahr gebeugter einher und mußte keuchen, wenn er den Berghang hinanstieg um einen Korb Futter. Eines Tages setzte er sich vor dem Hause auf die Bank und sagte ganz laut – der eine Bub hat's gehört– :

»Leutl, behüt euch Gott beieinand. Feierabend ist's.« Und sank seitlings hin auf die Bank. Aus war's.

Der Schreck der drei erst halberwachsenen Brüder war so, daß sie starr wie Holzbalken dastanden vor dem toten Vater. Allmählich hub der ältere, der Oswald, an zu sprechen: »Mir scheint, er ist gestorben.«

»Es wird um Gottes willen der Schlaf sein«, sagte der andere, welcher Toni hieß.

»Beim Schlaf macht der Mensch ja die Augen zu«, meinte der Jakob. »Er hat sie offen und sie sind ganz gestockt.«

Dann schwiegen sie wieder und starrten hin.

Plötzlich machte der Älteste einen Sprung, packte den Vater und rüttelte ihn mit aller Macht. Der erwachte nicht, sondern fiel wie eine schwammige Masse auf die Erde hinab.

Die Brüder waren blaß bis über die Lippen, aber sie erhoben kein Jammergeschrei. Gleichzeitig stießen sie das Wort hervor: »Die Mutter!« – Die Mutter tat oben auf der Grabenwiese Futter mähen. – Wie soll denn das sein? Wie kann man denn hingehen und sagen: Mutter, tu die Sense weg, der Vater ist gestorben. – So kann's ja nicht sein, das ist nicht auszudenken.

Jetzt beratschlagten sie, wie man es der Mutter beibringen sollte. Sie hatten einmal gehört, daß auch der Schreck einen Menschen töten könne. Dann erklärten alle drei, sie wollten ihr's gar nicht sagen.

Aber wenn sie heimkommt und es selber sieht? – Das schlägt sie ja nieder wie ein Donnerkeil.

Sie gingen langsam hinauf, den schmalen Bergsteig hintereinander. An der Lärche, wo man schon die Wiese sah, blieben sie stehen. Jetzt tut sie noch ruhig mähen. Jetzt stützt sie den Stiel auf den Boden, fährt mit einem Grasschippel über die Sense hin und schärft sie mit dem Wetzstein. Sie weiß noch nichts davon, daß im nächsten Augenblick die ganze Welt einbricht.

»Ich mag ihr's nit sagen!« flüsterte der Oswald.

»Warten wir, bis sie aufhört zu mähen.«

Und die jungen Burschen standen da. Und standen so lange unter der alten, spießästigen Lärche, bis sie von der Mutter bemerkt wurden.

»Was macht ihr denn dort, Buben?« rief sie herüber. Also schritten sie langsam über die Wiese und traten achtlos das gemähte Futter in den sumpfigen Boden ein. Die Mutter hub an zu zittern. Jetzt ist was geschehen. Umsonst gehen die Buben nicht so daher. Als sie ihr nahe waren, stürzten sie hin, bargen ihre drei Blondköpfe an ihren Schultern, an ihrer Brust und stöhnten laut.

»Was habt ihr denn?« rief sie schrill aus, »jetzt hat's was geben!«

»Liebstes Mutterl! Liebstes Mutterl!« riefen sie, legten ihr die Arme um den Hals, daß sie fast zu Boden gedrückt ward. »Wir werden schon recht brav sein und schauen auf dich und fleißig arbeiten...«

»Jetzt hat's mit dem Vater was!« schrie die Häuslerin auf.

So haben sie ihr's beigebracht und brauchten nichts weiter zu sagen.

Als die Burschen dann erwachsen waren, hatten sie gute Lust zum Arbeiten und gute Freude zum Essen, aber siehe, da gab es auf dem kleinen Gütel zu wenig von beiden für drei starke Mannsleute. Die Mutter herzten sie täglich, und alle Mühe wollten sie ihr aus der Hand arbeiten, so daß sie bisweilen ganz brummig wurde und wofür sie denn eigentlich vorhanden sei, wenn sie nichts mehr zu tun hätte als Hemden nähen und Strümpfe stopfen, was gerade für die langen Abende ein rechter Zeitvertreib wäre, aber nicht für den lieben Tag, wo der Herrgott die Sonne brennen läßt, damit die Leute was ausrichten sollen. So haben die drei Buben anderwärts Arbeit gefunden und das Verdiente der Mutter heimgebracht in die Kreuzhütte, wo sie auf dem Dachboden nebeneinander ihre Betten hatten und alle

Abende gesund schnarchten, bevor die Mutter in ihre Kammer ging, und alle Morgen noch kräftig schnarchten, wenn die Mutter schon wieder beim Herdfeuer stand und den Milchbrei kochte. Aber zu ihrer Arbeit kamen sie noch allemal früh genug in den Holzschlag, wo der Gutsbesitzer roden ließ. Der Jakob blieb Holzknecht Jahr für Jahr; der Toni eignete sich später zum Kohlenbrenner, und der Oswald arbeitete mit den Zimmerleuten im Lande umher, wo es zu bauen gab. Da kamen die letzteren zwei wohl seltener heim in die Kreuzhütte. Wenn sie aber kamen, war der Toni kohlrußig und der Oswald gut gestrählt am Blondkopf und glatt rasiert bis auf den zarten Schnurrbart. Das war ein hübscher Bursche geworden, nur seine Plattfüße hatten ihn vor dem Soldatenrock bewahrt. Die beiden andern, den Jakob und den Toni, hatte das eifrige Beten der Mutter davor gerettet. Sie betete jeden Abend einen Psalter, daß man ihr doch diese Buben nicht zum Menschenschlachten davonführen möchte, und vor lauter Beten hat's sie erzwungen. Allerdings hatte der Toni einen starken Höcker, weil er als Kind einmal schwer gefallen war, und der Jakob war kurz- und säbelbeinig, weil ihn Gott so erschaffen hatte. Der eine hatte – wie die Spötter läuteten – den Tornister schon auf dem Rücken, der andere war zum Reiten wie geschaffen, aber die Mutter hatte so viel zum Beten geschaut! So kamen sie an Samstagabenden doch wieder zusammen in der Hütte, und jeder brachte allemal was mit für die Mutter, sei es ein blauer Kittelstoff oder ein rotes Seidentuch oder ein Kopfkissen mit Roßhaar oder ein Stück Lebkuchen oder eine Flasche Untersteirerwein oder gar ein Silberkettlein, wie es andere Burschen der Herzliebsten schenken. Sie schlug allemal die Hände zusammen: »Aber ihr seid mir doch rechte Lappen! Wo tu' ich's denn hin? Hab' schon so viele schöne Sachen, daß gar kein Platz mehr ist! Tut doch auch auf euch selber denken. Das sind aber doch Narren, liebe, daß sie alles mir heimbringen!« Der Holzknecht nahm das Mütterlein um den Hals und kosete so viel, daß sie über und über vor Harz klebte, und der Kohlenbrenner machte sie vor lauter Schäkern und Kosen ganz rußig, und wenn sie sich dann mit beiden Flachhänden im Gesichte wusch, kicherte sie in den Brunnentrog hinein voller Herzensfreud über die »lieben Narren«. An Sonntagen, wo andere der Lustbarkeit nachgehen, hockten die Buben daheim im versteckten Engtal bei Muttern und unterhielten sich mit Plaudern und Scherzen. Dieweilen sie den Burschen die Kleider ausbesserte, flocht ihr der Bengel von Holzknecht das grauende Haar in Zöpflein, und der Kohlenbrenner war schier unzufrieden, wenn er zu »seiner Alten« mußte, sehen und schaffen, daß sie nicht Schaden tat. Diese Alte war der schwarze Kohlenmeiler in der nahen Brennstatt. Die Mutter war's zufrieden, spähte aber bisweilen ein wenig aus, ob neben der »Alten« nicht am Ende irgendwo auch eine »Junge« seiner wartete. Allein den Buben war für ihre kindliche Liebherzigkeit alleweil noch »das Mutterl« genug.

Am seltensten kam der Oswald heim. Der war als Zimmermann weit im Lande herum und hatte auch an Sonntagen dort und da zu tun. Wenn er aber in seiner bockledernen Kniehose heimkam und das rote Halstuch wie eine Rosenknospe zwischen den Flügeln des weißen Hemdkragens hervorguckte, da hatte er allemal ein frisches, scheibenrundes Gesicht und lachte wie Sonnenschein in die dämmernde Hütte herein und brachte Sachen mit für Mutter und Brüder. Das Laster des Tabakrauchens hatten sie sich angewöhnt, die jungen Waldteufel alle drei, und wenn sie recht nebelten, hüstelte und schmollte die Mutter, und wenn sie darauf ausgehen ließen, holte sie vom Herd glühende Kohlen, um die Pfeifen wieder anzuzünden. Der Zimmermann brachte vom Markt Birnen mit heim oder Zuckerwerk oder süßen Schnaps und hätte es gern gehabt, daß »Mutterl« ins Naschen gekommen wäre.

Sie tat, als stecke sie die Sachen brocken- und schoppenweise in den Mund und schenke den Buben nur Restchen zum Kosten, diese Restchen waren aber stets das meiste, und die Burschen nahmen es nicht wahr, daß sie von all dem Guten, das sie ihr geschenkt, den allergrößten Teil selber verzehrten.

Der falbe Schnurrbart des Oswald war immer stattlicher geworden und ließ sich bereits in spitze Hörner drehen. Und einmal, wie er so drehte, fing ihm der Jakob die Hand ab und sagte: »Du halt, wo greifst denn du lauter herum, daß dir solche Sachen hängen bleiben an den Fingern?« Sofort machte der Oswald mit den gekrümmten Fingern eine Bewegung, als wollte er dem Bruder über das Gesicht kratzen, tat's aber nicht, sondern lachte: »Daß doch so ein Holzknecht alles gleich begucken muß!« Hatte nämlich der Zimmermann am Mittelfinger ein güldenes Ringlein. Und jetzt mußte er eingestehen. – Die Wegscheidwirtin in der Blachau. Wo sie in den letzten Wochen den Stadl gebaut hatten. Ein tüchtiges Weibsbild her. Nicht über die Dreißig. Ihr Mann erst im vorigen Frühjahr gestorben. Ein schöner Platz! Stattlich Haus und Hof und hundert Joch Grund dabei. Er hätte auch das Herumzigeunern mit den Zimmerleuten satt, wenn man sich's besser machen könne! Nu, so hätten sie's am vorigen Samstag ausgeredet, miteinand allzwei...

Der Holzknecht und der Kohlenbrenner hatten während solchen Bekenntnisses allerhand Gesichter geschnitten. Die Mutter hatte gar aufmerksam zugehört; und jetzt, da er nicht mehr weitersprach, sondern mit der Spitze des Taschenmessers seine Fingernägel auskratzte, sagte sie: »Du bist mir aber doch ein Lotter! Die Wegscheidwirtin in der Blachau willst du heiraten?«

Da packte er mit beiden Händen ihren Kopf, schrie ihr lustig ins Gesicht: »Freilich wohl, Mutterl!« und gab ihr einen schmatzenden Kuß auf den Mund.

Bei der nächsten Zusammenkunft huben der Jakob und der Toni an, den Bruder zu necken wegen des »schönen Platzes«, des tüchtigen Weibsbildes und ob der Wegscheide. Er antwortete, daß er recht gut wisse, welchen Weg er zu gehen hätte. – Fast etwas gereizt tat er, und wenn sie schon wissen wollten, so möchten sie halt einmal in die Blachau hinausgehen, ein Wirtshaus stünde jedem offen. Der Jakob meinte unmaßgeblich: »Wenn sie Bekanntschaft machen will, die Frau Wirtin, so hat sie nicht weiter in den Graben herein als wir hinaus.« – Die Mutter merkte eine gewisse Verstimmung zwischen den Buben, die sie nicht gewohnt war, sie schlichtete mit dem Wunsche, nächstens einmal eine Wallfahrt nach Straßkirchen zu machen, bei dieser Gelegenheit könnten sie im Wegscheidwirtshaus einkehren und sich die Dinge unauffällig anschauen. Das wäre schon recht, meinte der Zimmermann, und als er am folgenden Samstage wieder heimkam, brachte er ein Stück Laugenseife mit, falls die Brüder sich zur Wallfahrt das Pech und den Ruß losfegen wollten. Da lachten sie wieder. »Er fürchtet schon, daß sie an mir könnte picken bleiben!« rief der Holzknecht. »Und wenn ich der Frau Schwägerin ein Küssel wollt' geben, tät sie einen schwarzen Fleck kriegen!« setzte der Kohlenbrenner bei.

Die Mutter hörte solche Reden nicht gern, erstens könnten sie dem Oswald ärgerlich sein, zweitens hielt sie auf ernsthafte Anständigkeit, besonders bei so heiklichen Sachen. Als der Wallfahrtstag herankam, war es das erstemal, daß sie den zwei Buben die frisch gewaschenen Hemden bügelte, denn die jungen Waldlöwen pflegten in Hemdärmeln zu gehen. Sie selber zog ihr gutes Sonntagsgewand an, aber nicht das beste mit der schwarzen Taffentschürze und dem rotseidenen Busentuch. Ihr silberiges Haar glatt gescheitelt, mit den feinen Runzelchen im weißen Gesicht und den munteren blauen Augen drein – so sah sie gar anmutig aus. Und der Kohlenbrenner, sauber gescheuert, beugte sich nieder, klatschte mit den Händen auf die Oberschenkel und rief: »Mutterl, du bist aber schön!« Seinen Arm durfte er ihr heute nicht um den Nacken legen, des Verknitterns halber.

So gingen sie auf die Wallfahrt. Bauschige rote Regenschirme hatten sie bei sich, und der Jakob trug am Rücken ein Bündel, in welchem Brot, Käse und sogar ein Eierkuchen waren, zur Wegzehrung. Die Mutter hatte eine Rosenkranzschnur um ihre braune Hand gewunden. Auf steinigen, durch Unwetter arg verwaschenen Wegen wurde sie stets am Arme geführt von dem einen und von dem andern, und der voraus ging, hatte immer aufmerksam zu machen: »Auf diesen Stein steigen, Mutterl! So den Fuß setzen! Da ist's rutschig. Da ist eine Wasserkehr, mußt hupfen – hopsa!« Und sie: »Ja, bin ich denn blind, ihr Narren! Schaut doch, daß ihr selber nicht in den Patsch steiget!«

Als sie in der Blachau dem Wirtshaus nahe kamen, wurden alle Schuhe sauber mit Gras gereinigt. Dann setzten sie sich ein wenig auf einen Steinhaufen und betrachteten das weitläufige Gehöfte, das zwischen flachen Feldern, Wiesen und Gärten vor ihnen dalag und dessen Schindeldächer in der Sonne so hell funkelten, daß die Kreuzhütterin ihre flache Hand vor die Augen halten mußte.

Der Oswald betrachtete mit Stolz den Hof, dann Mutter und Brüder, die unter Kopfnicken drauf hinschauten. Auch die Gegend war so breit und frei, und die Berge waren ganz blau vor lauter Ferne.

»Ja, schön ist's da schon!« sagte endlich die Mutter und rieb sich mit dem Sacktuch die Schweißtropfen vom Gesicht. Und der Oswald dachte, wie es dem Mutterl gut sein werde in diesem Heim. Ein warmes lichtes Stüblein gegen den Garten hinaus, rote Blumen, den Lederkissenstuhl daneben, ihren Kaffee jeden Tag – alles, was sie halt gern hat, und wenn etwan gar kleine Saggra kommen, die werden ihr die Zeit schon vertreiben. Nachher der Jakob Oberknecht, der Toni Weidknecht, und mitten in allem er selber, der Großbauer und Schenkwirt mit der feinen Frau Wirtin...

»Ich denk', wir gehen nicht hinein«, sagte der Toni.

Der Oswald lachte überlaut. »Wegen dem, daß wir hineingehen, sind wir ja hergegangen.«

»Ich möcht' auch vorher noch gern mit unserer lieben Frau von Straßkirchen reden«, sprach die Mutter nur so halblaut hin. Der Oswald aber brannte vor Begierde, seine Leutchen der Wegscheidwirtin vorzustellen. Sie soll einmal sehen, was er für ein herziges Mutterl hat und für prächtige Brüder.

Nun, so standen sie bald auf dem breiten Antrittstein des Eingangs. Dort konnten sie freilich nicht mehr lange säumen und überlegen, denn das alte Rundbogentor war weit offen. Im Vorhause schon standen ein paar Tische, stülpte ein Faß, und es war, als steige aus den dicken Mauern ein kühler Weinduft. In der geräumigen Gaststube standen mindestens sechs große Tische, die zu dieser Stunde unbesetzt waren. Am vorderen saß die Frau Wirtin. Den einen der vollen nackten Arme hielt sie in die Seite gestemmt, den anderen hatte sie weit über den Tisch hin liegen. Eine stattliche Figur, und am dicken Hals eine siebenfache Silberkette. Das Gesicht bestand hauptsächlich aus zwei hervorquellenden Wangen, zwischen denen eine etwas verkümmerte Nase saß. Am Munde fautschte sich die fleischige Unterlippe über die Oberlippe hinauf, die Mundwinkel gingen sachte nieder an beiden Seiten des hervorstehenden Kinnes. Das eine Äuglein schaute unter buschigen Brauen frisch und unternehmend aus, das andere hatte ein »Blümel«. Die schwarzen Haarsträhnen waren locker ums Haupt gewunden, so daß sie an der Seite niederzuhängen Anlaß nahmen. Als der Oswald mit dem Buckeligen, dem Säbelbeinigen und dem alten Weiblein bescheiden eintrat, sagte sie leise: »Nau, Oswald, was bringst mir denn heut' für Leut' daher?«

Als sie vorgestellt waren, wurde sie liebenswürdig, reichte jedem die Hand, um diese nachher unauffällig an ihrer Schürze abzuwischen. Dann ließ sie Wein hertragen, einen großen Korb Semmeln und Käse, blieb aber sitzen an ihrem Tisch, legte den Arm weit über die Platte hin und ließ ihr Auge umherzucken, ob auch in jedem Winkel alles zurecht wäre. Der Oswald hatte sich nicht hingesetzt, sondern ging mancherlei anfassend und prüfend in der Stube herum, im Vorhaus, im Wirtschaftshof, auf den man durchs Fenster sehen konnte, und spielte schon so ein wenig den Hausherrn. Die andern saßen da. Zuerst hatten sie mit der Wirtin vom Wetter geredet und vom schlechten Weg, dann stockte es. Später hatte die Frau zum Essen und Trinken angeeifert, denn sie würden wohl noch einen guten Marsch vor sich haben, dann stockte es wieder. Ferner fragte sie, ob die Brüder auch Zimmerleute wären? Nicht. Sei auch recht, jeder könne nicht Zimmermann sein. Wie alt denn wohl die Mutter schon sei? – Endlich, als sie zum Fortgehen rüsteten gen Straßkirchen, stand die Wirtin doch mählich auf, wobei sie ihre Faust an den Tisch stemmte, lehnte die angebotene Zechzahlung ab und machte artig die Einladung, auf dem Rückwege wieder zuzusprechen. Je näher die Kreuzhüttenleute in ihren schwerfälligen und eckigen Wendungen der Stubentür kamen, desto freundlicher ward die Wirtin. Dann trat der Oswald noch zu ihr: »Behüt dich, Seferl!«

»Mit gehst wallfahrten?« lachte sie grell auf. »Na, so tu' halt fleißig bußwirken, wird dir nit schaden!« Dabei gab sie ihm mit dem nackten Ellbogen schäkernd einen leichten Stoß.

Als die vier Wallfahrer wieder auf der heißen Straße waren, strich der Oswald ganz nahe an den Seinen hin und wartete auf irgendeinen Ausdruck von Zufriedenheit. Endlich sagte er selbst: »Nicht wahr, lieb ist sie!« – Doch es war keine rechte Antwort zu erreichen.

Weil sie vorher an der mit allerhand Fahrnissen gefüllten Wagenhütte vorübergekommen waren, so sagte nun der Toni: »So ein Steirerwagerl, wenn sie uns hätt' einspannen lassen!«

»Gott sei für!« rief die alte Mutter und humpelte, um zu zeigen, daß sie auf derlei nicht anstehe, hastig neben ihren Söhnen einher.

Auf dem ganzen Wege redeten sie weiter kein Wort über das Wegscheidwirtshaus. Die Wallfahrt wurde fleißig verrichtet. Am Beichtstuhle standen voran die Mutter, und hinter ihr die drei Söhne. So auch knieten sie nebeneinander vor dem Kommuniontisch, und dann nahmen sie in der Herberge ein gutes Mittagessen, wobei sie bedacht waren, die besten Bissen der Mutter auf den Teller zu legen. Auch Zucker taten sie in den Wein, sonst war er ihr zu »stark«; und dann nippte sie und bekam rote Wänglein, und es war ein einträchtiges und fröhliches Gottloben auf der Wallfahrt. Den Rückweg wollten sie über den Mitterberg nehmen, sie werde ihn schon dermachen, meinte die Mutter; der Oswald stimmte sehr für die Rückkehr durch die Blachau, er habe notwendig im Wegscheidwirtshaus zu tun, und sie würden sehen, wie lieb sie mit ihnen sein werde, wenn sie wieder zusprächen; sie sei schon so, erst nach und nach werde sie warm, dann halte es aber auch, wie ein Kachelofen im Winter. Zudem habe die Wirtin sie ja eingeladen, zuzusprechen und würde gewiß allerhand herrichten; ein absichtliches Ausweichen hätte sie nicht verdient, wo sie mit ihm doch so lieb und gut sei. Na, dem Bruder zu Gefallen haben die beiden andern der Mutter so lange zugeredet, bis sie beim roten Kreuz links in die Blachau einbogen.

Es war Regenwetter gekommen. Die drei roten Schirme und der braune des Zimmermanns deckten unsere Gesellschaft gegen oben, die Straße aber war so grundlos, daß der Toni wieder an das Steirerwäglein dachte, das die Wirtin ihnen leicht hätte entgegenschicken können. Der Oswald mußte diesen Gedanken erraten, denn plötzlich sagte er: »Die Pferde, wenn sie nicht beim Holzschleifen wären! Wie die Grafen könnten wir fahren!«

In der Vorlaube des Wirtshauses schleuderten sie sorgfältig die Schirme aus, säuberten die Kleider von dem angespritzten Kot und traten dann – der Oswald tapfer voraus – ins Gastzimmer. Da gab es einen Tisch voll Herren, die tranken, rauchten und heiter waren. An der Tischecke saß die Wirtin, legte den nackten Arm auf die Platte, redete gar manierlich mit den Gästen und gab die Scherze des Chirurgen und des Bürgermeisters aus Standelbach schlagfertig zurück. Als die Kreuzhüttenfamilie eintrat, schaute die Wirtin erst ein wenig verblüfft drein, dann winkte sie stumm und lebhaft nach der Küchentür. – In die Küche sollten sie, wahrscheinlich, weil sie sich dort am Herdfeuer trocknen könnten. Naß waren sie zwar ohnehin nicht; jetzt, in der Küche wechselten die Kreuzhüttenleute miteinander einen kurzen Blick und dann gingen sie durch die andere Tür wieder in die Vorlaube. Dort sagte die Mutter leise zu den Söhnen: »Mir scheint, sie fängt sich schon an zu schämen mit uns!« Dann nahmen sie ihre Regenschirme und gingen davon. Sie redeten darauf unterwegs nur wenig miteinander, der Zimmermann aber sagte gar nichts – nicht ein Wort. Er schritt vornedrein oder hinterher. In Neudorf blieb er vor der offenen Werkstattür eines Korbflechters stehen und rief hinein: »Hättest du mir heut' nicht für einen Botengang Zeit, Steffel? Es müßt' aber freilich gleich sein. Mit einem Trinkgeld bin ich dir nicht zu sparsam, wenn du deinen Schubkarren nimmst und mir vom Wegscheidwirtshaus meinen Kleiderkoffer holst und ins Kreuzhäusel hinaufschaffest. Aber fein gleich müßt' es sein.«

»Das will ich dir schon tun«, antwortete der Korbflechter, und ein paar Stunden, nachdem sie von ihrer Wallfahrt zurückgekehrt waren, zog in die Kreuzhütte wieder der hölzerne Kasten ein, der schon hatte anfangen wollen, seinen Inhalt in die großen Truhen des Wirtshauses zu entladen. Da nahm er seine Mutter her, herzte und küßte sie und sagte nichts als das eine Wort: »Mutterl, ich bleib' bei dir.«

Die Zimmermannsaxt war bei diesem Zwischenspiel aber nicht leichter geworden. Er war in Gedanken schon so schön behäbig in der Gaststube bei seinen Gästen gesessen, eine lange Pfeife im Munde oder zur Vormittagsjause seine Lieblingsspeise, Kalbsohr mit saurem Kren essend, oder war in den Wirtschaftsgebäuden umhergegangen, dem Gesinde befehlend, mit seiner Frau scherzend, mit seiner Mutter plaudernd. Er hatte bei diesem eingebildeten Wohlleben beinahe schon ein Bäuchlein bekommen – und jetzt wieder nichts als ein armer Zimmermann, der seinen Erwerb mühsam suchen muß überall, wo sich Feuer, Wasser oder ein anderes Unglück zugetragen hatte. Es war daher recht an der Zeit, als ihm Aufklärung ward, welche Art von Glück er verscherzt hatte. Der Gendarm sagte es ihm zuerst auf der Straße, am Feierabend, als der Zimmermann von einem Bau heimkehrte. Dieser Gendarm kehrte im Wegscheidwirtshause zu, um die Wirtin abzuholen. Sie war angeklagt, ihren viel älteren verstorbenen Mann durch Branntwein vergiftet zu haben. Sie soll den blödsinnigen Alten so weit hergerichtet haben, daß er täglich einen Liter Fusel soff, bis er eines Tages, als sie ihm die Pfeife anzündete, beim Munde Feuer fing und elendlich umkam. Wegen dieser Sache hatte ihr zwar nichts geschehen können, denn das Branntweintrinken und das Pfeifenanzünden ist nicht verboten. Hingegen war bei dem Prozesse ein Ehevertrag zutage gekommen, des Sinnes, daß sie nicht rechtmäßige Besitzerin des Hofes gewesen. Der fiel den Verwandten des alten Wegscheidwirtes zu. Sie konnte fortgehen, wußte aber nicht wohin.

»Ja, ja, Oswald, da hättest du schon die Richtige derwischt!« sagte nun einmal der Kohlenbrenner. Dem verwies es aber die Mutter: »Laß es gut sein, Tonl, das weiß er jetzt schon selber.«

So lebten sie wieder beisammen in heiterer Eintracht, die drei Buben in der Kreuzhütte. Als im Laufe der Jahre die Kräfte der Mutter schwanden und sie nicht mehr die kleine Milchwirtschaft besorgen konnte, gab der Toni das Kohlenbrennen auf, fütterte und molk Kuh und Ziege, kochte das Essen und pflegte die Mutter. Dabei sang und jauchzte er so lustig um die Hütte herum und rief der hinfälligen Mutter so schalkhafte Koseworte zu, daß man von außen meinen konnte, es lebe in der Kreuzhütte ein junges, glückseliges Menschenpaar. Wenn er aber an Samstagfeierabenden mit seinen Brüdern allein hinten in der Futterkammer saß, da gab es sorgenvolle Unterredungen. Die Mutter wußte nicht, wie krank sie war. Sie fuhr in ihrer gewohnten Weise fort, mit den Buben gutmütig zu schmollen, wenn diese sie mit kleinen Geschenken und Liebkosungen ersticken wollten. Sie konnte in ihrem blassen Gesichtlein den wilden Bartwisch des Holzknechtes nicht leiden und die kratzenden Stoppeln des Kohlenbrenners nicht und dem Zimmermann sein borstiges Haar an den Wangen nicht. Aber schmunzeln tat sie doch dabei, wenn die drei waldbaumwilden Kerle Mutterminne trieben wie kleine Knaben. Vielleicht dachte sie auch bisweilen, daß die Söhne in der alten Berghütte ihr Leben versäumen könnten, und sie riet einem und dem andern, doch nicht immer im Berggraben stecken zu bleiben, sondern sich einmal auch die weite Welt anzuschauen. Und als der Jakob tat, als wolle er den Rat ausführen, da weinte sie halbe Nächte lang, und als sie ihr den Entschluß mitteilten, die Welt Welt sein zu lassen und daheim zu bleiben, da gab sie dem Nächststehenden ein Tätschchen auf die Backen: »Aber Narren seid ihr!« Und war wieder herzensglücklich.

Dann kam jenes Kirchweihfest. »Bin ich doch begierig, der welche mich zum Tanz führt!« sagte die Mutter scherzend. Daraus wurde ernst, und alle drei führten das fast hinfällige Mütterchen im roten Busentuch dem Feste zu.

In ihrem schönsten Gewand herausgestiefelt, so gingen sie über die grünen Fluren hin; im reifen Korn leuchteten die roten Mohnblumen, und die Lerchen sangen hoch in der Himmelsbläue. Die Mutter war ganz rührig heute.

»Machet doch nicht so stad, Buben!« drängte sie, denn die Söhne gingen ihr zu langsam, und im Dorfe läuteten schon die Glocken. Nach dem Gottesdienst gingen sie in die Taferne. Am »Herrentisch«, so wollte es der Zimmermann, nahmen sie Platz. Zuerst eine Rindfleischsuppe, dann resch gebratene Schweinsbrust mit Salat. Und nachher einen Liter Muskateller. Wollte er den Leuten zeigen, daß es auch ohne Wegscheidwirtin geht? Nein, nicht zu Trutz, nur zu Lieb! Der Mutter wollten sie einen Ehrentag antun. So saßen sie da, die drei Buben, in gemütlicher Ehrerbietung, und unterhielten die alte Frau.

An Nebentischen saßen andere Burschen mit ihren Dirnlein, sagten solchen allerhand Artigkeiten, ließen ihnen allerhand Leckereien auftragen, aber herziger konnten sie's nicht treiben, wie die Kreuzhüttenbuben mit ihrer Mutter. Natürlich fehlte es an lustigem Spotte nicht, wie die drei starken Buben sich wohl vertragen täten um einen Schatz, ob's nicht ein Raufen geben würde? Die Buben lachten gutmütig dazu. Der Zimmermann legte einen Silbergulden auf den Spielleuttisch für einen Altsteirischen, dann nahm er das Mütterlein gelassen um die Mitte und reigte mit ihr langsam ein paarmal um die Runde. Dabei strampfte er mit den Füßen und stieß zwei- oder dreimal ein helles Jauchzen aus; sie schlug ihre Augen zu Boden, fast träumerisch. Einst, ja, vor fünfzig Jahren, war es auch einmal so gewesen. Könnten sie nicht gerade jetzt die goldene Hochzeit haben, wenn er noch lebte? – Nachher wollte auch der Jakob und der Toni mit ihr noch eins tanzen, aber das ging nicht mehr, sie war schon schwindelig geworden, und an ihren

Tischplatz taumelnd schmollte sie: »Seid aber doch rechte Narren!« Und kicherte.

Sie hätten bald die Zeit übersehen. Es war der Abend da. Der Zimmermann dingte vom Tafernwirt einen geschlossenen Wagen mit zwei Pferden zur Heimfahrt. Einmal in ihrem Leben soll sie doch wie eine Gräfin fahren können, die arme Häuslerin. Es war finster, über den Gebirgen blitzte ein aufsteigendes Gewitter. Die vier Menschen saßen eng zusammengedrängt im Lederkobel. Der Mutter war ums Schlafen. Des Gewitterwindes wegen schlossen sie das Fenster, da wollten die Buben ihre Pfeifen ausgehen lassen, aber noch im Einschlummern lallte die Mutter: »Kindisch! Mir macht's ja nichts, das Rauchen.« Sie schwiegen, rührten sich nicht und sahen durch die Scheibe hinaus, wie die Blitze zuckten und die Bäume mit dem Sturme rangen.

Endlich waren sie nach zwei Stunden in ihr Hochtal gekommen. Nun mußten sie die Mutter doch wecken. Als der Jakob ausstieg, sank sie, die sich an ihn gelehnt hatte, vom Sitz.

So starr und stumm, wie einst vor dem Vater, standen sie jetzt vor der Mutter...

Dann haben sie sie aus dem Wagen gehoben und ins Haus getragen. Haben zwei Tage lang gewacht bei ihrer Bahre, schweigend, ohne zu essen und zu schlafen. Manchmal fuhr einer mit der rauhen Hand über ihr graues Haar. Als sie begraben war, standen die Buben zusammen alle drei und sagten: »Was machen wir jetzt?«

Die Kreuzhütte haben sie dem Waldherrn verkauft, und der Jakob hat als Holzknechtmeister noch eine Weile in ihr gewohnt, bis sie allmählich verfiel, so daß die Moose und die Pilze wuchsen auf den morschen Balken. Der Toni war in ein großes Eisenwerk gegangen. Der Oswald war Zimmermann geblieben und hatte sich noch manches Jahr stattlos im Lande herumgearbeitet.

Der Erzähler hat sie in seiner Jugend noch gekannt, sie waren äußerlich arg verwildert, wichen den herlebigen Leuten aus, nur mit Greisen oder Greisinnen plauderten sie, und mit Kindern spielten sie. Geheiratet hat keiner.

Vom Vogel, der sein Nest vertan

Franzenshütte, am 18. April

Liebe Eltern!

Ich bin gut angekommen dahier. Der Patritz Kornhofer (hier nennen sie jeden beim Schreibnamen) hat auf dem Bahnhof schon auf mich gewartet, mit noch zwei anderen Genossen. Ich hätte den Tritzl bald nicht mehr erkannt in seinem schwarzen Stadtgewand. Wie ein Herr, wenn er die roten Halsmaschen nicht hätt. Drauf in die Trakterie zum Mittagessen und nachher Zimmer suchen. Ich hab derweil ein kleines bei einer Spulerin genommen, weil ihr Mann fort hat müssen, wegen des letzten Streiks. Und erspart sie's derweil. Eigentlich hat der Tritzl bei ihr gewohnt, aber weil ich ihr's gesagt hab, daß er über sie schlecht redet, so hat er ausziehen müssen und ich hab das Stübel. Ich zahl pro Monat 7 Gulden, ist auch die Bedienung dabei. Waschen tut sie mir auch. Daheim wäre das viel Geld, hier ist es wenig, weil ich mir im Tag 1 Gulden 60 Kreuzer verdiene. Bei 10 Stunden Arbeit, die andere Zeit ist man frei. Ich kann mir im Jahr leicht ein paar hundert Gulden ersparen und leb dabei wie ein Graf. Hab mir mit dem Tritzl auch schon die Stadt angeschaut, und bin in Arbeit eingestanden in der Holzpapiermühl, ein kinderleichter Dienst. Hab nur dazustehen und auf die Maschin aufzupassen, immer einmal einen Hebel rücken, immer einmal einen Bolzen ölen, immer einmal eine Schraube anziehen. Übrigens arbeitet die Maschin bereits ganz allein. Seid so gut und schicket mir das Kupferl nach, wo das Zeuggewand drinnen ist. Und beschließe mein Schreiben mit vielen Grüßen, auch an die Mutter.

Euer dankbarer Sohn Karl *Waldenbacher*

Hochraith, 5. Mai

Lieber Karl!

Euer dankbarer Sohn schreibst. Ein wahrer Spott, wo Du uns jetzt in unseren alten Tagen verlassen kannst. Geht's Frühjahr zu End und haben noch nichts angebaut und wissen uns nit zu helfen und die Leut lachen uns aus, daß uns der Bub ist davongelaufen. Was die Mutter seither Tag und Nacht zusammenweinen tut, ist nit zu sagen. Geb's Gott, daß es Dir gut geht in der Fremd, verdienen tust es nit drum, wie Du das hast tun können. Bis in zwei, drei Jahren Dein Bruder vom Militär heimkommt, so lange werde ich die Wirtschaft wohl nimmer derhalten können – wie ich jetzt auch schon kränklich bin. Die Leut sagen: Im Hochraithof muß das siebzehnjährige Dirndl jetzt der beste Mann sein, weil der Ältest und der Stärkst ein Fabrikantenknecht geworden ist. Ein solches End muß es nehmen mit diesem Hof, wo seit schier dreihundert Jahren die Waldenbacher haben gehaust. Bin schon ganz verzagt und wär's mir am liebsten – meiner Seel – wenn's mich abi trageten. Das Kupferl mit dem Gewand wirst erhalten haben. Die Mutter laßt Dich grüßen und sagen, Du sollst aufs Beten nit vergessen.

Dein Vater Urban Waldenbacher

Franzenshütte, am 2. Juli

Liebe Eltern!

Mache Euch zu wissen, daß es mir gut geht und ich mir's nicht besser wünschen kunnt. Bei der Maschin kinderleichte Arbeit vergleichs zur Mahd, was bei Euch daheim jetzt sein wird. Und haben wir noch Lohnerhöhung herausgeschunden, weil wir alle zusammhalten und sonst die Arbeit einstellen täten. Hier ist's teuer zu leben. Einen Spiegel und ein Sofa hab ich mir angeschafft, nit teuer und in Raten zahlbar. Mittagessen nehm ich in der Trakterie, Fruhstuck und Nachtmahl kocht mir die Frau Hirschler, was die Spulerin ist, weil ihr Mann fort ist. In Franzenshütte sind unseran 2400 Arbeiter, auch Böhm und Krowaten dabei, wo man nit ein Wort versteht. Franzenshütte heißt's, weil die vielen Fabriken und Werkstätten von der Eisenhütte herstammen, die vor hundert Jahren zu Zeiten des Kaisers Franz hier erbaut ist worden. Auch ein Hochofen dabei, damals; und wie schaut's jetzt aus! Eine ganze Stadt mit über achtzig Schloten, und den Rauch darüber kann man meilenweit sehen! Der Besitzer heißt Herr von Glotter und soll an 40 Millionen reich sein. Er könnte einen Palast aus Gold haben, sagen die Leute, aber er bewohnt mit seiner Familie ein ganz einfaches Gebäude und lebt bürgerlich, weil er sich vor den Arbeitern fürchtet. In Amerika soll ja auch kein Unterschied sein, wie Arbeitgeber und Arbeiter leben. Wenn ich mir denk', was die Arbeiter jetzt für Herren sind und wie es bei den Bauern zugeht, da gereut's mich wohl keinen Augenblick, daß ich mir's besser gemacht hab. Deswegen hat mir Euer Brief weh getan, daß Ihr Euch so kränkt meinetwegen. Ihr sollt auch schauen, daß Ihr loskommt von der alten Elendhütten. Dem Thomas, wenn er vom Militär fertig ist, dem wird gewiß auch nix drum sein, der geht sicher auch in die Fabrik. Und der Schwester Susi geht's als Stubenmädel in der Stadt hundertmal besser und kann bei ihrer Sauberkeit noch ein Glück machen.

Was gibt's Neues zu Haus? Ich laß alle Bekannten schön grüßen. Und tut mir das Herz nit schwer machen mit Eurem Jammern, zu ändern ist's nit. 's ist einmal der Lauf so, und daß die Unteren endlich einmal über sich kommen. Wir haben oft Versammlungen, wo wir Bildung lernen und wo wir aufgeklärt werden über vieles, von dem ein notiger Bauersmensch keinen Dunst hat. Tut Euch lieber freuen, daß es Euren Kindern besser gehen wird, als es Euch ist ergangen, und die Susi soll mir auch einmal schreiben.

Karl

Franzenshütte, am 22. Oktober

Liebe Schwester!

Mir scheint, Du schamst Dich jetzt für Deinen Bruder, weil er Fabrikantenknecht ist worden. Weil Du mir gar nit schreibst. Wegen meiner. Ich bin nit so stolz, wenn ich's auch ein bissel sein kunnt. Der Tag wird mich gefreuen, wo ich Euch ins Unrecht werd setzen. Bei mir wird's alle Tag besser. Ich hab eine Arbeit, die ein Halterbub kunnt verrichten. Zwei Maschinen kunnt ich leicht versorgen auf einmal, aber unsere Obergenossen erlauben das nit. So kann ich bei meiner Arbeit Zeitung lesen, sonst wär's zum Vertrotteln dabei. Muß Dir doch einmal so eine Zeitung schicken, da wirst Dich staunen! Gestern in der Früh haben wir, was uns Maschiner sind, haben unser besseres Gewand angelegt, sind zum Fabriksherrn gegangen und haben gesagt, nit einen Handgriff kunnten wir mehr tun, wenn er uns nicht 2 Gulden 50 Kreuzer wollt geben. Getan hat er's, denn er hat jetzt eine Bestallung, wo er groß strafzahlen tat müssen, wenn er sie nit kunt einhalten. So muß man den Vortel ausnutzen. Denk Dir, verdien ich mir jetzt das Monat über 60 Gulden. Mehr als die Halbscheid von uns verdient noch viel besser. Wir werden ihnen schon nachkommen; nächst Frühjahr, heißt's, kommt der große Streik. Die Guldenstunde und Achtstundentag!

Ich schick Dir da meine neue Fotographie – was sagst dazu?! Mir scheint, *so* hat man sich in Graith die Fabrikantenknecht nit vorgestellt! Das Gewand hat 62 Gulden gekostet und die Uhrkette 25 Gulden. Bei Versammlungen, wenn eins dabei sein muß, immer einmal auch eine Unterhaltung, da heißt's anständig beieinander sein, das wirst eh verstehen. Einmal sollst mich halt besuchen, liebe Susi, gefallen tät's Dir schon da; will Dir was sagen, Du taugst so wenig ins Bauernvolk, als wie ich. Derweil tu halt schön auf die Eltern schauen, möcht sie eh wieder einmal sehen, voraus die Mutter; vielleicht aufs Jahr einmal. Ich lasse sie schön grüßen und Dich auch und schreib mir, ob Du noch alleweil wachsen tust und säuberer wirst.

Dein getreuer Bruder *Karl*

Hochraith, am 3. Mai

Lieber Bruder Karl!

Ich tu mich erst heut für Dein Bildnis bedanken, was Du mir vor einem halben Jahre geschickt hast, indem ich schwer zum Schreiben komme. Aber das muß ich Dir wohl sagen. Dein Gesicht paßt besser in einen Bauernloden als in ein Herrentuch. Daß Du kein Herr bist, sieht man Dir doch an, da kannst Du Dich gewanden, wie Du willst. Daß es Dir gut geht, gefreut mich, von uns kann ich dasselb wohl nit sagen. Erstens war der Winter hart und haben nit genug Brennholz beim Haus gehabt, weil's der Vater im Herbst nit dermachen hat mögen. Beim Kältenleiden ist uns die Mutter krank worden und kann sich jetzt frei nit derfangen. Immer ein Stückel Fleisch, wenn sie kunnt haben, sagt der Arzt, aber kein Kreuzer Geld, wo uns eh die Leut wieder so plagen, denen wir schuldig sind. Hebt auch die Sparkasse wieder an und will uns den Hof verlizitieren lassen, wenn wir bis ersten Juli nit zahlen können. Da meint der Vater, ich soll Dir's schreiben, vielleicht, daß Du einen guten Rat tatst wissen, indem Du ja so gut verdienst. Das Vieh ist schon fort, bis auf zwei Küh und gehört eine davon auch nit mehr unser. Anbauen haben wir dies Frühjahr gar nix mehr können, weil kein Arbeitskraft da ist, und der Vater meint, daß ja so alles verkauft oder vergantet werden wird müssen. Haben sich auch schon Käufer angefragt, wollen aber frei nix hergeben. Einer – ein Baron – wär nit zu klug, wenn er noch drei oder vier Nachbarn dazukriegen tät, daß er ein Jagd hätt. Aber die Nachbarn sind noch nit ganz fertig. Wir können uns nimmer derhalten, wenn nit bald ein Hilf kommt. Jetzt hab ich Dir aber recht vorgejammert, lieber Bruder, und mir geschieht selber hart, daß ich Dir Deine guten Tage so muß verwüsten. Wir grüßen Dich alle, voraus die Mutter, empfehlen Dich dem Schutz Gottes und ich verbleibe

Deine liebende Schwester *Susanna*

Franzenshütte, am 20. Mai

Lieber Bruder Thomas!

Seitdem wir im vorigen Herbst uns hier so zufällig und gut begegnet haben, weiß ich nichts mehr von Dir, hoffe wohl, daß es Dir gut geht in Laibach. Von mir kann ich nicht viel Neues und Gutes berichten. Von daheim hat mir meine Schwester geschrieben, daß die Mutter kränklich ist und daß die Schulden so drängen. Und mein ich, ob Du nit ein paar Gulden Geld schicken könntest, daß die Mutter sich wenigstens immer einmal einen nahrhaften Bissen kunnt gunnen. Mich klemmt's jetzt selber. Ich hab mich mit meiner Wohnungseinrichterei zu weit eingelassen, hab die Raten nicht zahlen können und jetzt wollen s' mich pfänden. Verdienen hab ich mir in der letzten Wochen auch nix können. Aber vorher Zehnte zahlen an die Genossenschaftskasse, das wohl. Weil alles hat streiken müssen. Das war einmal umgekehrt, wie bei uns daheim, wo wir Schläg' kriegt, wenn wir *nit* haben arbeiten wollen. Bei dem Streik ist jeder gehaut worden, der gearbeitet hat. Sind ihrer viele zum Notleiden gekommen, voraus, wer Weib und Kind hat. Und wär's schon bald so weit kommen, daß wir dem Herrn Glotter seine Wertheimer untersucht hätten, weil so einer, den die Arbeiter reich gemacht haben, sie mit Weib und Kind verderben laßt. Unser zwölf sind ihm schon in die Kanzlei und ich bin so wild gewest, daß ich ihm hab an die Wange gespuckt! Heut bin ich froh, daß die Gendarmen kommen sind, wer weiß, was sonst geschehen wär. Genutzt hät's allmiteinander nix. Denk Dir, was wir ausgerichtet haben. Unser Fabriksherr hat alle Gewerkschaften eingestellt, in ganz Franzenshütte geht kein einziges Rad. Hat der Herr von Glotter alles stehen lassen, wie es steht, und ist mit der ganzen Familie fort, man sagt nach Paris, oder wohin. Ist überhaupt so ein Krach gewesen, wirst eh gehört haben. Gott sei Dank, daß ein Soldat vom Krach nichts spürt. Aber das Schreckliche ist, daß auch sonst überall die Fabriken zugesperrt werden. Die Herren reden sich auf die Streiks und die großen Forderungen der Arbeiter aus und sagen, beim Zusperren täten sie am wenigsten verlieren. Ich weiß auch nit, wohin. Dann ist Dir bei mir noch ein Teufel los. Von der Frau Hirschler hab ich Dir erzählt, wenn Du Dich erinnerst. Die hat ein Kind bekommen und will das Frauenzimmer, ich sollt Milchkreuzer zahlen. Heut bei der Nacht will ich abreisen ins Oberösterreichische, in Stadt Steyr, höre ich, sollen sie noch Leut brauchen. Wenn's dort auch nix ist, dann weiß ich nicht. Da hat's der Bauersmensch im Grund doch beser; den mag's zwicken, aber verhungern tut er doch nit.

Du wirst auch froh sein, wenn deine Jahr aus sind. Wenn ich Dir raten darf, denk an ein eigenes Hüttel, daheim in Hochraith oder anderswo. »Klein, aber mein«, hat ein alter Arbeiter zu Franzenshütte über seine Haustür schreiben lassen. Jetzt ist er von der Genossenschaft ausgeschlossen worden. Besser geht's dem Patritz Kornhofer, von Niedergraith, weißt. Der kann 's Maul gut brauchen, ist genossenschaftlicher Wanderprediger worden und steht sich gut dabei. Daß er seit zwei Jahren schon über ein Dutzend Streiks zusammengepredigt hätt, tut er sich prahlen. Na, halt ja, jeder wie er kann, sag ich alleweil. Meine silberne Uhr, Bruder, wenn Du haben willst. Dir verkauf ich sie am allerliebsten, weil ich denk, daß Du mir weniger sparsam sein wirst wie ein weltfremder Mensch. Sobald ich einen Platz han, sollst gleich von mir hören. Bleib gesund und vergiß nit auf

Deinen Bruder *Karl*

Lieber Karl!

Daß Du gar nix von Dir tust hören lassen. Beim Leben bist, das hat mir der Thomas geschrieben. Hätt Dich gern noch einmal gesehen. Mach Dir zu wissen, daß ich halt immer bissel kränklich bin und wir jetzt im Dorf Niedergraith eine Stuben haben aufgenommen, weil der Vater den Hof verkauft hat. Wenn's sein kunnt, einmal noch, mein Kind, daß Du Deine alten Eltern wolltest heimsuchen. Ich beschließ mein Schreiben, wirst meine Kratzer eh hart lesen können. Behüt Dich Gott und unsere liebe Frau!

Deine Mutter

Dorf Niedergraith, 10. August

Lieber Bruder Karl!

Heut hab ich Dir halt wohl nix Gutes zu vermelden. Aber nach der Reih. Vor paar Monaten ist ein fremder Herr gekommen, hat in der Gegend herumspekuliert, ist auch zu uns gekommen und hat dem Vater das Gut abgekauft. Unsern lieben Hochgraithof. So viel, daß gottlob und Dank alle Schulden können bezahlt werden und noch ein paar Gulden überbleiben für die alten Eltern. Aber gleich ausziehen, weil das Haus und alles ganz umgebaut wird. Der neue Besitzer muß von der Wienerstadt her sein und reich, und sagt, er wollt Bauer werden und selber arbeiten wie ein Bauer mit seinen drei Buben, wo zwei davon Studenten sind und einer schon Doktor. Haben wir im Dorf halt gleich eine Wohnung gemietet und denk Dir's, mein lieber Bruder, wie die Mutter im Hochgraithhof bei der Tür hinausgeht, schaut sie noch einmal zurück in die Stuben hinein und fallt um wie ein Stuck Holz. Alser toter ist sie ins fremd Heim tragen worden und neben meiner liegt sie auf der Bahr, wie ich Dir jetzt den Brief schreib. Übermorgen, Samstag um 9 Uhr, ist das Begräbnis. Der Thomas kommt. Wo wird dieses Schreiben herumwandern; bis es Dich findet, wachst vielleicht schon das Gras auf ihrem Bett. Der

Vater sagt nix weiter, aber man kennt ihm's wohl an, wie ihm ist. Jetzt will ich halt bei ihm bleiben, und verdien ich bissel was mit Nähen, so wird's schon gehen. Aber Du wirst Dir's wohl nit gedacht haben, wie Du vor Jahr und Tag so lustig davon bist, daß es ein solches End sollt nehmen. Der Vater redt nix mehr von Dir, aber die Mutter – der bist wohl alleweil ihr Herzzarterl gewest. Ich bin Dir nix neidig um Dein Reu und Leid, die Du jetzt haben wirst. Mein alt Gebetbüchel, hat sie oft gesagt, das soll der Karl haben. Wirst Dir's nit verlangen. Das wurd ein schönes Gelachter geben, wenn Du in Eure Soziversammlung mit dem alten Gebetbüchel Deiner Mutter tatst kommen. Ich hab Dich immer gern gehabt, mein lieber Karl, aber jetzt verlang ich mir nimmer so arg nach Deiner, weil Du uns so hast verlassen können. Schön reden, ja, das kannst, aber geschickt hast nit einen Kreuzer. Ich wünsch Dir nix Schlechtes und verbleib Deine aufrichtige Schwester

Susanna

Mehrere Monate erst, nachdem dieser Brief geschrieben worden, gelangte er in die Hände Karls. Dieser – bei der großen Industriekrisis – konnte nirgends Arbeit finden. Die politischen Zustände hatten eine ganz ungeahnte Wendung genommen. Man brauchte nichts mehr. Nur zu essen wollten die Leute haben. Überall fast waren die Fabriken geschlossen, und über den Industrieorten war die Luft so rein, daß wieder das Nadelgehölze anhub zu gedeihen. Man schien aller Unternehmungslust müde zu sein, und es ward Lebensart, von ländlicher Idylle zu schwärmen. In Gärten und auf kleinen Landgütern zerstreuten sich die wohlhabenden Städter, das Ackern und das Pflanzen ward zum Sporte. Kaufleute, Advokaten und Professoren gingen zur freien Zeit aufs Land, um zu ackern, zu pflanzen und zu ernten. Die frei und selbständig waren, blieben endlich ganz draußen und pflegten ländlicher Arbeit und ländlicher

Vergnügungen. Sie wollten nicht bloß Bauern scheinen, sie wollten es auch sein. Manch gräflich Blut wollte sich noch höher adeln und schritt hinter dem Pfluge her, ihn mit starken Armen leitend den ganzen Tag. Manch hysterische Dame, die in allen Kurorten Europas elend und elender geworden war, bekam beim Heurechen und Kornschneiden rote Wangen, frische Augen und Schwielen an der Hand. Mit diesen Schwielen paradierten sie, so wie sie sonst mit Ringen und Haarschmuck und exotischen Fächern paradiert hatten. Kein Mensch zog mehr Handschuhe an, als etwa solche, die an den Händen keine Schwielen hatten.

Und die Tausende und Tausende von Fabriksarbeitern? Viele haben sich zurückgefunden zu den ursprünglichen Gewerben, zu ihrem Bauernstand. Aber noch mehreren ist dieser Weg verlegt gewesen. Von Stromervolk hat man gehört, von Gewalttätigkeit, Diebstahl und Schlimmerem. Die Starkmütigsten sind ausgewandert. Aber es verging Jahr und Tag, ehe sich die Überflut der früher in hundert Fabriken verdämmten Arbeiter verlaufen hatte.

Karl Waldenbacher hatte sich lange tapfer durchs Land geschlagen, hier als Kohlenarbeiter, hier als Erdgräber, hier als Lastträger – aber nirgends mit Bestand. Das schöne Gewand wurde immer verschlissener, das Gesicht immer ruppiger. So herab kam er, daß ihn das Wandern ermüdete, obschon fast nichts mehr mitzutragen war. Die brotlosen Arbeiter waren nachgerade ein Schrecken des Landes geworden. Die sorglosesten Tage für Waldenbacher waren jene, als er im Arrest saß, weil er wiederholt auf Gartenfrüchtediebstahl ertappt worden war.

Und im Arrest zu St. Pölten war es, wo er den Brief vom Verkauf des Heimathauses und vom Tode der Mutter erhalten hatte. In diesem Augenblicke, als er Vaterhaus und Mutterherz verloren, kam es ihm das erstemal klar zu Sinn, daß er es besessen. Vater und Bruder schrieben ihm schon lange nicht mehr, die Schwester hatte ihm nun den erbarmungslos herben Brief geschickt – es würde wohl auch von ihr der letzte sein. Nun war er verlassen und verloren.

Er rüttelte fluchend an der Tür. Der Gefängniswärter kam und sagte lachend: »Was haben S' denn? Sind eine Woche gesessen, so werden S' die halbe Stund wohl auch noch derwarten. Um zwölf Uhr geht's ja eh aus. Jetzt ist's halber.«

Es war just noch so viel Zeit, daß er sein Suppenfleisch mit Knödeln und Kraut essen konnte. »Essen S' Ihnen ordentlich an, daß S' nit gleich wieder Rüben stehlen müssen!« Mit dieser Lehre entließ ihn der Aufseher.

Der Waldenbacher ging, wußte aber nicht wohin. Seine Beine wußten es, sie nahmen einen Weg, der dem Gebirge zuführt – ins Heimatland. Er konnte jetzt nur eins denken: Heimat!

Waldbeeren aß er unterwegs und in Heuhütten schlief er. In den Häusern sperrte man vor ihm die Türen zu. Nur bei einer Holzknechthütte hielt eine dürre Hand zum Fenster ein Stück Brot heraus, ohne daß er darum angehalten hatte. Am dritten Tage war er in Niedergraith.

Er wartete im Schachen, bis es dunkel wurde, dann ging er ins Dorf und fragte einen Knaben nach der Wohnung des alten Hochgraithofers. Die Schwester, als sie ihn sah, barg sich in den Herdwinkel, verhüllte ihr Gesicht mit der Schürze. »Mein Gott, jetzt ist er da!«

Der Vater – alt und gebrochen, voll grauer Bartstoppeln das Gesicht – stand gelassen da und reichte ihm die kühle Hand. Und sagte nichts als gegen die Küche hin: »Susel! Zum Essen wird er was mögen.« Und nach der Sättigung: »Platz haben wir halt nit viel. In der Kuchel, wenn du schlafen willst auf dem Fletz.«

Am nächsten Morgen, noch bevor es tagte, schlich Karl aus dem Hause. *Allein* wollte er auf den Kirchhof gehen, nicht mit der Schwester. Das Morgenrot schien auf das Holzkreuzel mit dem Namen »Johanna Waldenbacher«.

Er stand da und wartete auf eine große, erlösende Rührung. Aber sie kam nicht. Auf der Brust lag ihm der schwere, kalte Stein und blieb liegen. Er trug ihn wieder mit sich davon.

Er ging höher ins Gebirg hinauf die altbekannten steilen, steinigen Wege. Ein Hirt, der zu seiner Herde ging, holte ihn ein, blieb stehen und sagte: »Jetzt weiß ich nit, bist du's oder bist du's nit. Der Hochgraithofer Karl?«

»Wird nit weit gefehlt sein.«

»Teufi, Teufi, wie du schlecht ausschaust!«

»Weil ich krank gewest bin. Ja, mein Mensch, mich hat's arg herabgerissen. Jetzt brauch ich Hochgebirgsluft. Eine, die man von Kind auf gewohnt ist, sagt der Arzt, wär am besten. Deswegen gehe ich jetzt hinauf in den Hochgraithof.«

»Willst leicht dort als Knecht einstehen?« fragte der Hirt.

»Vielleicht, daß ich unterweilen ein bissel was arbeite«, antwortete Karl, der es nicht zugestehen wollte, wie es mit ihm stand.

Aber der Hirte merkte es doch. »Weiß nit, ob der neue Hochgraithofer viel Knechte braucht«, sagte er. »Der arbeitet ja alles selber mit seinen Herren Buben. Wohl, wohl, man muß sagen, Herren Buben! Sollen ja durch und durch studiert sein, hört man, und zum Feierabend tun s' Zeitung lesen. Der alte Herr soll einen ganzen Kasten voll Bücher haben. Und das wollen Bauern sein. Aber zugreifen tuns wie unsereins, das muß man gelten lassen. Man kennt sich nit aus. Reich sollen s' sein – tausend Gulden sollen s' haben, oder noch mehr. Was weiß ich, was ma halt so reden hört. Ich nit, wenn ich so viel Geld hätt! Da leget ich mich ins Stroh und blieb' den ganzen Tag liegen. 's wurd auch bei denen nit lang dauern, haben d' Leut zerst gemeint. Jetzt treiben s' aber doch schon den ganzen Sommer. In der Früh um vieri auf, abends um neuni ins Bett. Und rechtschaffen Knödel essen. Der Alt' soll ganz glücklich sein und allemal sagen, so gesund wie jetzt wär er noch nie gewest. Und die Stuben sollen ausschaun wie ein Herrschaftszimmer, so nett und rein. Schön wär's schon, wer 's so einrichten kunnt. Hat auch 's schönst Vieh und macht Milchwirtschaft. Kalben hat er – schon zum Busselgeben, sag ich dir! Ei ja, da kunnt ma schon was lernen.«

So plauderte der alte Hirt und wußte noch manches zu erzählen, wie es zuging beim neuen Herrenbauern, der auf dem Stammhause der alten Waldenbacher saß.

Da wurde der Karl schier aufgeregt und stieg rascher an. Er kam zum alten Ahorn, der hohl war und einen Schatz in sich bergen soll. Er kam zum Zauntor, wo das Bildstöckel mit der geschnitzten heiligen Katharina ist. Er kam am Feldrain zum Steinhaufen, wo er als Knabe oft mit Katzensilberblättchen gespielt hatte. Er kam zum Wiesenbrunnen. Aber das war nicht mehr der halbvermoderte Trog, in dem eine ganze Grünspanhaut auf dem Wasser geschwommen, das war ein neuer Behälter aus Lärchenholz, voll glasklaren Wassers, und der Quell sprudelte doppelt so üppig als früher aus dem Rohr. Dort auf den weiten Feldhängen, wo früher Roggen oder Gerste angebaut war, weideten scheckige Rinder, vom Grasen satt, munter miteinander spielend. Nun sah er auch schon den Hof, der auf freier Höhe stand, mit der schönen Aussicht übers weite Gelände. Karl stand still und betrachtete die grünen Täler und die fernen duftblauen Berge. Das hatte er nie so schön gesehen als in dieser klaren Luft voll Morgensonnenschein. Sogar die Vögel singen noch auf diesem Berg, und ist doch schon Herbstzeit. Das Haus dort hatte ein neues Schindeldach bekommen und größere Fenster, aus denen es den Ankömmling gleichsam mit großen erstaunten Augen ansah. – Was will denn der jetzt da?! – Im Hofe schlug ein Hund an. Sonnseitig am Gehöfte hin, wo früher der Schafanger gewesen, war es jetzt auch ganz anders. Dort waren vier Männer beschäftigt, Obstbaumsetzlinge an Stäbe zu binden. Drei junge Männer und ein älterer. Das werden sie sein, dachte Karl und blieb stehen. Soll er doch zu ihnen hintreten und sein Vorhaben ausführen? Oder soll er vorübergehen? Ja – wohin denn? Mit dem Vater ist er fertig, das hat er gestern wohl gemerkt. Einen reisenden Schneidergesellen behandelt man so; zu essen geben und das Fletz als Bett! – Er hat schon den Morgenhunger und soll erst arbeiten, um sich das Essen zu verdienen, und er weiß noch gar nicht, ob er Arbeit bekommt. Nun ist er entschlossen, anzufragen. Denn just hier, bei diesem Hause will er arbeiten; hier, meint er, wisse er Bescheid, hier ist es schön. Aber soll er's sagen, daß er ein Sohn vom Hause ist? Vielleicht wird er dann sicherer aufgenommen, vielleicht aber wird er gerade deswegen abgelehnt. Er will es einstweilen nicht sagen. Er will nur allen Fleiß versprechen und auch halten. Genügend zu essen wird er ja haben, und etwas für ein Zwilchgewand; im übrigen will er keine großen Forderungen stellen, will sich verwenden lassen zu allem, was er kann, will verträglich sein und sich nach und nach wieder einheimen in diesem Hause. Wer weiß! Man kann nicht wissen, was geschieht... Wenn einer klug wäre, man könnte da ein rechtes Meisterstück ausführen... Herrenleute sind ja dumm auf der Bäuerei.

Mit einem Blick prüfte er noch seinen zweifelhaften Anzug, strich sich mit der Hand den wuchernden Bart zurecht und trat rasch hin zu den vier Männern im Baumgarten.

Der Ältere, er war in Wollenhemdärmeln, ließ von der Arbeit ab und trat ihm ein paar Schritte entgegen. Karl zog seinen Hut und wollte sprechen. Aber er kam nicht dazu. Dieser Mann – dieser Herr – von woher kennt er ihn nur gleich? Mit dem hatte er ja schon zu tun. Wo war denn das? – Karl Waldenbacher, das war zu Franzenshütte in der Fabrik. – Es ist der Herr von Glotter, der Fabriksherr, den die Streiks und Forderungen der Arbeiter ruiniert haben, dem ein gewisser Maschiner einmal was Arges ins Gesicht getan hat, und der nun Landwirt geworden ist.

Langsam drehte Karl sich um, setzte den Hut auf und dachte: So sauber! Das ist *der!* Da ist's nix für mich. – Und wendete den Schritt wieder der kalten Fremde zu.

»Sie! Mann!« rief ihm Herr Glotter nach. »Was suchen Sie hier?«

Nun kehrte Karl sich um.

»Was suchen Sie hier?« fragte Glotter noch einmal.

»Ah, nix. Schau nur bissel so herum. Schön ist's da.«

»Gefällt's Ihnen? Nun, so sehen Sie sich's nur an.«

Aber da stutzte der Herr schon. Er schaute dem Mann fest ins Gesicht. »Ist das nicht ein Bekannter? Etwa gar der Waldenbacher Karl! Na, dann wird Sie's freilich interessieren da herum. Habe schon mehrmals an Sie gedacht. Ihres Vaters Name ist mir aufgefallen. Sie sind ja bei mir Maschiner gewesen, in Franzenshütte. Ei freilich erinnere ich mich.«

Jetzt kommt's, dachte Karl. Ist auch des Teufels, daß einer just den um ein Frühstück angehen muß, dem man einmal ins Gesicht gespuckt hat. Aber Herr Glotter sagte nichts davon. Vergessen kann er's nicht haben. So was vergißt kein Mensch, sein Lebtag nicht. Aber den Mann kann er vergessen haben, der's getan hat. Draufbringen werd ich ihn nicht.

»Mich kann's nur gefreuen«, sagte er höflich, »daß ich meinen guten Herrn da heroben wieder find, in meinem Heimatshaus. Tut gleich nit so weh, wenn man weiß, 's hat ein braver Mann.« Und dachte während dieser Worte: Lump, schlechter, wie du jetzt heucheln und schmeicheln mußt um einen Löffel Suppe. – Ei was, machen's andere auch so. 's geht nit anders auf der Welt.

»Setzen Sie doch auf, Waldenbacher. Haben sich also auch wieder in die Bauernschaft geschlagen. Na sehen Sie, das ist vernünftig.«

»Aber zu spat, Herr Glotter!« lachte Karl. »Oder können Sie einen Knecht brauchen?«

Der Herr blickte ihn forschend an. »Knecht? *Wenn* ich auch einen brauchen könnte. Das möchte ich Ihnen nicht antun. Dort, wo man Herr sein könnte, Knecht sein müssen, das dürfte sauer sein.«

»Sauer ist es schon. Aber süß ist auch der Hunger nit, Herr von Glotter. Ich sag's, wie's ist. Wenn Sie mich brauchen können, ich bleib da.«

»Das ist gescheit!« rief einer der jungen Männer von seinem Bäumlein her. Alle drei hatten ihre Arbeit unterbrochen, um dieser Verhandlung zu folgen, die ihnen möglicherweise Entlastung, wenn nicht gar Erlösung bringen konnte. Der es gesagt, war ein hängachseliger, langbeiniger junger Mensch, den man sich besser an einem Kaffeehausbillard denken konnte als am Pfluge.

Karl war aufgenommen als Knecht.

»Ich will fleißige und kluge Leute im Hof haben«, sagte Herr von Glotter. »Und das gefällt mir gleich einmal nicht an einem, der gar nicht nach Lohn fragt. Jeder muß wissen, was er wert ist.«

»So viel werden Sie mir kaum geben wollen als wie in Franzenshütte?«

»Zwei und einen halben Gulden des Tages? Nein, mein Lieber, für so viel muß man hier zwei Wochen lang arbeiten. Hingegen brauchen Sie sich nicht zu kümmern um Wohnung, Kost und Pflege. Den alten Brauch werden Sie ohnehin kennen, ich behalte ihn einstweilen bei. Einen Wollenanzug, zwei Hemden und zwei Paar Schuh bekommen Sie noch dazu, falls Sie ein Jahr bleiben.«

»Wenn Sie aber just, eh das Jahr ausgeht, einen Fehler bei mir finden und mich fortschicken?«

»Aha! Sie scheinen Praxis zu haben in der Sache«, lachte Herr von Glotter. »Nein, Waldenbacher, so wollen wir Neubauern nicht wirtschaften. Arbeiter, die uns zufriedenstellen, wollen wir, wie's recht ist, behandeln und lohnen.«

»Tut mich gefreuen, Herr von Glotter.«

»Ich will Ihnen was sagen, Waldenbacher. Herr von Glotter, das höre ich nicht gern. Ich bin jetzt höher oben. Aristokrat durchaus! Bin nicht böse, wenn Sie mich Hausvater nennen.«

Der neue Hochgraithofer war mit dem neuen Knecht zufrieden. Den modernen Einrichtungen, als der Dreschmaschine, der Sä- und Mähmaschine, der Dungart, der Milch- und Käserei und anderem, stand er zwar unbeholfen gegenüber, hingegen in der Behandlung des Viehs, in der Holz- und Ödgartarbeit, bei der Hausmühle und Hausschmiede, bei der Leinölpresse und Lodenwalche, bei der Gerbe, bei der winterlichen Verwahrung des Hauses wußte Karl als Eingeborener und Angestammter wohl Bescheid und war überall mit Rat und Schick zur Hand. Er fand sich aber auch bald in die Neuerungen, und fiel es ihm einmal ein, wie viel Gescheitheit doch in einem dicken Bauernschädel Platz haben muß, während der Mensch in der Fabrik, wo die Maschine für ihn denkt, vertrottelt. Oder wenn er nicht vertrottelt, so wird er unzufrieden und giftig. Weil die Arbeit an den Fabriksarbeiter manchmal zu wenig Ansprüche macht, so macht er sie um so mehr an die Fabrik. Vor allem ans Leben. Die Arbeit – die von Natur aus doch auch ein Genießen und ein Vergnügen ist – befriedigt ihn nicht, so plangt er nach anderen Genüssen und Vergnügungen, von denen sich wieder zu erholen, seine Arbeit gerade noch gut genug ist. – Gedacht wird der Waldenbacher kaum so klar haben, wohl aber ungefähr geahnt, daß es so ist. Nur das wußte er, daß er jetzt einen guten Herrn hatte, der sich Hausvater nennen lassen will. Also doch wieder ein Vater. Und er nahm sich vor, nach aller Möglichkeit arbeitsam, brav und klug zu sein. Es gibt allerhand Veränderungen auf der Welt. Nur aufpassen. Ausnützen. Gescheit sein!

Der fleißigste, emsigste und glückseligste Mensch auf dem Hochgraithhof war Glotter – trotz seiner Fünfzig. Oft war ihm, als wäre diese Arbeit, die er, außer teils in seinen Gärten, doch niemals betrieben, ihm in die Hand gewachsen. Als sei er in früheren Zeiten Bauer und nichts als Bauer gewesen und habe nur eine lange Unterbrechung gemacht, um auch andere Lebensverhältnisse und Tätigkeiten kennenzulernen. Sein nicht allzulanger Stammbaum ließ sich leicht verfolgen bis hinab zur Scholle. Das Geschlecht der Glotter hatte gleichsam von der Scholle aus eine Studienreise gemacht in die Welt, um zurückgekehrt die Erfahrungen nun auf der Scholle zu verwerten oder zu vermeiden. Nicht Wald, Wiese, Feld und Garten waren ihm fremd, nur die Übung mangelte hie und da, und was er nicht wußte, das war ihm sozusagen nur aus der Erinnerung geschwunden. In der Vorlauben des Wohnhauses hatte er auf die Wand den Kaiser Josef malen lassen, wie er den Pflug führt. Nur wenige Monate auf dem Hof, sah er es schon ringsum gedeihen, und bei den Veränderungen, Zubauten, Neupflanzungen, die er für die nächsten Jahre plante, konnte er seine Söhne leicht auf bessere Zeiten vertrösten. Wenn das Rassevieh eingestellt ist, die Milchwirtschaft geregelt, die Obstbaumzucht im Gange, der Wald in Schonung, wenn in der Gegend das Genossenschafts- und Versicherungswesen eingeführt sein wird, besonders auch die menschenwürdige Altersversorgung; wenn für den Bauernstand die Militärbegünstigung eintritt, hingegen der Besuch landwirtschaftlicher Schulen zwanglich wird, wenn der Bauer gutbürgerlich wohnen und sich nähren kann, wenn er auch die gutbürgerliche Achtung genießt und vermöge seiner Ausbildung gesellschaftlich und politisch den gleichen Weg vor sich offen hat wie der Bürger und Aristokrat – wenn solches und anderes sich noch vollzieht, das sich naturgemäß vollziehen muß – dann wird auch die Dienstbotenfrage gelöst sein. Der Dienstbote soll nicht mehr Knecht sein, vielmehr in einem gewissen Grade Mitteilhaber an dem Gewinn der Wirtschaft. Der Dienstgeber soll nicht Herr sein, sondern Vater. Das patriarchalische Leben in der freien Natur ist dem Deutschen seit alters her in der Seele vertraut, in diesem Gottesfriedenkreis wird er, der durch zu rasches Fahren auf der Bahn des Fortschrittes aus dem Geleise Geworfene, wieder seine ruhige Kraft finden. Nur ist – so dachte der Mann weiter – im Menschen eine unsterbliche Torheit. Was die Vorfahren gebüßt, begehen die Nachkommen immer wieder, glauben damit ein ungeheures Glück zu gewinnen, und dann müssen es auch sie büßen. Der Bauer sollte auf seiner Scholle festgenagelt sein. Etwa so, daß er sein Gut nicht verkaufen, auf den Boden keine Schulden machen dürfte, damit nicht jeder Wucherer ihn vom Hofe jagen kann. – Das waren so die Vorstellungen, in denen Glotter sich gerne schaukelte.

Der Gedanke vom Nichtschuldenmachenkönnen war seinem jüngsten Sohn Albrecht der schrecklichste. Nicht verkaufen dürfen! Für alle Ewigkeit angenagelt sein an diese Bauernhütte! Er hatte studiert und auf seinem Haupte saß der Doktorhut. Kein Mensch hier sah ihn, kein Mensch wußte darum und kein Mensch nannte ihn Doktor! Dafür ochst man zwölf Jahre lang, damit man dann in einer Bergbaude Jungbub geheißen wird. Wozu – so räsonierte Albrecht – ist denn die kulturelle Entwicklung, als daß der Mensch der rohen Natur entkomme und ein geselliges, behagliches, mit Geist und Kunst gesättigtes Städteleben führe?

Seine älteren Brüder Ruprecht und Cölestin empfanden die Erniedrigung deshalb nicht so schlimm, weil sie fürs praktische Leben erzogen worden, das in der Industrie noch schärfere Spitzen hatte als auf dem Bauernhofe. Dem Cölestin war das Bauerngut recht, aber nur unter der Bedingung, daß es sich gut rentiere und Geld einbringe. Der älteste Sohn Glotters, Ruprecht, aber war schmachvoll aus der Art geschlagen. Er hatte im Bureau und auf Agenturreisen gearbeitet, so viel als unabweislich notwendig war, hier hielt er denselben Grundsatz – dabei war er stets seelenvergnügt. Denn unabweislich notwendig zu arbeiten gab es für den jungen Herrn hier fast nichts. Er betete jeden Tag zu seinen Heiligen, daß er nicht erwachen möge; weil dieses Landleben so göttlich schön war, daß er stets in der Versuchung schwamm, es für einen Traum zu halten. Das war die Idylle, die er in alten Büchern gelesen und die er nun selbst nachdichten will. – So hatte jeder der vier Männer sein Ideal; den Vater beglückte die ländliche Arbeit, den einen Sohn die ländliche Schönheit, den zweiten Sohn der ländliche Gewinn, und den dritten Sohn hielt noch die Hoffnung aufrecht, daß alles miteinander ehestens der Teufel holen werde.

Außer diesen Männern gab es auf dem Hochgraithhof noch eine ältliche Person, die aus Franzenshütte mitgekommen war und die Küchenwirtschaft besorgte, ferner noch zwei dralle Mägde, wovon eine schwerhörig und die andere kropfig war, und zwei Stalljungen. Der neue Knecht Karl wurde zum Großmaier ernannt.

Glotter hatte irgendwo eine stattliche Frau. Die trug Seidenkleider, schwarze, taubengraue und kanarienfärbige. Und Ringe und Halsketten und Ohrgehänge aus Gold und Edelgestein und Perlen. Und Hüte! Hüte! Ich beschreibe sie nicht. Aber wie soll solch eine vornehme Frau – Bäurin werden! Als Franzenshütte umfiel und Glotter den Bauernhof kaufte, um als wahrhaftiger Bauer mit seinen Leuten persönlich darauf zu arbeiten – da hat die stattliche Frau von Glotter vor Entsetzen aufgekreischt und ist nach Wien abgereist zu einer Schwester. Diese war eine Beamtensfrau. Sie und ihr Mann waren schier erstaunt über den großen Glanz, der mit Frau von Glotter in ihr Haus gekommen. Denn alle waren von Haus aus dürftig und schlicht, und daß diese eine den reichen Mann geheiratet und stolz geworden war, hatte die schwesterliche Liebe etwas verbogen. Nun kam sie, war anfangs sehr liebenswürdig, um bald etwas anspruchsvoll zu werden, so daß ihr Kammerfräulein im Hause zu herrschen schien. Für die Länge mußte das nicht arg gut geklappt haben, denn eines Tages kam im Graithof ein Brief an, in welchem Frau von Glotter ihren Besuch ankündigte. Glotter, der Neubauer, glaubte in seinem unzersetzbaren Idealismus, seine Frau sei vernünftig geworden, und ließ ihr sogleich zwei Stuben einrichten, während er seine Sachen in eine Dachkammer schaffte.

Frau von Glotter kam mit ihrer Zofe in einem feinen Mietwagen in Niedergraith an und begann sich laut und ungefüg zu verwundern, als sie den steilen Berg zu Fuß besteigen sollte. Aber sie greinte nicht lange, denn es versagte der Atem. Als sie endlich auf der Höhe war, hielt sie an einem langen Stäbchen Brillen und schaute sich den Hof an. Und als ihr die Söhne entgegenkamen, wollte sie ihre lichten Glacéhandschuhe nicht dem Geschicke eines Händedrucks anvertrauen. »So reinigt doch eure Pratzen!« rief sie lachend und ärgerlich zugleich, denn die Söhne kamen von der Brache und hatten Erdstaub an den Händen. Sie hatte vorgehabt, es mit dem Landgute zu versuchen; leben ja doch auch Grafen auf ihren Landgütern und bleiben trotzdem Grafen. Doch als sie das ruppige und teils täppische Gesinde sah und die kahlen Stuben und diese Art von Küche und Kost und vollends diese grobleinenen Betten, da wandte sich in der vornehmen Frau der Magen um. Glotter hatte ja das Beste und Schönste zusammengetragen, um der lieben Gemahlin ein behagliches Nest zu bauen, aber das tat nichts. »Das ganze Milieu!« sprach sie klagend. »Nicht eine Woche lang. Ich müßte ersticken!« Den Dunst-, Rauch- und Stadtbrodem gewohnt, war es ihr da in der reinen Bergluft zum Ersticken.

Am vierten Tage ist sie wieder fortgezogen, und mit ihr der jüngste Sohn, Doktor Albrecht.

»Ihr kommt uns auch noch nach«, hatte dieser beim Abschiede zu seinen Brüdern gesagt.

Glotter war schwer betrübt. Ja, er hätte nachgerade trostlos sein müssen, daß in seinem vorgerückten Alter nun die Familie von ihm abzufallen begann, wenn er nicht mit Leidenschaft an der Arbeit gehangen wäre, an diesen ländlichen Beschäftigungen, die seinem Körper zusagten und seinen Geist erfrischten. Er wollte gar nicht einmal ein Musterbauer werden, er wollte nur arbeitsam und ruhig leben und einen schlichten Gewinn ziehen aus Wiesen und Weiden. Dieser Gewinn war nicht ein Jahreseinkommen von hunderttausend Gulden, wie einst in Franzenshütte, sondern im günstigsten Falle ein Jahresersparnis von wenigen hundert Gulden. Aber es war ganz aus persönlicher Arbeit hervorgewachsen, ohne Mittun Fremder – und das war sein Stolz. Zu tief hatte er sich früher oft gedemütigt gefunden, wenn die Arbeiter ausriefen: »Wir, wir armen Leute haben dich zum reichen Mann gemacht. Du bist ein Herr von der Proletarier Gnaden!« Nein, das war zu erniedrigend. Er konnte sich allerdings sagen: Ich habe auch gearbeitet, und ohne meine Arbeit hättet ihr keine. Er konnte sagen: Ich lebe persönlich einfacher als mancher von euch. Aber er war ein »Herr« und sollte mitbüßen für die Frevelhaftigkeit, mit der in früheren Zeiten und an anderen Orten die armen Leute und fleißigen Arbeiter von den Herrschaften behandelt wurden. Sind heute gleichwohl die Arbeiter nicht mehr so unschuldig und die Herren nicht mehr so übermütig als einst, so sind beide doch die Erben ihrer Vorfahren, und jetzt vollzieht sich das Gericht. Glotter dankte Gott, dem Bannkreise des Reichtums und der Genußsucht entkommen zu sein und nun ein Leben führen zu können, das vor seinem Gewissen bestand, das ihn also freimachte. Aber dieses hohe Gut forderte von ihm Weib und Kind.

Die Frau und der Lieblingssohn waren wieder in die Großstadt gezogen, um sich zu verlieren unter den problematischen Existenzen.

Ruprecht war geblieben, aber auch der konnte den Vater

nicht begreifen. Er wunderte sich, daß der abgeklärte, ins Greisenalter tretende Mann ob seiner ländlichen Tätigkeit und Sorgen das Größte, das Göttliche übersah – die Schönheit der Natur. Im Glühen der Morgenröte die Rinder füttern, im Blühen des Flachses die Ernte berechnen, die Herrlichkeit der Hochgewitter scheuend, weil sie möglicherweise die Feld- und Wiesenfrucht schädigt – welch ein kleinlicher Standpunkt! – Ruprecht vergaß im Garten des Spatens und auf der Wiese der Sense und genoß die Schönheit der Blumen, des Waldes, die Stimmungen der Tageszeiten in vollen, köstlichen Zügen. Karl, der Knecht, beobachtete den Schwärmer, lobte es, daß er statt zu arbeiten die Natur anbetete, und dachte: Somit geht es sicherer; der Hof wird schon ledig werden.

Cölestin war auch geblieben auf dem Hochgraith. Die Naturwonne des Bruders fand er lächerlich, aber auch den Kleinsinn des Vaters, der sich an körperlicher Arbeit und mit kläglichem Gewinn genug sein ließ. Er hatte überdacht, daß dieser hoch und frei gelegene Hof mit der dünnen Luft und mit dem klaren Wasser weit besser ausgenützt werden könnte als durch Ackerbau und Viehzucht. Eine Sommerfrische für Stadtleute! Denn solche Narren, wie sein Bruder einer war, Naturschönheits-Fexen, gibt es sehr viele. Eine Straße anlegen, ein Hotel, Dependancen, Spaziergänge, Telephon – dann kommen sie mit Sack und Pack, und das Kapital trägt anstatt drei Prozente, wie beim notigen Bauern, deren acht und zehn! – Der Knecht Karl wackelte bei solchen Plänen, die ihm Cölestin entwickelte, merklich mit dem Kopf auf und nieder: Das wäre ein Gedanke! Eine Sommerfrische! Ein Luftkurort wie der Semmering in Niederösterreich. Da kann's Geld geben! – Er lobte die Klugheit Cölestins, und insgeheim dachte er: Der wird bald fertig sein. Der Hochgraithhof wird bald mein sein.

Unten an der Rainung stand ein alter, hohler Ahornbaum, in welchem der Sage nach ein Schatz verborgen sein solle. Eines Abends spät untersuchte Karl daraufhin die Höhlung des Baumes, da schoß ein Fuchs hervor und davon. Sonst war nichts drin gewesen. Solches deutete sich der Knecht. Ein Fuchs! Gut, das will ich mir merken. Er bestärkte den Ruprecht in seiner Absicht, über das Landleben ein großes schönes Gedicht zu schreiben, und bestärkte den Cölestin in dem Plan, aus dem Gute eine Sommerfrische zu schaffen. Nur schlug er spaßeshalber einmal vor, die beiden Herren Brüder sollten ihren Namen austauschen. Den schönen Namen Cölestin solle der Dichter tragen und der starke Name Ruprecht stünde dem tüchtigen Direktor der Kuranstalt gut.

Er selbst aber – der Maier Karl – arbeitete vom Morgen bis zum Abend jeglichen Tages mit Fleiß und Klugheit und war bald dem Hausvater Glotter zur rechten Hand geworden. Sein Jahrlohn war gut, wenn auch immer noch nicht im Vergleich mit seinem Verdienst in der Fabrik; hingegen machte er jetzt statt Schulden Ersparnisse.

Als es eine Weile nach dieser Richtung hin fortgegangen war, starb in seiner Kammer zu Niedergraith der alte Hochgraithhofer. Bei dem Begräbnisse war auch Herr Glotter mit seinem Sohne Ruprecht anwesend, um seinen Vorfahren auf dem Hofe geziemend zu ehren. Bei dieser Gelegenheit beobachtete Ruprecht die Tochter Susi, die trotz ihrer Trauer so ruhig und würdig und rührend lieblich dastand, daß er dachte, dieses Mädel gehöre eigentlich in sein großes Gedicht vom Landleben. Zuerst wollte er es nur als Staffage verwenden mitsamt der holden einfachen Betrübnis, die ringsum mit Ranken und Rosen der Lebensfreude überwuchert wurde. Nach einigen Tagen näheren Überlegens fand er, daß dieses schöne Naturkind nicht als Staffage verwendet werden dürfe, sondern der Mittelpunkt des Gedichtes sein müsse.

Für diesen Fall mußte sie aber näher studiert werden. So fand er an Sonntagen Gelegenheit, am Wege zu stehen, wo sie mit ihrem Gebetbuch vorbeiging; oder in der Kirche neben der Bank, in der sie kniete. Und einmal nach dem Gottesdienste fand er eine seiner Ansicht nach glückliche Anrede und begleitete sie bis zur Tür ihrer Wohnung. Was sie da plauderte, war nicht allzu poetisch. Sie wolle jetzt, da ihr Vater dahin sei, einen Dienst suchen, etwa als Stallmagd in einem Bauernhause oder als was anderes. Sie wisse überall ein wenig Bescheid und scheue sich vor keiner Arbeit.

Ob sie nicht im Hochgraithhof in den Dienst treten wolle!

»Nit ums Kopfabhacken. Überall will ich dienen, nur nit im Hochgraithhof.«

Das gefiel dem Ruprecht. In diesem Hofe will sie herrschen. Im Heimathaus. Welcher Stolz in der Schlichtheit! Das muß ins Gedicht.

Zur Zeit brütete Cölestin über dem Riesenpapierbogen. Es war der Grundriß des zu gründenden Kurortes. Alle natürlichen Dinge waren aufs glänzendste befunden worden. Nebst köstlicher Luft und ausgezeichnetem Wasser mildes Klima, Windstille; die besten Bedingungen für Moor-, Sand- und Sonnenbäder. Mittelpunkt für schöne Ausflüge, würzige Waldpartien und sonnenreiche Almflächen. Von Verkehrszentren nicht schwer zu erreichen und doch wieder so weit abseits, um ländliche Ruhe zu halten. Kurz, alle Bedingungen eines großen Kurorts waren vorhanden, so daß es schien, als habe der Herrgott schon bei der Welterschaffung an so etwas gedacht.

Aber Vater Glotter wurde unwirsch, sooft er von solchem Plane hörte. Er, der sein Lebtag gearbeitet hatte, konnte nichts weniger leiden als Faulenzerei. Und die Kurorte waren in seinen Augen nichts anderes als Faulenzeranstalten, und noch gefährliche dazu. Beim Nichtstun wird der Mensch nicht gesund, sondern krank! war sein Spruch.

»Aber leichte Beschäftigung, mäßige Bewegung, Geselligkeit, Spiel?« meinte Cölestin.

»Dabei wird der Mensch leichtsinnig.«

Das war alles. Wortkarg war der Alte geworden, und mit Spaten, Axt und Sense suchte er seinen Unmut zu verscheuchen. Sein beständigster Arbeitsgenosse war Karl. Aber anstrengend war's neben dem starken, stetig arbeitenden und ausdauernden Burschen. Und nun allmählich begann es sich herauszustellen, daß Herr Glotter nicht immer Bauer gewesen, daß er in der Jugend nicht für derlei körperliche Arbeit abgehärtet worden. Im vierten Jahre seiner Bauernschaft ließen die Kräfte nach, und zwar so auffallend, daß bisweilen mitten in der Arbeit ein Ohnmachtsanfall kam.

»Nur nit nachgeben!« sagte da einmal Karl der Maier, »jahrelang braucht's, bis man's ganz gewohnt wird.« Und bei sich: Brauch dich nur auf.

Mit seiner Schwester hatte Karl kein gutes Zusammensehen. Entweder sie hatte es ihm noch nicht verziehen, daß er einst das Heimathaus und die Seinen so leichtfertig verlassen konnte, während sein Daheimbleiben und Arbeiten den Hof gerettet hätte. Vielleicht auch war sie mit seiner jetzigen Art nicht zufrieden. Als Fremdenknecht läßt sich kein Bauer brauchen im eigenen Haus. Oder spitzt er auf was anderes? Das wär schlecht! »Sie sollen mit dem Hof machen, was sie wollen, wir tun nix dafür und nix dagegen.« Das sagte sie ihm einmal.

Und er zur Antwort: »Schwester, sei gescheit. Haben die Herren uns Bauern umbracht, so dürfen wir jetzt auch die Herren umbringen.«

Darauf sie: »Du bleibst der gleiche. Gewissen hast nit um einen Kreuzer.«

Vater Glotter war bettlägerig geworden und konnte nur durch Tür und Fenster die Wirtschaft überwachen und Befehle geben. Aber vor Tür und Fenster blieben sie nicht stehen, sondern taten, was sie wollten. Ruprecht hatte seine

Baumgartenarbeiten ganz geändert. Anstatt die Erde zu düngen, die Setzlinge zu begießen, die wuchernden Äste zu beschneiden, das Ungeziefer abzuhalten, saß er im Schatten und dichtete die Bäume an, die grünenden Schößlinge, die blühenden Stämme und auch die dorrenden, unfruchtbaren Apfel- und Birnbäume, denn wunderschön und ergreifend – so fand er – ist auch das Vergehen in der Natur. Aber es vergeht nichts. Die unfruchtbaren Bäume werden gefällt, und der Tischler kann Betten und Wiegen aus ihnen machen. So schön gipfelte diese Abteilung des Gedichtes. Und schloß sinnig damit, daß der Tischler an der Kopfseite der aus dem Apfelbaume gebauten Bettstatt den Namen »Susanna« einschnitt.

An der rückwärtigen Seite des Hofes, wo die Matte flach gegen den Wald hin liegt, arbeiteten an dreißig Erdgraber und an zwanzig Maurer. Dort kommt das Hotel zu stehen. Gleichzeitig begann der Straßenbau, und Lasten um Lasten waren in Niedergraith abgelagert, Dinge aller Art, die, sobald es der Weg gestattete, auf den Berg mußten. In den Zeitungen hatte bereits die Reklame begonnen für den Kurort Hochgraith, der für alle Leiden zur Heilung, für alle Genesenden zur Erholung und für alle Gesunden zur Ergötzung glänzendst empfohlen wurde. In Bahnhofshallen sah man sogar schon Bilder der großartigen Gebäude, zu denen oben erst die Grundfesten gegraben wurden. Auf diesen Ruftafeln wurde dem P.T. Publikum auch zu wissen getan, daß es Reflektierenden geraten sei, für nächstes Jahr schon jetzt Zimmer zu bestellen, da der Andrang ein außerordentlicher zu werden verspreche und jetzt bereits mehrere Wohnungen an Engländer und Russen abgegeben wären.

Zur selben Zeit, da Hochgraith als der heilsamste Kurort ausgerufen wurde, verordnete der Arzt dem kranken Herrn Glotter ein milderes Klima. Als er zur Tür des Hauses hinausgeleitet wurde, grölte er, nicht hier als Bauer sterben zu können. Das würde ihn für spätere, hoffentlich noch recht ferne Zeiten vorbehalten sein, tröstete Cölestin, der insgeheim froh war, nunmehr ganz nach eigener Lust auf dem Berge schalten und walten zu können.

Ein paar Nachbarn standen herum. Sie hatten den Herrn soweit leiden mögen, im Grunde aber war er ihnen jetzt so fremd als am ersten Tage. Was er getan, hatten sie belächelt, was er gewollt, nicht verstanden. Genossenschaftswesen! Dummes Zeug; jeder soll auf sich allein schauen und sich nicht in andere Sachen mischen. – Aber der arme alte Herr hat im Scheiden seinen Irrtum in der Volkskenntnis kaum erfahren.

Noch im Herbste desselben Jahres wurden ein paar Zimmer des Hotels fertig und sind noch für ein paar Wochen an einen pensionierten Beamten samt Frau vermietet worden. Diese zwei Leute waren bei prachtvollem Nachsommer überglücklich, endlich einen Landaufenthalt gefunden zu haben, wo es billig und ruhig zu leben war, wo man nicht überall auf geputzte und fade Frischler stieß, wo die ganze Gegend gleichsam noch ihnen allein gehörte. Im nächsten Jahre kamen sie zeitlich wieder, zogen aber schon im Juni ab. Zu laut und wüst war es ihnen um das Hotel herum. Fremde waren noch wenige da, aber Handwerksleute aller Art gruben, hämmerten, sägten, pinselten überall herum, in fremden Sprachen lärmend, während einer sich ganz leise ins Zimmer schlich und der Frau Amtmännin die silberne Taschenuhr vom Wandnagel stahl.

Endlich am ersten August war feierliche Eröffnung der Kuranstalt, und nicht alle Gäste, die vormittags angefahren kamen, fuhren am Abende wieder davon. Es begann lebendig zu werden, und Direktor Cölestin Glotter war voller Umsicht und Aufmerksamkeit nach allen Seiten hin. Sein Bruder Ruprecht aber war kaum zu sehen. Der war einfach unglücklich, daß durch diese »ganz und gar dumme« Anstalt und deren nicht unzweifelhafte Gesellschaft ihm die ländliche Natur verdorben worden. Freilich waren viele aus

Sehnsucht nach Einsamkeit auf diesen Berg gekommen, doch wo schließlich ein paar Dutzend Einsiedler beisammenwohnen, dort gibt es keinen. Das ist sehr natürlich und hatte doch jeden überrascht. Ruprecht gönnte jedem Kurgast von Herzen alle Enttäuschung, die sie erlebten, und trug, so viel in seiner Macht stand, bei, den Fremden diesen Aufenthalt ungemütlich zu machen. Er war wortkarg, unwirsch. An neuangestrichenen Sitzbänken, wo der Spagat mit den Warnungspapierfetzen noch gespannt war, tat er dieses Warnungszeichen weg, um es über Bänke zu spannen, die schon trocken waren. »Das beste, die Gäste zu verscheuchen, wäre vielleicht, ihnen deine Dichtungen vorzulesen«, meinte der über solches Tun höchst ungehaltene Cölestin.

Der Wirtschaftshof war fast ganz dem Maier Karl überlassen. Und der tat das Seine.

Im nächsten Jahre hielt es der Kurdirektor an der Zeit, die Preise entsprechend zu erhöhen, denn bisher hatte er draufgezahlt. Und nun ging es rasch. Die Leute meinten, wenn sie viel Geld ausgeben wollten, könnten sie auch in andere Kurorte gehen, wo weniger kalter Wind ginge, hingegen mehr Ergötzlichkeit herrsche. Wegen Luft und Wasser brauche man nicht auf das teure Hochgraith zu gehen, das bekomme man anderswo umsonst. Im dritten Jahre stand es so mit dem berühmten Kurort, daß Cölestin sagte – er könne nicht mehr weiter. Sein Geld sei alle und er pfeife auf das ganze schöne Hochgraith. Spottend und verspottet fuhr er davon, wahrscheinlich einer großen Stadt zu. Und Ruprecht, der Dichter, war nun Alleinherr all der ungereimten Dinge, die hier angerichtet worden.

»Karl«, sprach eines Tages Ruprecht zu seinem Maier, »wir wollen nicht mehr Sie sagen, wir wollen Du zueinander sagen. Du hast uns bisher brav und treu gedient. Aber von jetzt ab bedarf ich deiner noch weit mehr als früher. Du bist wohl auch zufrieden mit deinem Dienst?«

Antwortete Karl: »Wie ich damals fort bin in die Fabrik, hätt ich mir nit denken können, daß ich zur Bäuerei noch einmal so eine Freud sollt haben. Und das muß ich wohl auch sagen, eine so gute Herrschaft wird man nit bald finden, wie der Herr Vater gewesen und wie Sie – wie du bist. Und einen besseren Bruder kunnt ich nit finden. Mir ist nur hart, daß aus der Wirtschaft so wenig Gewinn herauszuschlagen ist.«

»Ich bitte dich, Gewinn! Das ist doch nicht die Hauptsache. Eine Freude muß der Mensch haben, das ist die Hauptsache. Siehst du, dich freut die Wirtschaft und mich freut die Landschaft, die Natur.«

»Die Natur«, sagte der Knecht nach, »wo ist denn eigentlich die Natur?« Er sagte es, um einfältig zu erscheinen.

»Die Natur!« belehrte Ruprecht. »Ich meine halt so, was da ist, ohne daß man's macht. Zum Beispiel am Landleben die Schönheit und die Sorglosigkeit. Du denkst auf der Wiese ans Heu, ich an die Blumen. Du siehst beim Ochsen das Fleisch, ich seinen stattlichen Bau. Du findest schädliches Insekt und Ungeziefer, ich freue mich an den schönen Würmlein, Käfern und Faltern. O Freund, was soll ich weiter reden? So klug du bist, das kannst du nicht verstehen, wie wunderbar die Welt ist. Die Mühen und Sorgen damit sollen dein sein, die Schönheit dran behalte ich für mich. Wirtschafte du auf Hochgraith so gut es geht, ich verlange nichts als eine gute Verpflegung und als sorglos, ruhig und froh hier leben, umhergehen und genießen zu können. Alles Unangenehme, das halte von mir fern, komme mir mit keiner wirtschaftlichen Angelegenheit; schaffe, als ob du der Herr wärst, und denke, ich sei ein seliger Mann, den man nicht stören darf. Will dir die Wirtschaft auch nicht viel tragen, achte nur, daß sie nicht gerade zurückgeht. Was mich anlangt, ich habe mein bißchen in der Bank liegen für alle Fälle. Und wie du weißt, brauche ich nicht viel.«

»Wenn ich nur wüßt, was man mit dem Kasten da drüben anfangen soll!« sagte Karl und deutete gegen das Hotel hin, das über dünner, junger Anpflanzung hoch und kahl aufragte.

Ruprecht zuckte die Achseln. »Ruhig stehen lassen, bis es eine Ruine ist. Dann haben wir auch Romantik da.«

»Ganz gescheit. Die Ruine wird sehr gut stehen.«

Übrigens lag dem Dichter jetzt etwas anderes im Kopfe als Ruinen. Es war schon einmal gar zu frisch, dieses Mädel. Und es war so schneidig, nicht ein bißchen sentimental, ganz wie ein Wildröschen am Heckenstrauch, das nicht weiß, wie schön es ist.

Standen sie zusammen am blühenden Kartoffelfeld, und Ruprecht bewunderte eine Blüte. »So sieh doch einmal her, Susanna! Diese schöne violette Krone mit den Goldfäden, die sich nach der Sonne ausstrecken, als wollten sie alles Licht und alle Himmelsglut in sich saugen!«

»Das sind Kipflererdäpfel«, entgegnete Susi.

– Nun, warum nicht, dachte sich Ruprecht. Wenn eins so idealistisch ist, soll das andere ja praktisch sein. Das ersetzt sich. Wenn sie den Hof regiert, kann ich König am Hofe der Poesie bleiben. Es ist ja ein Unsinn, wenn zwei gleichbefähigte und gleichgesinnte Leute zusammenheiraten. Die kommen nicht weiter. Eins in eins hebt sich. Zwei Ungleiche haben eine doppelte Größe. Und ein tüchtiges, kluges Bauernweib ist die einzige Möglichkeit für den Naturfreund. Bissel was Besseres wird doch in ihr sein. Ein Lichtlein hat jeder Mensch, ist's keine Fackel, so ist's eine Ampel.

Sooft die beiden sich irgendwo begegneten, sprachen sie mitsammen und gingen endlich gar eine Strecke nebeneinander her. Sie mußte häufig lachen, wenn er über etwas sehr wichtig sprach, als handle es sich um eine Milchkuh, und er meinte eine Ameise oder einen Regenwurm. Ist halt ein großes Kind, dachte sie, und Kinder hat man lieb. Der Bengel war allerdings fast sechs Schuh hoch nach ihrer

Schätzung, und der junge schwarze Prophetenbart stimmte nicht zu den Knabenspielereien, die er nach ihrer Meinung trieb, wenn er Schmetterlinge fing, Vogelnester beobachtete, am Bache saß und eine Stunde lang dem Halm zusehen konnte, der, seine Rispe ins Wasser neigend, immerfort hin und her wuppte. Da dachte sie nur: Du armer Mensch! Einen so schönen Bauernhof hast und verstehst nix davon und ein schlauer Fuchs bringt dich um allen Gewinn.

Weil sie wußte, daß er sich im Hochgraithhofe eine Dachstube eingerichtet hatte, so fragte sie ihn einmal: »Was wohnen S' denn nit im neuen Herrenhaus, Herr Glotter, Bauer sein S' ja eh keiner.«

»Weil es poetischer ist in dem niedlichen Raum als in diesem schrecklichen Hotel, wo jetzt nur Mäuse Kirchtag halten und Spinnen ihre Brautschleier weben.«

»Was werden S' denn anfangen mit diesem gspaßigen Gschloß?«

Eine Ruine draus werden lassen – er getraute sich's nicht zu sagen. Das möchte so einem einfältigen Dirndl doch zu sonderbar vorkommen.

»Was tätest denn du, wenn das schöne Haus dir gehörte?«

»Ich?« lachte sie. »Da müßt ich wohl erst nachdenken. Bissel zu brauchn wird die Kraxen doch sein. Schaun S', da in der Hochgraithgegend herum gibt's ein Laster Bauernhäuser und die Kinder sollen all nach Niedergraith in die Schul gehen. Auch im Winter. Na? – Jetzt möcht's Ihnen schon einfallen, was ich mein!«

»Das Hotel zu einem Schulhaus?!« rief Ruprecht und spannte seine Arme aus. »Mädel, du bist ein Prachtkerl! Ein Mordsmädel!«

»Mein Gott, was hab ich denn lauter gesagt? Mir ist halt just ein Schulhaus eingefallen.«

»Aber mir ist das nicht eingefallen. Du hast recht, wahrhaftig, das ist keine Ampel, das ist eine Fackel. Mit der du die ganze Gegend beleuchten wirst. Und mir geht auch ein Licht auf. Jetzt weiß ich, was geschieht. Du bringst mich von dir nimmer weg. Du wirst auf dem Graithhof die Hausmutter!«

»Wär mir nit zuwider«, sagte Susi. »Wenn der rechte Hausvater vorhanden ist.«

»Wäre dir der recht?« fragte er leise und ernsthaft und stellte sich fast demütig vor sie hin.

»*Der?*« antwortete sie fast erschrocken. »Der wär mir freilich wohl nit recht. *Wenn* ich einmal sollt heiraten, so nehm ich nur einen Bauern.«

»Bin ich denn keiner?«

»Sie sind ein Herr. 's Lodengewand und der grüne Hut tut's nit. Sie müssen ein Stadtfräulein nehmen, das Ihr Gedichtets liest, daß Sie's nit umsonst machen müssen.«

Denn er war in der Gegend schon bekannt als einer, der »so dichten tut«.

Die Leute lachten darüber und sagten: »Da hat er wenigstens Mist für den Krautacker.«

»Der Mensch muß was arbeiten«, setzte Susi bei.

»Arbeiten und beten.«

»Ja, und beten.«

»Ihr betet mit der Rosenkranzschnur, ich bete mit dem Versmaß.«

Dazu schwieg sie. Es war ihr zu hoch.

Er stand ganz nahe an ihr, legte beide Hände auf ihre Achseln, schaute ihr inbrünstig ins frische Auge und lispelte: »Ein bißchen wirst mich doch lieb haben, Susanna, ein klein bißchen?«

Sie schwieg. Jetzt war ihr bang.

Verstanden hat sie's endlich doch, aber fest zugedeckt gehalten, was jetzt in ihrem Innern zu brodeln begann. Die Anwort war trotzdem wieder: »Wissen S', ich will Ihnen was sagen: Ich heirat nur einen Bauern.«

»Aber Kind, ich sagte es doch schon.«

Da lachte sie auf, fast beleidigend grell. Und dann sprach sie ruhig und in ernster Weise: »Wenn das wirklich eine heilige Frag soll gewesen sein, so will ich schon danach antworten. Aber nit jetzt. Vielleicht, wenn wir am nächsten Sonntag wieder zusammenkommen.«

Ja, zusammenkommen taten sie freilich am nächsten Sonntag, weil er ihr stundenlang nachging, bis er sie am Kirchhofsrain einholte.

»Hast mir auf meine Frage was zu sagen?«

»Das schon.« Und nachher ist sie hervorgerückt. »Will Ihnen was erzählen. Von einem meiner Urgroßväter auf dem Hochgraithhof, wie der fremde Sattlergesell ist ins Haus kommen und sich in die Haustochter verliebt hat. Wie der um sie hat angehalten, da sagt der Urgroßvater: Meine Tochter will nur einen Bauern heiraten. Aber du bist ein Sattler. Und reiten tun wir nit da auf dem Hochgraith. – So will ich Bauer werden, sagt der Sattler. – So mußt du ein Bauernmeisterstück ablegen, sagt der Urgroßvater. – So will ich's tun, sagt der Sattler. – So will ich dir eins aufgeben, sagt der Urgroßvater. Du hast einen Säckel voll Leinsamen, aus dem sollst du dir eine Bräutigamspfaid machen. Ein Jahr lang hast du Zeit dazu. – Aus diesem Leinsamen eine Brautpfaid? sagt der Sattler. In einem Jahr will ich's verrichten. Der ist kein dummer Kopf gewest, hat seine Augen gut aufgemacht, und wenn einer eine gern hat, da soll ihm nix zu schwer sein. Auf dem Hochgraithhof hat er angefangen zu arbeiten. Das Leinfeld geackert, den Leinsamen angesät, den wachsenden Flachs vom Unkraut gejätet, den reifen Flachs ausgenommen, in Sonn und Regen gebleicht, eingeheimt, gedörrt, gebrechelt, gestrählt, auf dem Spinnradel gesponnen, im Webstuhl gewebert, die Leinwand genäht. Bissel hat ihm die Nachbarschaft dabei geholfen, und eh das Jahr aus ist, kommt der Sattler mit der Pfaid am Leib und begehrt die Braut.«

Das hatte Susi mit glänzenden Augen erzählt, gleichsam

als begleite sie ihn mit Freuden bei seiner Arbeit, aus Leinsamen ein Bräutigamshemd zu machen.

Dem Ruprecht mochte fast bange werden vor solch einem Meisterstück, daher wollte er's in den Scherz ziehen: »Da will ich meiner Braut eine ganz andere Pfaid weben, als die von grober Leinwand. In Poesie will ich dich kleiden, die feiner ist als Seiden. Ein Hemd will ich dir geben aus güldenen Sonnenfäden, und weißen Mondenschleier sollst du zur Hochzeitsfeier um deinen Busen legen.«

»Gehn S', sein S' nit fad!« unterbrach ihn das Mädel. »Ich hab eh ein Hemd und Sie werden auch eins haben. Ich werd Ihnen schon ein Meisterstück aufgeben, warten S' nur!«

Nach solcher Rede ist dem Ruprecht wonnig worden, sie redet ja doch, als ob sie ihn ein bißchen lieb hätte. Aber sie verschob alles wieder auf eine ganze Woche. »Morgen in acht Tagen können S' nach Niedergraith kommen, beim Felberkreuz im Waldl warten S' um fünf Uhr in der Früh.«

Also mußte er am genannten Tage sehr früh aufstehen, es war kalt und windig, aber er dachte nur eins, was es heute geben werde so früh beim Felberkreuz im Walde. Er kam genau zur Stunde, sie kam zu gleicher Zeit und brachte ein Bündel mit.

»So«, sagte sie, »da hab ich Roggensamen und aus dem machen S' Brotstrietzel für unsere Hochzeit. Anbauen, abernten, auskörnen, winden, mahlen, backen, alles selber müssen S' tun, ein Jahr haben S' Zeit. Nachher wollen wir den Strietzel miteinander essen.«

Ruprecht ging mit Freuden darauf ein. Wenn das, was sie verlangt, überhaupt möglich ist, warum soll er es nicht imstande sein?

»Aber schau, Susanna, *du* sagen sollst heut schon zu mir.«

»*Du* sagen tun wir erst beim Brotessen, eher nit. Alsdann will ich Ihnen noch was sagen, Herr Glotter. Dem Karl sagen Sie weiter nichts. Nur soll er Ihnen anzeigen, wie die

Herbstbrach hergerichtet werden muß, denn das im Sack ist Winterkorn, das muß heuer noch in die Erden. Und nachher schicken S' ihn fort.«

»Wen soll ich fortschicken? Den Karl?«

»Den danken Sie ab.«

»Aber das ist ja dein Bruder.«

»Ist schon wahr. Ich hab noch einen Bruder, der wird besser taugen zum Großknecht auf Hochgraith. Der ist Soldat gewest und man kann sich auf ihn verlassen. Ich will ihn aus der Stadt heim haben, ihn gefreut's eh nit dort.«

Er ging nicht weiter darauf ein, sondern sagte: »Wenn einmal ein Wagen zum Hof hinauffährt, dann sei so gut und lasse das Bündel Roggenkorn auflegen.«

Antwortete sie kurz: »Das müssen Sie schon selber tragen, das gehört dazu.«

Also trug Ruprecht das Kornbündel schnaufend den Berg hinauf und dachte: Das ist ganz klug, das gehört zum Meisterstück. Daraus mache ich ein wunderschönes Gedicht. Aber daß ich den Karl entlassen soll? Der ist ja meine rechte Hand. Und meine linke. Und mein Kopf. Was soll denn werden auf dem Hochgraithhof, wenn der Karl nicht ist? Ich kann mir's ja denken, daß die Susanna, diese Prachtbäurin, nachher ihren eigenen Kopf aufsetzen will und ist's mir auch recht, ich mag ja keine Sorgen. Aber solange sie nicht auf dem Hofe ist, brauche ich diesen Maier.

Er hatte den Karl also nicht fortgeschickt, sondern mit ihm besprochen, wie und warum die Herbstbrache bereitet werden muß. Und dann begann es. »Das Samenkorn will ich derweil aufheben, daß es frisch bleibt«, hatte Karl gesagt. Ruprecht stellte sich selber hinter den Pflug, weniger von Demeter unterstützt als von Amor. Anfangs ging es jämmerlich, der Pflug wollte nicht greifen, die Furche sich nicht legen und der Ochse nicht im Geleise bleiben. Allmählich ging es leidlich, und in vier Tagen war die Brache umbrochen, aber Ruprecht konnte vor Schwielen und Muskelschmerzen sich kaum gehaben. Dann mußten die frischen Furchen noch mit einer vielzähnigen Egge geriffelt werden. Und dann das Säen. Karl hatte einstweilen das Kornbündel in seiner Kammer aufbewahrt, und jetzt kam er damit herfür, trug es auf den Acker und zeigte seinem Herrn mit viel lustiger Redensart, wie man Korn sät. Dieses Säen fand Ruprecht sehr poetisch; man schritt dabei auch nur so in gerader Richtung hin, nahm immer wieder Samen aus dem vorgebundenen Sack und streute ihn mit geschwungenem Arm auf das dunstende Erdreich. Befruchten! Das ist doch das Feinste auf der Welt. Das ist nahezu göttlich, es ist Schöpfertat. Und das Zuackern nachher mit der Egge, das war wie eine keusche Einhüllung des geheimnisvollen Werdens, das nun beginnen sollte.

Dann hub es an zu wintern. Vom November bis April lag der Schnee meterhoch über dem Kornfeld und der ganzen Gegend.

Susi, die zu Niedergraith im Dienste stand, wurde mit Ruprecht immer zutunlicher und hub an, ihn als ihren Bräutigam zu betrachten. Aber das Dusagen führte sie noch nicht ein. Er tat's ja, aber sie tat's nicht. Und im Spätwinter ereignete sich etwas, da wollte sie auch ihm das Du verbieten. Er wollte es ihr nämlich einmal beweisen, daß er außer Poet auch ein bißchen Mann sei – und nicht gewillt, sich ganz allen Wünschen der lieben Herrin unterzuordnen. Er sagte ihr daher einmal, den Karl wolle er nicht entlassen.

Und darauf ihre Antwort: »Wenn Ihnen der Karl lieber ist als ich, nachher ist's mir am liebsten, wir zwei werden uns wieder fremd. Ich weiß, was ich will.«

Eine Woche später war Karl abgekündigt. Darob war er sehr überrascht und wollte wissen, warum. Obschon er es insgeheim recht gut wußte. Seine Schwester durchschaut ihn. *Sie* will Herr sein auf Hochgraith. Und diesmal ist das nichtige Weibsbild stärker als der feste Knecht. Sie nimmt den Fremden ins Ehestübel, und seine ganze Klugheit ist zuschanden geworden. Aber er blieb in jener würdigen Artigkeit, die schlaue Leute gerade dann hervorkehren, wenn sie vor Wut kochen. Beim Abschied steckte Ruprecht dem braven Knecht noch eine Aufbesserung bei und sagte: »Ich habe jetzt Rücksichten zu erfüllen, aber vielleicht kommen wir wieder einmal zusammen.«

Ist schon möglich, aber anders, als du meinst, dachte sich Karl und hatte diesmal eine ganz besondere Sehnsucht nach dem Sommer. Wenn das Korn reift! Ja, mein lieber Dichter, wenn dein Korn reift, das möchte ich mir beschauen, wie du nachher dastehen wirst vor der Deinigen!

Er nahm Dienst bei einem entfernteren Nachbar, um von dort aus die Entwicklung der Dinge zu beobachten.

Mittlerweile war Bruder Thomas heimgekommen von der weiten Welt und als Knecht eingestanden bei seinem künftigen Schwager auf Hochgraith. Der war dem Herrn Glotter aber kein bequemer Mensch. Arbeiten tat er zwar auch, wenngleich nicht mit derselben Lust wie sein Vorgänger. Aber bei jeder Verrichtung kam er herbei und fragte, was und wie? Er war noch ganz Soldat, der ohne Befehl keinen Schritt und keinen Griff tun konnte. Glotter wäre einesteils recht gern der Befehlende gewesen, wenn er nur immer auch gewußt hätte, was zu befehlen sei. – Doch kommt nur erst Susanna, die versteht's, befiehlt gern und der Bruder gehorcht gern, das gleicht sich schön und er – der Hausherr selbst – kann seinen poetischen Freuden nachgehen. Aber da kam das Jahr mit seinem Sommer. Und der Sommer mit seinem bestellten Roggenfeld – und das hatte keinen Roggen. Es hatte allerlei Unkraut mit schönen Blüten, Disteln voll wahrer Pracht, dazwischen stand manch ein Halm mit Haferrispen – und Roggen nicht ein Stamm. Susanna ging hin und her am Feldrain, neben ihr Ruprecht, aber sie redeten nichts miteinander. Plötzlich wurde sie zornig und rief ihm zu, er solle schauen, daß er weiterkomme, sie wolle allein sein. Da schritt er dem

Walde zu, wo unter drei großen Tannen seine Lieblingsbank war, setzte sich hin und schaukelte mit dem Kopf. Sie schaute von weitem hin auf ihn und hub er an, ihr zu erbarmen. Hat er doch fleißig gedüngt, persönlich geackert, Unkrautwurzeln ausgerottet und Roggensamen gesät. Und jetzt wuchert dieses Unheil.

Kam der Knecht Karl vom Nachbar herüber und tröstete seinen früheren Herrn. Für schlechten Samen könne kein Mensch, und die blühenden Raden und die Margarizen und die hohen gekrönten Stämme der sogenannten Disteln; die Krone des Königs von Engeland habe nicht so viele Zacken wie diese Distelkrone! Und alle andere bunte Blumenzier auf weitem Feld! Doch viel schöner anzuschauen als so ein einförmiges graues Roggenfeld. So höhnte Karl. Ruprecht ward es gar nicht inne, sondern gab treuherzig zu, daß es schön sei! Wenn es nur auch der lieben Susanna gefiele.

Karl schritt weiter am Raine hin und traf seine Schwester.

»Das ist sein *Meisterstück*!« sagte er und deutete auf das mißratene Feld.

Sie aber rief zornig: »Das hat ihm wer angetan!«

»Freilich hat ihm's wer angetan«, entgegnete der Bruder. »Aber es hätt ihm's niemand antun können, wenn das ein Bauer wär, der Roggen und Hafer unterscheiden kunnt. Ich habe ihm ehrlichen Hafer in den Sack getan. Den hat er für Roggen gesät. Der Hafer ist zumeist verwintert, das Unkraut ist selber gewachsen. So ist's, Schwester Susi.«

Sie stand starr und vermochte vor Wut kein ordentliches Wort hervorzubringen.

Karl blieb ruhig und sagte nur: »Schau, ich bin dein Bruder. Und was ist er? Siehst es jetzt ein, daß er kein Bauer ist und auch keiner werden kann. Schlecht genug, daß so einer herrisch auferzogen ist; und noch dazu ein Schöngeist. Und der soll Hochgraithhofer sein! Was brauchst ihn denn? Heiraten, den! Ist ja gar nit nötig. Laß nur Zeit. Von dem kriegen wir den Hof billiger. Nur gescheit sein.«

»Und wenn ich schon sonst nit wollt«, schrie sie nun auf, »so möcht ich Frau Glotter sein, daß ich diesen sumpflakkenschlechten Knecht jetzt von diesem grünen Rasen jagen kunnt! – Ich hab schon lang zugeschaut, wie du ihn hint und vorn betrügst und drauf aus bist, ihm den Hof abzuschwindeln mit deinem ekelhaften Schmeicheln und Heucheln. Wärst heimblieben auf dem Hof, kunntst eh heut Besitzer sein. Daß du ihn nit jetzt derschleichen müßtest. Du falscher Judas, du!« Rasch eilte sie über die Matten hinab und schrie immer wieder zurück: »Du falscher Judas!«

Am nächsten Tag schrieb er ihr einen Brief: »Daß Du es doch möchst einsehen, liebe Schwester, ich hab's ja zu Deinem Besten tan, daß Dir die Augen aufgehen, wie dumm der Mensch ist. Weil's mir leid tät um Dich, wenn Du zu Schand und Spott dem sein Weib tatst werden. Jetzt ist er ja fertig. Mit mein bissel Derspartem nehm ich ihm den Hof ab und wir sind wieder daheim auf dem Vatersgut und ich verbleib Dein liebender Bruder.«

Sie schrieb drunter hin: »Du falscher Judas, Du!« und ließ ihm den Brief zurücktragen.

Und dann ging sie mit sich ins Gewissen. – Hat er sich nicht abgemüht und gearbeitet wochenlang mit dem Kornfeld, daß er ganz wunde Hände bekam und abends vor Müdigkeit auf den Strohsack sank? Ist denn das kein Meisterstück? So einer mit seiner Bildung und seinem Geld hat im Heiraten eine große Wahl. Und er will keine als sie, die arme Bauernmagd, und er will ihr zuliebe sein Lebtag Bauer bleiben. Ist das kein Meisterstück? Was kann's denn so viel schaden, wenn er auf dem Berg herumgeht und sich freut, daß bei uns da die Welt so schön ist! Gibt genug Gutsbesitzer, die selber nicht arbeiten und nicht einmal anschaffen können. Muß halt wer anderer da sein, der's versteht.

»Und«, so redete sie laut mit sich selber und pochte mit der Faust auf ihre Brust, »Gott sei Dank, daß unsereins da ist! Ich will Bäuerin und Bauer sein. Und er soll mein Mann sein – das ist auch was.«

Das Meisterstück ist freilich mißlungen. Aber wem? Dem Ruprecht Glotter nicht. Die Hochzeit findet demnächst statt. Und dem Karl gönnen sie's – dem Vogel, der das Nest vertan, und es nicht mehr finden kann.

Durch

Die vorherige Berggeschichte erinnert mich an ein Erlebnis, obschon das einen ganz andern Verlauf nahm.

Ich wanderte im Gebirge immer höher hinan. Das in der Steinschlucht herabrauschende Wasser war weiß wie eine Schneelawine. Der schmale Fußsteig hatte seine Not an dem Hange empor, und oft mußte er auf hohen schwanken Stegen über den Graben. Mehrere der Stege hatten gar keine Handhabe; vor dem ersten dieser Art stand ich lange unentschlossen still. Der Stegbaum war fast unbehauen und führte hoch über einen Abgrund, in welchem das Wasser rasend wirbelte und brauste. In meinem Kopfe fing es schon an zu kreisen. Umkehren? Den drei Stunden langen beschwerlichen Weg umsonst gemacht haben? So nahe dem Ziele, das ich mir seit vielen Jahren vorgenommen, umkehren? Ich hatte zwar nichts zu verlieren als ein junges Leben, aber es eines fremden wüsten Berges wegen aufs Spiel zu setzen, war doch nicht nach meinem Geschmacke. Den Rucksack schnallte ich mir fester an den Rücken, den Stock band ich waagerecht darüber, so daß er nach beiden Seiten hinausstand. Dann setzte ich mich auf den Stegbaum wie auf ein Pferd und ritt sachte hinüber. Mein Auge hielt ich wohl in Zucht, daß es nicht hinabsah in die wirbelnde Tiefe. Glücklich kam ich zu Rande. Beim nächsten Stege ging es schon leichter. Beim vierten und fünften war ich dermaßen kühn geworden, daß ich aufrecht hinüberschritt.

Die Schlucht wurde noch enger, das Gewände an beiden Seiten senkrechter, langes Struppwerk hing nieder, auch dürres Geäste und mancher Baumstamm, der oben gestürzt und mit seinem Wurzelgeklaue an den Runsen hängen geblieben war. Ein Bergknabe begegnete mir, er trug einen Sack mit Käse und machte mir auf meine Frage mit schreiender Stimme die Mitteilung, daß es bis auf die Riffel noch gute vier Stunden sei, daß ich aber den Weg verfehlt hätte. Die Bergsteiger gingen immer unten bei dem Kreuze rechter Hand. Ja, damals gab es noch keine angestrichenen Bäume in den Alpen, und ohne Markierung verstieg man sich manchmal in die schauerlichste Natur hinein. Aber hinaufkommen, versicherte der Knabe, täte ich auch durch die Schlucht. Mit einiger Geschicklichkeit kamen wir auf dem schmalen, hängigen Steige füreinander. Ich stieg weiter, und das brausende Wasser betäubte fast mein Denken, so daß ich schier traumhaft dahinkletterte. Die Luft war frostig kalt und erfüllt mit Nebelstaub, von den Wänden troff es nieder. Nicht nach vorwärts sah ich mehr und nicht nach rückwärts, ringsum eng aufsteigende kupferbraune Wände, die sich turmhoch oben fast zusammenwölbten, so daß nur ein schmaler Streifen Himmels herniederschimmerte in das grause Spaltengrab, durch das ich wandern mußte. Es war tatsächlich, als ob der Felsenberg sich hier gespalten hätte; was an einer Seite der Wand fehlte, das hatte die gegenüberstehende Wand an sich, hier ein scharfer Riff, gegenüber die entsprechende Runse, hier eine Mulde, dort die Ausbauchung, hier eine waagerechte Schichte, die an der entgegenstehenden Wand fortgesetzt war. Der Bruch ließ sich durchwegs nicht verkennen. An einer Stelle war hoch oben ein ungeheurer Steinklotz niedergebrochen und in der Felsenge eingeklemmt hängen geblieben. Er hing nur an zwei Kanten, konnte jeden Augenblick niederstürzen, den Steig verlegen, das Wasser stauen, den Wanderer begraben. Die Schlucht zackte sich nach links und nach rechts und stets in so scharfen Windungen, daß ich nicht vierzig Schritte nach vor- oder nach rückwärts sah, daß ich wie ganz eingeschlossen war. Es ging immer so fort, und es wollte kein Ende nehmen. Aus den Gischten des Wassers stieg es wie ein mondweißes Licht in dieser dunklen Schlucht. Der Weg war endlich ganz niedergestiegen zu den Wellen und stellenweise von diesen überflutet, so daß ich bis über den Knöcheln im Wasser watete. Auf einmal ging der Steig gerade auf einen donnernden Wasserfall zu, dessen Qualm mich über und über naß machte.

Kaum den Fall hinter mir, hatte ich eine Stiege zu überwinden. Das war aber keine Stiege mit Stufen, das war eine rauhe, zerrissene Wand, an die der Steig ganz unverfroren hinaufstieg. Man hätte ihn kaum als den Steig erkannt, wenn nicht ein paar eiserne Ringe zu sehen gewesen, die, in das Gestein getrieben, dazu vorhanden waren, um eine Strickhandhabe festzuhalten. Die Strickhandhabe jedoch fehlte. Hingegen hatte mein Wanderstock einen Eisenhaken, damit langte ich hinan bis zum ersten Ring, hakte ein und zog mich hinauf. Mit Knien und Schuhspitzen fest in eine Spalte gestemmt, griff ich unter großer Anstrengung, denn der Stock war fast zu kurz, bis zum nächsten Ringe. Nach einer Weile war ich über dem Wasserfalle. Da war es anders. Der Grund zwischen den Wänden war ganz eben, und das lehmgraue Wasser rieselte still und flach über den Sand, den ganzen Raum ausfüllend. Der Steig hatte aufgehört, es war wohl so gemeint, daß man mitten durch den Bach zu gehen habe. So ging ich wohlgemut mitten durch. Bald sah ich am Fuße der Wände einen frischen Fichtenbaum, dann den zweiten und dritten, da ward mir traulicher. Die Schlucht weitete sich etwas, das Gestein war nicht mehr so kahl, sondern grün bemoost, die hohen Wände aber ließen immer noch wenig Himmelslicht herab. Unter einem der Bäume sah ich eine Quelle, die aus der Wand sprang und von einem zierlichen Rinnlein aufgefangen war. Wie tat dieses leise Plätschern des Brunnens wohl nach dem Getose unten in den steilen Schluchten, das wohl noch aus der Ferne wie ein hohles Donnern vernehmbar war. Nun bemerkte ich aber auch, wie neben der Quelle ein schlechter Steig hinanführte zwischen Erlengesträuchen und Gezirm. Dem ging ich nach und stand ganz plötzlich vor einem Blockhäuschen. Zwischen einer Wandfuge stieg

Rauch heraus, dünner Rauch. Ich kroch in Stein und Strupp rings um die Hütte herum und fand keine Tür. Da klappte ein Dachbrett auf, und durch die Lücke schaute ein Menschenkopf heraus. Ein rindenbraunes, bärtiges Gesicht, im Mund eine große Tabakspfeife. Ein Straßenräuber? Dafür gab es in der Nähe zu wenig Straße. Ein Eremit? Dagegen sprach die Tabakspfeife. Man hört zwar nirgends, daß fromme Waldbrüder keine Tabakspfeife im Gesichte haben dürften, aber man liest auch nirgends, daß sie eine hätten. Der aus dem Dache hervorragende Mann, der mit seiner Vorrichtung im Munde eigentlich ein lebendiger Schornstein war, fragte mich ganz gutmütig, ob ich mich denn verirrt hätte, denn da gebe es keinen Weg hinab ins Tal.

»Ich komme aus dem Tale herauf«, meine Antwort.

Jetzt tat er auch seine Hand aus der Hütte, nahm damit die Pfeife aus dem Munde und fragte: »Sie kommen herauf? Aus dem Schrick kommen Sie herauf? Bigott ja, ausschauen Sie danach.«

Der Schrick! Und nun sagte er mir, daß es der weit und breit berüchtigte Schrick gewesen, durch dessen Schluchten ich heraufgekommen und daß ich mehr Glück als Verstand gehabt hätte. Ich war's zufrieden, auf Reisen ist Glück zumeist mehr wert als Verstand.

»Was machen Sie denn da heroben?« fragte der Mann weiter, nachdem er aus den Tiefen der Hütte sich den unförmigen Filzhut gehoben und aufgesetzt hatte.

»Ich will weiter auf die Riffel hinauf.«

»So, dann muß ich schon barmherzig sein und Sie in mein Haus nehmen, daß Sie sich das Gewand trocknen können. Ansonsten bleiben Sie oben auf dem Berg als Eismandel stehen, festgefroren bis an den Jüngsten Tag. Krauchen S' nur herein.«

Er verschob ein zweites Dachbrett, und ich stieg zu ihm in den engen Bau, in welchem neben einem Mooslager zwischen Steinen eine glosende Glut war, die sogleich mit

Baumästen aufs neue genährt wurde. Ein Tonplutzer, eine Ledertasche, ein Jagdgewehr und derlei war vorhanden, und der Mann war nichts anderes als ein Gemsjäger des großen Alpenreviers, das damals einem italienischen Prinzen gehörte. Ein paar Stunden blieb ich in der Hütte. Dann waren die Kleider trocken, mein Magen mit Imbiß gestärkt und mein Herz mit Kirschgeist ermuntert für weitere Geschikke. Und dann stiegen wir beide zur Dachluke hinaus, die der Jäger nachher sorgfältig zumachte. Daß diese Tür von oben hinein ging, hatte weiter keinen Grund, als daß sie so leichter zu machen gewesen, denn eine an der Wand. Der Jäger mit Gewehr und Weidtasche begleitete mich. Er hatte sehr krumme Knie, aber leicht stieg er damit an; auf hartem Weg, meinte er, dürfe man ja keine steifen Beine machen, sonst brauche man sich zu früh auf. Dieser wildborstige Jäger hatte ein sehr gutmütiges Gesicht und ein so kluges, mildes Grauauge, daß man schier gerne hineinschaute. Nur wenn er, wie sich der Graben nun weitete, in die Wände hinaufblickte, da ward sein Auge scharf und glühend.

»Siehst du! Siehst du!« stieß er pfauchend hervor, wenn an Riffen und Mulden die Tiere ästen oder, von uns erschreckt, mit gewaltiger Spannkraft der Läufe an den Hängen dahinsetzten. In seiner Jägergier war ihm alles du, gleichsam als gäbe es gegenüber der Gemsen- oder Hirschenwelt keinen Unterschied mehr in der menschlichen Gesellschaft, als müsse alles Jäger sein, pirschen oder puffen und nichts anderes. Leise zitterte seine Hand, die am Gewehre lag, und fast blieb ihm der Atem stehen, als da oben ein halb Dutzend Gemslein arglos graste und er mit seinem Feuerrohr nicht hinzielen durfte.

»Was haben Ihnen diese Tiere denn getan?« fragte ich den Jäger. Der überhörte anfangs das Wort, und auf meine Wiederholung blickte er mich fast traurig an. Traurig über meinen Unverstand. – Getan? Die Gemsen dem Jäger getan? Als ob es auf der weiten Welt Gottes etwas Herzigeres geben könne, denn eine Gemse! Und eben darum. Eben darum? – Von der Achsel riß er sich den Stutzen, daß der Riemen heftig an den Schaft schlug. Wie soll der Jäger dem Gemslein seine Freude an ihm denn anders bezeugen, als daß er es niederschießt! Aber es war Schonzeit, und das Wild mußte gehütet werden für die hohen Herren. – Auch die hohen Herren brennen die herzigen Geschöpfe nicht nieder aus Haß, aber auch nicht aus Liebe – bloß aus Passion. Dann lassen sie sie liegen, und der Jäger verkauft das Fleisch um einige Sechser.

Als die Tiere außer Sicht waren und wir über Gerölle hinankletterten, sagte mein Begleiter, aber mehr in die Steine hinein als an mich: »Es ist wahr, es ist dumm! Der Mensch sollt' froh sein, wenn er selber eine Gemse wäre!« Denn mit Mühsal ging's bei uns vorwärts in dem wüsten Geschütte. Wir stiegen durch eine Art von Gasse hinauf, durch einen vielstufigen Wassergraben, in dem eine graue Gieß rieselte. Zu beiden Seiten waren glasige Wände, hier in haushohen Mauern, hier in scharfzackigen, ungeheuerlich gestaltigen, übereinander getürmten Blöcken. Ich hatte schon vorher auf den Rat meines Begleiters die Hände und das Gesicht mit Tüchern eingewickelt, aber die Luft brannte in den Augen. Wir waren mitten im Eise. Die Eiswände waren aber nicht grünlich klar, wie man es auf unseren Teichen sieht; das war wie blindes, schmutziges Glas und mit dunklem Staube überall durchsetzt. Mein Jäger sagte, das wäre der Pflanzenstaub, den der Föhn seit Jahrhunderten aus den Tälern heraufgetragen, und der Sand, den der Sturm von den kahlen Höhen auf den Kees geweht. An vielen Stellen lag das Eis wie unentwirrbar verwachsen mit dem Steinboden. An anderen Stellen waren zwischen Boden und Eis Höhlungen, so groß, daß Schafe hätten hineinkriechen können, und es starrte die schwärzeste Finsternis heraus, so daß es unergründlich war, wie tief die Höhlungen hineingingen. Vielfach sickerte Wasser hervor.

Plötzlich war unsere Gasse zwischen dem Gletscher zu Ende, und wir standen vor einem Loche, aus welchem ein steiniges Rinnsal ging, wo jetzt aber nur wenig Wasser rann. Das Loch war so groß, daß ein Rittersmann ganz bequem hineinreiten konnte auf hohem Rappen, falls er für seine Höllenfahrt dieses Tor wählen wollte.

»Da wären wir«, sagte mein Begleiter.

»Da geht's ja nicht mehr weiter«, meinte ich mit einiger Beklommenheit.

»Da geht's wohl weiter«, antwortete er und deutete ins Loch.

»In keinem Fall!« rief ich und wendete mich ab.

»Wollen Sie denn nicht auf die Riffel?« fragte er. »Na also, dann müssen Sie hier durch!«

Verzagt betrachtete ich die ungeheuren Eiswuchten, die sich über der Höhlung aufbauten, und nebenhin und überall. Kein Ausweg als der – nach rückwärts.

»Da will ich lieber umkehren«, sagte ich. »Was soll ich denn eigentlich auf der Riffel, das Schönste habe ich ja nun doch gesehen.«

Der Jäger schaute mich schweigend an, und dieser Blick gefiel mir gar nicht. Dann murmelte er seithin: »So sind die jungen Leute. Nichts mehr wert. An und dran überall, aber durch! Da hapert's.«

Das war mir gerade genug. »Durch!« rief ich mit Entschiedenheit.

»Na, ich denke auch«, entgegnete er gelassen und zündete mit dem Streichholz ein winziges Laternlein an, das er an seinem Taschenzeuge trug. Noch fragte ich, wie lange der Eisstollen dauern würde, er gab keine Antwort, stieg voran, nahm mich an der Hand und zerrte mich hinter sich drein. Der Boden war nicht steil, aber rissig und rauh. Anfangs war es enge und dunkel; dann weiteten sich die Wände, hoben sich die Gewölbe, und aus der Ferne war es, als kämen uns mehrere Lichter entgegen. Die immer wunderlich verschobenen Wände waren teils in glatten Tafeln, teils in Säulenvorsprüngen, teils in Riesenmuscheln, und überall schimmerte es grün und blau, als leuchte hinter den nächsten Wänden schon der Tag. Aber der Tag leuchtete nicht. Das ging hin und her, auf und nieder, durch Engen und durch Hallen dahin, an gespenstischen Gestalten vorüber, aus denen es manchmal wie Blitze zuckte. Mein Jäger sagte kein Wort, ich auch keins. Unsere Schritte hatten keinen Widerhall, manchmal aber krachte es über unseren Köpfen, als würden Pistolen losgeschossen, und das fuhr mir allemal durch Mark und Bein, daß meine Knie zitternd einknicken wollten.

Vor einer Nische stand mein Begleiter still. In der Nische ragte eine schlanke Gestalt, an deren Zacken Farbenlichter zuckten. Auf den ersen Blick war es wie ein verschleiertes Marienbild. Mein Jäger stellte das Laternlein auf ein Stück Eis und sagte leise, wie um seinen Aufenthalt zu rechtfertigen: »Hier bete ich allemal ein Vaterunser.« Er nahm den Hut vom Kopf und stand so ein kleines Weilchen vor dem Bilde unbeweglich, als wäre er selber erstarrt. – Dann weiter. Der Paß wurde niedriger und nach und nach so niedrig, daß wir kriechen mußten. Endlich war vor uns nur mehr eine Spalte. Der Jäger legte sich hin, band an den Gewehrlauf das Laternlein, schob es vorsichtig durch die Spalte, dann kroch er mit Anstrengung selber nach. Ich war einen Augenblick allein in dem erdrückend niedrigen lichtlosen Raum, aber schon faßte mich die kräftige Hand am Arm und ich preßte mich durch den eiskalten Rachen. Als wir durch waren, schlug an mein Auge Tageslicht, und nach wenigen Minuten hatten wir das grause Grab hinter uns. Vor uns war eiskrustiger Boden, und weiterhin die blendende Alpenwelt.

»So, mein junger Mann«, sagte der Jäger mit einiger Befriedigung. Ich faßte seine Hand, um sie zu drücken, er zog sie zurück.

»Gar lang wird's nimmer dauern mit dieser fürnehmen Straßen«, sprach er dann. »Der Hals wird von Jahr zu Jahr enger. Im vorigen Herbst hab' ich zwei Wildschützen erwischt da drinnen, die haben durchwollen und sind im Hals stecken geblieben. Die haben mir ein bissel gute Worte gegeben, bis ich ihnen zu Hilf' gekommen bin!«

In der Nachmittagssonne – Gott, wie hat sie wohlgetan! – sind wir weiter gestiegen über Schnee und Eis, endlich empor an einem nackten braunen Felskegel – und dann waren wir oben. Die Felskanten waren hier durch Eis und Wasser stumpf und glatt geschliffen, und in den Spalten kein Halmlein, kein Blättlein, keine einzige Moosfaser, kein einziges Würmlein, alles starr und leblos. – Das war die Riffel. Nach der Mitternachtsseite zu verdeckten uns höhere Eisberge alle Aussicht, nach der Abendseite hin waren viele Berge zu erblicken, unförmige Wuchten, senkrecht stürzende Wände, spitze Kegel und in weiter Ferne scharfe Zakken, die mit weißblinkenden Sternlein besetzt waren.

»Das muß man am Vormittag sehen!« sagte mein Jäger. »Wenn die Sonne hinscheint. Weinend wird man, so schön!«

Gegen Morgen hin flachte sich blauendes Waldland, aus welchem von Ferne her die silbergraue Tafel eines Sees schimmerte. Wie lag dieser See tief unten! – Gegen Mittag hin waren sehr steile spitze Berge, hinter denen in weichen ätherblauen Wellen das italienische Land lag. Mit kurzen, gleichsam durstigen Blicken sog ich das Bild ein, aber es war nicht lange Zeit. Ein Mark und Bein durchdringender Wind jagte uns bald hinab. Erst unten in einer geschützten Wandnische, in welche die niedersinkende Sonne lau hinleuchtete, setzten wir uns auf einen Stein und schauten hinaus ins gottgesegnete Italien.

»Dorthin wollte ich in diesem Herbst«, sagte ich. »Dort muß es wunderbar sein.«

»Und warum sind Sie denn nicht hingegangen?« fragte

mein Begleiter, »warum sind Sie denn auf die Riffel gestiegen, wo es so beschwerlich und so ungut ist? Sie haben aber recht. Der junge Mann muß durch. Er muß die Berge nehmen. Für den Alten ist das flache Welschland immer noch gut.«

Derlei Bemerkungen des Gemsjägers haben mir gefallen, und recht gerne nahm ich's an, als er mich nun einlud, mit ihm bis zum Jägerhause hinabzugehen und dort zu übernachten. Denn die Klause in den Schrick-Schluchten war nicht sein Heim, war nur ein Unterstandshüttlein für den Jäger. Das Jagdhaus stand unten, wo das felsige Gelände in Waldbestand überging. Es lag in seinem Alpenstile schmuck und stattlich da, es hatte auch mehrere Stuben für die hohen Herrschaften, wenn sie des Jahres einmal kamen zur Gemsjagd. Schon dunkelte es, als wir eintraten. Ein kleines, dickes Frauchen machte sich emsig daran, dem Jäger Gewehr, Tasche und Mantel abzunehmen, nahm auch mir die Sachen aus der Hand, um sie zu bergen, sagte aber kaum ein Wort. Auch war ein schlankes Mädel da, welches viel buntes Gewand an sich hängen hatte, aber das hing wie an einer Stange zu allen Seiten schlapp nieder und wurde teilweise nachgezerrt wie eine Schleppe. Das Haar, welches aus dem Kopftuche hervorstand, war gelblichrot und über die Stirn künstlich herabgekraust. Die Augen dieser Almerin schauten etwas schläferig aus, und während sie uns das Nachtmahl auf den kleinen Tisch setzte, gähnte sie uns ohne Umstände eins vor.

Ich war müde und ließ mich bald vom Jäger ins Dachgelaß führen, wo auf frischem Stroh ein göttlicher, zehn Stunden langer Schlaf gemacht wurde.

Am nächsten Tage ging's talwärts. Der Jäger begleitete mich eine Strecke auf seinem Gang ins Gewände.

»Am meisten freut mich«, sagte ich zu ihm unterwegs, »daß ich gestern durchs Eis bin.«

»Freilich«, antwortete er. »Wir haben heute nicht mehr

und nichts Besseres als gestern, aber der Mensch muß durch. – Es ist sonst auch so«, fuhr er fort, »mancher Mensch hat, vergleichsweise, eine ganz schöne handebene Lebensstraße, aber einmal kommt die Stelle, wo er durch muß. Bleibt er stehen oder kehrt er gar um, so ist's gefehlt. Durch muß er, und wenn er schon sonst gar nichts davon hat, so ist er nachher wenigstens durch, und das ist auch was, das macht den Menschen herzfrisch.« – Hierauf stand er still, schaute mir ins Gesicht und sagte: »Ich habe auch nicht durch wollen. Bin's aber doch, und jetzt ist's gut.«

Wir kamen zu einer Quelle, daneben war Brunnenkresse. Der Jäger tat aus seiner Tasche Brot und Speck und den Plutzer. Vor uns standen etliche verknorrte Wetterfichten. Die Aussicht ging nur auf eine steile Wand, die zwischen den Baumwipfeln niederleuchtete. Es war eine fast trautsame Rast. Wir kamen in ein ernsthaftes Gespräch, und dann hat der Gemsjäger eine Geschichte erzählt, die mir die Jahre her immer wieder zu Sinn kam, wenn ich zagend vor einem »Durch« stand.

Der Mann hieß, wie es in meinem Notizbüchl steht, Anton Ruster. Er war der Sohn eines Großbauers im oberen Kärntnerland. Das einzige Kind. Seine Mutter war früh verstorben, da sein Vater aber noch sehr rüstig war, so mußte der Anton als einundzwanzigjähriger Bursche zu den Soldaten, bei denen er drei Jahre lang blieb. Als er dann nach Hause kam, fand er den Vater nicht mehr. Der war im Eisenhammerbach verunglückt. Den Hof bewirtschaftete der Vormund des Anton, der Vetter Wend genannt, ein weitläufiger Verwandter. Der empfing den heimkehrenden Burschen mit großer Zärtlichkeit und sagte, daß er ihm das Leid nicht habe antun wollen, den Tod des guten Vaters zu schreiben, da der Soldat nur viel überflüssiges Herzweh gehabt hätte in einer Sache, die denn einmal nicht zu ändern wäre. Der Hof sei gut versorgt. Der Vater habe selbst im Testamente ihn, den Vetter, gebeten, die Wirtschaft zu führen und dem Anton immer ein treuer Ratgeber und Beistand zu sein. Das habe sich der Vetter auch geschworen, erstens dem Verstorbenen zuliebe und zweitens des guten Anton halber, der unerfahren und wie ein schwankendes Rohr dastehe auf der Welt. Und da habe er, der Vetter, sich gedacht, der Anton könne nun das schönste Leben haben, wenn er sich's anzuschicken wisse. Im Ausgedinghäusel, wo sonst die Alten sind, könne doch einmal ein Junger sich's bequem machen, sein Leben genießen und vom Vetter sich jährlich eine Summe auszahlen lassen. Denn – fuhr er fort – es gebe so dumme Vettern, die von früh bis abends jahrein, jahraus auf dem Bauerngute arbeiten und sorgen, nur der Sache wegen, und bereit sind, das Erträgnis dem Haussohne abzuliefern.

Der Anton war sehr gerührt über den braven Vormund und guten Vetter Wend. Der Vorschlag gefiel ihm, denn das Soldatenleben hatte ihn dem Bauernstande entfremdet, zu dem er nie übermäßig viel Freude und Geschick gehabt. Er entschied sich also für das Ausgedinghäusel und nahm die erste Summe des Wirtschaftsertrages. Der Vetter sagte, es wäre etwas mehr, als das Jahr abgeworfen, aber zwischen Verwandten halte er es nicht so streng geschäftsmäßig. Der Anton pachtete sich das Wasser, welches an seinem Häuslein vorbeifloß, dazu im Tale noch zwei lange Bäche, weil er ein Liebhaber der Fischerei war. Er verfertigte sich die Netze, die Angeln, die Behälter selbst, tat immer mit dergleichen herum, und so lebte er recht angenehm dahin. Vor seinem Häusl am Bach hatte er sich einen Wassertümpel herrichten lassen, in dem er Fischzucht trieb. Schöne Hechte, Asche und Forellen hatte er, in einem Nebenbehälter auch Krebse. Zum Verkaufe kamen diese Tierchen zwar nicht, denn die meisten wurden gestohlen und etliche aß er stets selber. Das machte ihm nichts, das Vergnügen war doch vorhanden, weiter stellte der Anton keine großen Ansprüche.

Oft kam der Vetter vom Hofe herab, trocknete sich mit dem roten Sacktuch den Schweiß vom runden Gesicht und sagte: »Anton, wie du es gut hast! Du kannst dir's halt anschicken. Während dein armer Vetter sich unermüdlich in der Wirtschaft plagen muß, lebst du vom Erträgnisse sorglos und in Freuden. Nun, du hast recht. Wenn ich wieder auf die Welt komme, werd' ich mir's auch so einrichten.«

Mittlerweile hörte der Anton allerdings von anderen, daß der Vetter Wend auf der großen Besitzung wenigstens das Dreifache gewinne von dem, was er dem rechtmäßigen Eigentümer abliefere.

»Meinetwegen«, sagte da der Anton. »Er hat ja auch seine Mühe und Kümmernisse und ich bekomme, was ich brauche.«

Im dritten Jahr aber kam eines Tages der Vetter sehr mißmutig zum Anton und rief: »Jetzt werde ich's aber nicht mehr lange aushalten! Welche Sorgen! Schlechtes Jahr! Schlechte Viehpreise! Schlechte Holzpreise! Hohe Steuern! Und diesen Ärger mit den Dienstboten! Es wird mir angenehm sein, wenn endlich du das Zeug übernimmst. – Allerdings«, setzte er bei, »wie du fürs gute Leben bist und nicht fürs Arbeiten, und wie du um und um keinen Schick hast zur Wirtschaft, du wirst noch tiefer hineinkommen. Vielleicht auch nicht. Überleg dir's halt.«

Der Bursche überlegte nicht viel, sondern bat den Vetter Wend, die Wirtschaft doch noch weiter zu führen, da er selbst sich nicht für geeignet halte, dem großen Hauswesen vorzustehen.

»Wenn ich's noch tue«, sagte der Vetter, »so geschieht es nur deinem verstorbenen Vater zuliebe, der es so angeordnet hat. Aber von jetzt an kann ich dir nicht mehr so viel Jahrgeld geben als bisher.«

»Nun, was halt sein kann«, meinte der Anton, und die Sache war wieder abgetan.

Amtlich war der Bursche längst schon als Besitzer auf

den Hof geschrieben, aber es war so bequem, den Amtsboten mit seinen Vorladungen, Zahlungsaufträgen usw. zum Vetter zu schicken, bis der Bote schließlich schon selber zu ihm fand, ohne sich beim Anton anzumelden.

Beim Straßenwirt unten war ein bildsauberes Dirndl aufgetaucht. Der Wirt hatte das frische Ding armen Leuten im Gebirge abgenommen und in sein Geschäft gestellt, wo er es als Kellnerin zu verwenden gedachte. Der Anton hatte sich bisher um die Weibsbilder nicht gar viel gekümmert und war fast geneigt, dem Ausspruche des Spielmann-Friedels, daß sie ein notwendiges Übel wären, beizustimmen. Doch seit er eines Tages nach einem ziemlich unfruchtbaren Fischfang beim Straßenwirt zugekehrt war, dachte er anders. Wenige Wochen später hatte er ihr das Heiraten versprochen. Sie lachte ihm ins Gesicht: »Heiraten! Aufs Alteleut-Häusel etwa?«

Das machte ihn denken, das erstemal wirklich denken nach manchem Jahre. Er ging zum Vetter und teilte ihm die Absicht mit, den Hof endlich übernehmen zu wollen.

Der Vetter antwortete ruhig, aber entschieden: »Anton! Wer dir diesen Rat gegeben hat, das ist kein guter Freund gewesen. Bei dieser Zeit du den Hof übernehmen! In zwei Jahren wärest am Bettelstab. Du bist zwar großjährig, aber so viel Anrecht an dir glaube ich mir durch mein unermüdliches Sorgen und Arbeiten für dich erworben zu haben, daß ich dich mit starker Hand zurückhalte, wenn du in dein Verderben rennen willst. Nein, in so kritischer Zeit verlasse ich dich nicht, ich hab's deinem Vater versprochen. Du lebst in deinem Häusel wie Gott in Frankreich, und ich werde für dich tun, was ich kann. – Das Straßenwirt-Dirndl! Nun, ich glaub' dir's ja. Wenn du es nicht im Wirtshaus lassen willst, was ich wohl verstehe, so will ich's auf den Hof nehmen, dir zulieb', und es soll ihr nichts fehlen. Wenn wieder bessere Zeiten kommen, dann könnt ihr ja heiraten.«

Da sah der Anton wieder, wie gut es der Vetter mit ihm meinte. Die kleine Ottel wurde auf den Hof genommen, wo ihr freilich nichts fehlte, weil der Vetter sie als zukünftige Bäuerin besonders unter seinen Schutz nahm. Der Anton sah sie jeden Tag, aber als kluger Bräutigam geizte er mit den Freuden der Jugend, damit für die heilige Ehe ein recht großer Vorrat zusammenkam. Doch währte es nicht allzulang, und der Gedanke an die Übernahme des Hofes tauchte wieder auf. Besonders in schlaflosen Nächten – und er hatte ihrer – wurmte es ihn, daß er im Ausgedinghäusel so dahindämmerte und sein Leben versäumte. Er nahm sich vor, Ernst zu machen. Aber wenn er dann bei Tage dem Vetter wieder in sein rundes, gemütliches Gesicht sah und von ihm, trotz Arbeit und Sorge, lauter wohlwollende, ja väterliche Worte vernahm, sagte er nichts und ging wieder den Bächen entlang. Ei ja, ein Fischer lernt Geduld, und endlich werden doch die besseren Zeiten kommen, in denen der Vetter ihm den Hof mit gutem Gewissen überlassen kann.

Wohl der Fischer ist freilich geduldig, aber die Liebe ist es nicht. Die Liebe wurde ungestüm. Zwar weniger die ihrige als die seinige, und eines Tages ging er zornig hinauf zum Hofe. Wie gewöhnlich würde sein kurzer Zorn nicht bis zum Hof gereicht haben, da begegnete ihm unterwegs der Vetter Wend im Feiertagsgewand.

»Wohin gehst du?« fragte ihn der Bursche.

»Ich gehe nach Villach in die Sparkasse«, antwortete der Vetter. »Ja mein Lieber, es heißt Geld aufnehmen!«

Der Anton sagte: »Wenn ich dir jetzt die Säckel aussuchen wollte! Du nimmst kein Geld auf, du trägst eins hinein!«

»Und wenn das wäre?« rief der Vetter. »Wenn sich ein Mensch auf der Welt seine Sach' mit blutigen Tropfen verdient, so bin ich es. Willst du, daß ich wie ein Fronknecht für dich arbeite? Oder willst du mir nicht einmal den lumpigen Taglohn gönnen, wie dem Dienstboten, der ich für dich bin, und jahrelang gewesen bin?! Ist das der Dank?«

Der Bursche wollte ihm schon ein begütigendes Wort sagen, aber eine innere Stimme mahnte ihn fast heftig: »Jetzt red einmal scharf!« – So sagte er: »Da braucht's kein ungutes Wort, Vetter. Ich habe dich nie gebeten, daß du für mich solche Opfer bringen sollst, mit keinem einzigen Wort. Du hast dich immer selber angetragen. Ich habe schon mehrmals meinen Hof haben und selber verwalten wollen, du bist dagegen gewesen. Heute ist die Änderung. Ich geh jetzt hinauf in meinen Hof und von dieser Stund' bin ich der Herr.«

»Da geh ich mit«, sagte der Vetter und kehrte um. »Da muß ich schon erst noch was mit dir reden, Anton. Ich hab' gemeint, es wird mir erspart bleiben. Ich hab' schon viel Hartes erlebt, hab' wenig gute Tage gehabt, es ist kein Spaß! Aber mein Lebtag ist mir nichts so hart angekommen als das, was ich dir jetzt mitteilen muß. Halt nur still und höre. Du bist nicht der Herr auf dem Hof, kannst es nicht sein und wirst es nie werden. Dein Vater war mir groß verschuldet und im Testament hat er mich zum Eigentümer gemacht, nur mit dem Vorbehalt, daß ich für dich tue, was ich kann. Daß ich's bisher redlich getan habe, das wirst du mir zugestehen müssen, und so werde ich's auch in Zukunft halten, gleichwohl ich nicht weiß, wie ich's hereinbringen soll.«

Der Bursche war fast sprachlos, er konnte nur zur Not durch den zugeschnürten Hals hervorbringen: »Ich bin ja angeschrieben.«

»Angeschrieben! Ich habe mir's gedacht«, sagte der Vetter Wend murrend. »Das war ja die dumme Gutmütigkeit von mir. Mir tatest du leid, ich wollte dir angenehm hinüber helfen, dich versorgen, dir ein gutes Leben schaffen und du brauchtest weiter nichts zu wissen. Deine Unzufriedenheit hat meine wohlgemeinte Absicht vereitelt. Angeschrieben bist freilich, aber wie? Ich brauche nur das Testament vorzulegen, und das Kartenhaus purzelt zusammen.«

»Das Testament will ich sehen«, sagte der Bursche.

»Das Vergnügen sollst du haben, wenn du darauf bestehst«, sprach der Vetter. »Aber es gibt Dinge, vor denen man am besten die Augen zumacht. Wo ohnehin nichts mehr zu ändern ist. Leider Gottes. Ich wollte, dein Vater lebte noch, daß nicht mir diese schwere, undankbare Aufgabe zugefallen wäre. – Schau, dort im Garten, die Ottel! Du mußt dich aufheitern, Anton, tot ist tot, vergangen ist vergangen. Gescheiter, man hält sich ans Lebendige. Ich werde schon trachten, daß du das Mädel nehmen kannst.«

»Das Testament will ich sehen.«

Schier tonlos antwortete der Vetter: »Gut, wenn es dir schon Freude macht, und daß du wühlen willst in deinem Unglück. Komm halt mit.«

Er führte ihn dann ins Haus, in die Oberstube. Dort fand er lange den Schlüssel zum Kasten nicht, und endlich fiel es ihm ein, daß das Testament beim Amte liege, in Villach. »Kannst ja hingehen und es dir vorlegen lassen.«

Nach Villach in die Stadt gehen, sich in den Kanzleien herumdrücken, sich von Amtsdienern und Schreibern anschnauzen lassen, das war nun die Sache des Burschen nicht. Er war als Soldat angeschnauzt genug geworden. Zu machen, dachte er, ist sowieso nichts, und er lebte wieder eine Weile ruhig auf seinem Altenleuthäusel dahin. Doch hatte er gelegentlich einen Nachbar ersucht, der nach Villach zum Amte ging, er möchte sich beiläufig auch erkundigen nach einem Testamente vom vor sieben Jahren verstorbenen Ruster in der Hochleut. Der Nachbar kam heim und berichtete, daß im Amte von einem solchen Testament niemand etwas wüßte, daß dort keines hinterlegt worden. Und der Nachbar sagte weiter, daß der Vetter Wend recht gut wissen werde, wo das Testament ist, daß er es gewiß nicht verloren und nicht verbrannt haben werde, sondern wohl in seinem Kasten aufbewahrt, weil in der Schrift, soweit der Nachbar sich als Zeuge noch erinnere, dem Vetter ein Legat von dreitausend Gulden zugeschrieben sei. So viel, sonst aber auch gar nichts. Alles andere dem Sohne.

So war dem Anton nun aller Frieden dahin. Das eine Mal nahm er sich vor, mit dem Wend Ernst zu machen, das andere Mal hielt er es für besser, den schlimmen Handel nicht anzufangen, die Feindschaft mit dem Vetter nicht zu schüren, die dann wohl eine ewige sein müßte. Und ohne den Vetter wisse er sich ja nicht zu helfen. Daher wollte er doch wieder alles beim alten lassen. Er tat's um so lieber, als der Wend ihm das Jahreseinkommen so weit erhöhte, daß er wirklich ans Heiraten denken konnte. Der Ottel kam das über die Maßen gelegen. Der Vetter ordnete mit geradezu väterlicher Umsicht und Güte das Versprechen, das öffentliche Verkünden, die Trauung, die Hochzeit, und auf einmal waren der Anton und die Ottel Mann und Weib. Und die Ottel sorgte für seine Kost, die bisher eine alte Magd beigestellt, sie sorgte für sein Gewand, für die Stube, sie richtete ihm das Nest nicht übel her. Und als das Nest nicht übel hergerichtet war, legte sich die Ottel ins Bett und gebar ein gesundes Mädel. Das war im siebenten Monat nach der Hochzeit. Die Mutter hatte an dem holden Siebenmonatkind eine große Freude. Der Vater ging draußen am Wasser um, fischte aber nicht. Das Wasser ging hoch und trübe, denn es hatte viel geregnet, und obschon es im Trüben gut fischen ist, so waren dem Anton die Forellen jetzt ganz gleichgültig. In den Hof wollte er hinauf. Nun hatte es aber am Bache, der am Häusl vorbeifloß und der übersetzt werden mußte, die Brücke vertragen. Das sollte kein Hindernis sein, der Anton ging dem wogenden Wasser entlang bis zum oberen Steig an den Waldwiesen. Aber auch der war weg. Das Bachbett war hier sehr tief, das Wasser reichte lange nicht bis zu den Steinplatten heran, auf welchen der aus zwei behauenen Waldbäumen gezimmerte Steg geruht hatte. Und er war doch weg. Seit Menschengedenken hatte hier das Wasser keinen Steg fortgerissen, es war, als ob Menschenhände dabei gewesen wären. – Auch recht, dachte sich der Anton, geht's drüber nicht, so geht's durch. Noch eine Strecke ging er weiter, und dort, wo der Bach etwas flacher war, brach er vom Zaun einen Stecken und sprang ins Wasser. Dieses wollte den Fischer heute nicht respektieren, suchte ihm die Beine auszuschlagen. Zur Not erhielt er sich an dem Stecken, den er ins Wasser gestemmt, und mit einem kräftigen Schwunge war er am anderen Ufer. Er ging gegen den Hof hin, der mit seinen braunen Holzgebäuden stattlich und weitläufig dalag. Die Wiese war eitel Moorgrund und von Schritt zu Schritt sank er zwischen Sumpfgras und Binsenbüscheln tiefer in den Morast. Dieser Boden war stark vernachlässigt, zur Jugendzeit des Anton wußte man hier nichts von einem Moore. Er sank bis an die Knöchel, bis an die Knie, der Rasen zitterte, und sooft er in denselben ein Loch trat, pfiff Morast und Luft heraus. Das Weiterkommen schien unmöglich zu sein, noch ein Glück, wenn er umkehren konnte. – Umkehren? Nein! sagte er sich heftig. Durch muß ich! Jetzt muß ich durch, und koste es, was immer. Mehr als das Leben kostet es nicht, und das ist nichts mehr. – Mit einem Knie stemmte er sich an den schnoddernden Rasen, bis er das andere Bein aus dem Sumpfe hatte, dann legte er sich der Länge nach auf den Boden und wälzte sich fort bis hinüber zum Gestrüppe, durch dasselbe brach er mit Leichtigkeit.

Auf dem reifen Kornfeld arbeiteten die Leute. Der Vetter saß drüben unter dem Haustor und dengelte eine Sichel. Der Anton ging rasch auf ihn zu und sagte: »Mensch, gib mir das Testament von meinem Vater.«

Der Vetter tat, als überhöre er das Wort, und rief laut und lustig: »Na, Toni, wie geht's zu Hause? Alles gut vorbei, wie ich schon gehört habe. Na, gottlob! – Hau, wo willst denn hin?«

»Ich hole mir das Testament«, antwortete der Anton und trat, den Vetter mit dem Zaunstecken beiseite schiebend, rasch ins Haus. Dieser eilte nach und rief: »Was soll der Prügel in deiner Hand! Wirf ihn weg!«

»Wirf du die Sichel weg!« entgegnete jener, schritt die Stiege hinan in die obere Stube und gerade auf den Kasten zu. Der war versperrt. Der Anton faßte einen im Winkel stehenden Dreifuß, auf welchem sonst Schuster sitzen, und schlug mit einem heftigen Hiebe die Kastentür ein, daß die Splitter flogen. Der Vetter war mit einem grellen Wehgeschrei hinter ihm her, griff nun über der Achsel des andern mit langem Arm rasch in den Kasten und erfaßte ein Paket Schriften. Der Anton wollte es ihm entwinden, zwischen den beiden Männern entspann sich ein Ringen, bei welchem die Schuhnägel Funken gaben auf den Eisenklampfen am Fußboden. Mehrmals fuhren sie ineinander verschlungen durch die Stube, endlich stürzten sie zu Boden. Der Anton lag auf dem Rücken, der Vetter setzte ihm das Knie auf die Brust und klammerte seine Finger um den Hals des röchelnden Gegners.

»Das ist das Richtige, Buberl«, schnaufte der Wend hervor. »Das macht – auf die beste Manier – den Prozeß aus.«

So spricht der Mörder! konnte der Anton noch denken, in Todesangst eine übermenschliche Kraftanstrengung, und der Vetter lag hingeschleudert an die Wand. Mit dem Paket eilte der Sieger aus dem Hause und davon. – Im Walde auf einem Steinhaufen ließ er erst seine zitternden Glieder zur Ruhe kommen, dann riß er die Schnur des Pakets entzwei. Es waren allerhand Urkunden, die sich auf den Hof bezogen, dann der Ehevertrag des Vaters, der Taufschein des Sohnes und das Testament. – Ja, es war so, es war so. Ein wahres Glück, der Vetter Wend war darin mit einem Legat bedacht gewesen, sonst hätte er das Testament sicherlich längst vernichtet. Für alle Fälle hatte er es nicht getan.

Am Abende desselben Tages kam der Vetter mit einem

starken Knechte auf Umwegen zum Altleuthäusel. Der Knecht trug einen Korb mit Weißbrot, Rauchfleisch, Eiern und anderen guten Dingen. Der Vetter hatte unter seiner rotgestreiften Zipfelmütze eine Binde um den Kopf gelegt, aber sein rundes Gesicht mit der kurzen Nase war sehr freundlich.

Dreist trat er ins kleine Haus und in die Stube, wo der Anton sinnend am Tische saß.

»Muß euch doch ein Angebinde bringen«, sagte er. »Kindel frisch, wie ich höre. Na, weil nur alles so glücklich ausgegangen ist. 's ist einem allemal ein wenig bang in solchen Umständen, ich weiß es von früher her. Meine Leute haben mich freilich schon alle verlassen, längst verlassen. Es ist traurig genug, wenn der Mensch so allein steht...«

Plötzlich brach er ab, und mit dem Ärmel fuhr er sich über das Gesicht. »In Gottes Namen!« rief er nachher mit frischer Stimme aus. »Nimm halt fürlieb, Anton, mit der Kleinigkeit, was der Knecht im Korb hat. – Und von wegen der Dummheit«, setzte er lachend bei, »der Dummheit wegen im Hof oben, vorhin! Kindereien. Wollen einander deswegen nichts nachtragen. Die Schriften hätt' ich dir ja sowieso gegeben jetzt, aber daß du so mit dem Zaunstecken ins Haus gefahren bist, das hat mich wild gemacht, wie halt der Mensch schon oft ist. Sind zu weit gegangen. Ist unschicksam zwischen Blutsverwandten, so was. Soll vergessen sein. Wollen förder verträglich weiterleben wie bisher, du hast jetzt deine Sorgen. Daß du dich nicht auch noch mit der großen Wirtschaft abkümmern mußt. Ich verlaß dich nicht, Anton.«

Als der Vetter so gar süß gesprochen hatte, stand der Anton auf, er war heute fast größer und strammer als sonst, und sagte: »Wend! Wenn du heute den Hof nicht mehr verlassen kannst, weil's schon finster wird, so tu's morgen früh. Wenn du vormittags, Stund neun, noch darauf sitzest, so werf ich dich hinaus. Und jetzt marsch!«

An der Achsel faßte er den Vetter und schob ihn um, so daß er der Tür zugekehrt wurde. Darauf ging der Wend mit seinem Knechte ohne weiteres wieder davon.

Am nächsten Tage rief es der Vetter klagend in der ganzen Gegend aus, daß kein Leibes- und Seelenleid so weh tue als erfahrener Undank. Die Nachbarschaft stand aber zum Anton, und so mußte sich der Wend anschicken, den Hof, den er längst als sein Eigen betrachtet, zu verlassen.

Als über den Bach wieder die Brücke geschlagen war, nahm der Anton Ruster einen Schiebkarren, legte Mutter und Kind darauf und schob sie hinauf in den Hof. Das Gesinde war untereinander trutzig und angeberisch, kam aber den neuen Hausvaterleuten sehr demütig entgegen und wartete auf die Befehle und Anordnungen Antons. Dieser gab den Leuten heute Feiertag, denn er mußte es sich erst überlegen, was in Stall, Feld und Wiese zu geschehen habe. Ade nun, ihr schönen Fischlein im Wasser! Ade, ihr flinken Rehe und Hasen im Walde, denen er mit Verstattung des Gemeindejägers auch manchmal nachgegangen. Die sorglose Zeit, die Herrenzeit war vorbei. Fast reute es ihn, den Vetter abgedankt und sich selber in die Beschwerden eines großen spießigen Hauswesens gesetzt zu haben. Sein Weib ließ sich auch nicht danach an, als ob es eine umsichtige und resche Hausfrau würde abgeben können und das kleine Mädel hätte ein kleiner Bub sein müssen, um der neuen Hofgesessenheit und ihrer Zukunft einen verläßlichen Grund zu geben.

Trotzdem empfand der Anton am ersten Abende, als sie sich in der guten Oberstube des Hauses bequem machten, eine ganz eigene Behaglichkeit. Nach vielen Jahren endlich wieder im Vaterhause!

»Und der Mond scheint auch schön herein beim Fenster«, bemerkte die Ottel. Da erhob sich im Hofe schon das Geschrei: »Feuer! Feuer!« An zwei Ecken des Hintergebäudes lohten hell die Flammen auf.

Nach zwei Stunden alles ein rauchender Aschenhaufen.

– Nun also, das war rasch und gründlich gegangen. Nun hatte der Anton die Wirtschaftssorgen wieder hinter sich. Weib und Kind waren wieder unten im Häusl, er selber stieg mit Nachbarsleuten an der Brandstätte herum und hörte den Ratschlägen der Gemeindegenossen nur mit halbem Ohre zu. Man konnte sagen, er war der Gleichmütigste unter allen. Am Vormittage kam auch der Vetter. In weinerlichem Tone jammerte er heran: »Nicht menschenmöglich! Nicht zu fassen, daß so ein Unglück geschehen kann über Nacht! In Taufenbach drüben beim Hager, wo ich mich jetzt aufhalt, hör' ich heut' früh: Der Rusterhof ist abgebrannt! Lugen tut's! sag ich, mach' mich aber doch auf den Weg in der Angst. Schier drei Stunden herüber. Aber Anton, so schlecht hausen! Ja, was wirst denn jetzt anheben? Und wie kann's denn ausgekommen sein, das Feuer, um Gottes Himmels willen!«

Rief ein Knecht drein: »Ja, Bauer, wenn du's nicht weißt!«

»Wie soll ich's wissen!« begehrte der Wend auf. »Wenn ich in Taufenbach drüben bin!«

»Gestern abends bist hinter dem Hof herumgeschlichen!«

»Das auch noch! Das auch noch!« wimmerte der Vetter und hielt sich mit beiden Händen den Kopf. »Am End' soll ich's gewesen sein. Herauskommen tät's grad so! Mein Gott, was es für schlechte Leut' gibt auf der Welt! Oder hat sie der Schrecken um den Verstand gebracht? Kein Wunder wär's nicht! – Wenn ich dir jetzt was nutzen kann, Anton, so sag's. Ich trag' dir nichts nach. Wenn der Mensch so im Unglück ist, da kann ich ihm nichts nachtragen! Mein Gott, nein, keiner ist sicher davor.«

Der Anton wendete sich von dem Manne ab, ohne auf sein Jammern und Anerbieten auch nur ein einziges Wort geantwortet zu haben. –

Vier Wochen später waren die Gründe des Rusterhofes verkauft mitsamt dem Altenleuthäusel. Der Anton hatte in den fürstlichen Gemsrevieren eine Jägerstelle angenommen. Die Leute hatten ihm noch geraten, den Vetter Wend einsperren zu lassen, doch da rief er ganz unwillig aus: »Lasset mich mit diesem Menschen in Ruh'! Dem wird der Rusterhof brennen, so lang' er lebt!«

Damit glaubte er den Vetter von sich geworfen zu haben. Es war aber nicht so. Wenn der Anton allein umging in seinen steinigen Bergen, da mußte er an den Wend denken, was der ihm angetan, und ein heißer Haß wühlte manchmal in seiner Brust. Und wenn er in mancher Nacht schlaflos auf dem Moose lag, da kamen sachte all die Auftritte, Falschheiten, erfahrenen Übervorteilungen und Demütigungen geschlichen, und sie stellten sich gleichsam im Kreise um sein Bett, und inmitten ragte er selbst auf, wie eine Gestalt aus mattglosenden Kohlen – der Brandstifter, der Verführer... Und da herrschte in Antons Seele ein so tobender Zorn, daß er aufspringen mußte und etwas zertrümmern.

Nein, er war noch nicht durch! Den Hof, wie leicht hatte er ihn verschmerzt! Aber mit dem Elenden war er noch lange nicht zu Rande. Der stand wie ein böser Geist mitten in seinem sonst so frohen Weidmannsleben. Manchmal war ihm, als müsse er gehen, den Wend zu suchen, um ihn, wo das Zusammentreffen auch sei, auf der Straße oder auf dem Kirchplatz oder in seinem eigenen Hause, mit dem Gewehrkolben totzuschlagen. Der Anton hatte sich sonst als einen gutmütigen, zufriedenen Menschen gekannt, er war nun selbst erschrocken ob der Rachgier, die verheerend in ihm herrschte, und er war tief bekümmert darüber, daß er im Grunde eigentlich ein so schlechter Mensch sei.

So vergingen mehrere Jahre. Im Jägerhause schleppte sich's träge dahin, ohne viel Freude, ohne viel Leid. Die Ottel versah ihre häuslichen Bedürfnisse, das Mädel wuchs heran und hatte außer den Neigungen, zu essen, zu schlafen und sich mit Flitter zu schmücken, keine hervorragenden Eigenschaften. Der Anton dachte: Der Herrgott traut mir da einen besonderen Edelmut zu, er soll sich nicht getäuscht haben. Das Geschöpf ist unschuldig. Aber er! Aber er! – Es ist merkwürdig, was erlittenes Unrecht, das nicht verziehen werden kann, in einem Menschen anrichtet. Es wirkt fast wie die Sünde, es macht fast schuldig, es erweckt und es nährt den Unfrieden des Gewissens, es trübt das Gemüt wie gewalttätige Wildbäche den Alpensee.

Eines Tages, als der Jäger Anton aus dem Gewände hinabging gegen das Jägerhaus, begegnete ihm eine Wallfahrerschar, wie solche alljährlich am Maria-Heimsuchungstage aus den Kärntnertälern heraufkam zu einer Gnadenkapelle, welche oben auf einem Bergkegel stand.

Unten am steilen Hange war einer der Wallfahrer plötzlich erkrankt und man hatte ihn im Jägerhause zurücklassen müssen. Die Ottel kam dem heimkehrenden Anton vor die Tür entgegen, voller Verwirrung, und was denn jetzt anzufangen wäre? Dieser Mensch sei drin, der Vetter Wend. Er sei ganz krank, blute heftig aus dem Munde und stöhne.

Auf seinem eigenen Bette hatte der Anton seinen Feind wiedergefunden. Ein verzerrtes Gesicht, alt und fahl, unstet in jeder Miene, ein unheimliches Gesicht. Die Todesangst war auf ihm. Wirr zuckte sein Aug', als der Anton vor ihm stand, die krustigen Lippen bebten. Die Hände hob er, um sie bittend zu falten, aber sie zitterten so sehr, daß sie nicht zusammenkamen.

Und das erste, was der Anton jetzt denken konnte, war: Du armer Mensch! Du armer Mensch!

»Vetter Wend«, sagte er und wischte ihm mit der flachen Hand die kalten Tropfen von der Stirn. »Dir ist schlecht. Es ist schon um den Arzt geschickt, es wird vorübergehen. Daß du nur bei uns bist und nicht unter freiem Himmel verschmachten mußt.«

Jetzt hob der Wend die Hände krampfhaft hoch empor, klammerte die Finger aneinander, und kaum verständlich stöhnte er: »Anton! Anton!«

Dieser beugte sich zu ihm nieder: »Ich weiß, was du meinst. Es ist alles vorbei, es ist alles vergessen. Ich bin ja ganz zufrieden, für mich paßt nur der Wald, der Herrgott hat's recht gemacht. Kein Mensch ist ohne Sünd', der's so eingerichtet hat, wird schon wissen, warum. Sollst nicht verzagt sein, Vetter, schau, wirst auch wieder gesund.« – Als der Jäger so gesprochen, ging er rasch hinaus in den grünen Wald, und es war ihm so leicht ums Herz, so leicht und glückselig, wie ihm bisher all sein Lebtag nicht gewesen. Ein fast leidenschaftliches Liebesgefühl war jetzt in ihm für den Vetter Wend; der arme schwache Mensch war ja nur einer bösen Macht unterworfen gewesen, von der er sich nicht hatte befreien können. Am liebsten hätte er ihm jetzt eine recht große Wohltat erwiesen zur Genugtuung dafür, daß er so unselig hatte sein müssen.

Auf das allersorgfältigste wurde der Vetter im Jägerhause gepflegt, das Mädel aber hielt der Anton vom Kranken fern, das hatte bei ihm nichts zu tun. Er selbst saß neben dem Wend und sprach zu ihm in gemütlicher Art, als sei zwischen ihnen nie etwas anderes vorgekommen. Als die Wallfahrer vom Berge herabstiegen, konnte der Kranke freilich noch nicht mit ihnen heimkehren, wenige Tage später aber ging's zuerst mit einer Tragbahre, dann im Tal mit einem Wagen dem Taufenbachtale zu. Wie ihm zumute war, als er das Jägerhaus verließ, das kann man nicht wissen. Er kam später wieder auf die Beine, und gelegentlich hat er dem Anton Grüße geschickt, und dieser sie erwidert.

»Und so ist's gewesen«, schloß mein Gemsjäger am Kreßbrunnen seine Erzählung. »Und seither sind wir beide erlöst. Er und ich. Aber es braucht was, bis der Mensch durchkommt, es braucht was. – Schau, du! Siehst du's?

Dort oben im Kar! Dort äsen ihrer! Drei – vier – sechs Stuck! Siehst du's?!«

Ich sah sie wohl, die Gemslein im Gewände, das war hübsch anzusehen. Doch näher, als die flinke Antilope, ging mir das Menschenschicksal, von dem der Jäger erzählt hatte.

»Aber, Jäger«, sagte ich noch, »man kann nicht zufrieden sein!«

»Mehr als ein halbes Dutzend siehst selten auf einem Platz beisammen, da oben in der Karwand«, antwortete er und schnitt sich jetzt Brot und Speck zurecht.

»Nicht der Gemsen wegen, Jäger. Des anderen wegen. Daß er leer ausgeht! So ganz und gar straflos ausgeht.«

»Möchten Sie in seiner Haut stecken?« fragte der Jäger.

»Das just nicht.«

»Nun also«, sagte er und tat aus dem Plutzer einen herzhaften Zug.

Das Gold

Aus den Schriften eines Gutsbesitzers

Ich war von einer italienischen Reise zurückgekehrt auf mein Bergschloß. Aber recht verstimmt, denn die Reise war mißlungen. Das ganze Frühjahr eine ununterbrochene Plage von schlechtem Wetter. In Venedig hatte ich mir die Finger verfroren. In San Carlo fand ich die Spielbank geschlossen. In Rom hatte ich den Papst nicht gesehen. In Neapel hatte der Vesuv kaum geraucht, viel weniger gespien. Die Fahrt nach Sizilien mußte wegen stürmischer See ganz fallen gelassen werden.

So war ich leer und mißmutig in das Alpental zurückgekehrt. Hier waren die Saatfelder und die Wiesen wohl schon grün, und es blühten an den Rainen die Eriken und es blühten an den Steinhaufen die Schlehen und Wildkirschbäume; auf den höheren Bergen aber lag noch Schnee. Besonders der Kegel, den man von den Fenstern meiner Wohnung aus so schön und hoch aufragen sieht jenseits des Tales, stand da, weiß und glatt wie ein Zuckerhut. Beinahe hat er dieselbe Form, nur daß er nicht ganz so steil und spitz ist und unten sich aus böscht zu breitem, flachem Sockel. Im Hochsommer wird er schneefrei und grün und es weidet darauf das Vieh. Er soll vulkanischen Ursprunges sein und sieht in seiner schneebedeckten Gestalt aus wie der Ätna in Sizilien. Auch Sagen hat der Kegel. Gnomen mit goldenen Kappen sollen an ihm gesehen worden sein. – Dieser Berg, der Kegel genannt, steht so hoch über alle anderen Berge der Umgebung auf, daß er weit ins Land hinausleuchtet. Besonders schön im Frühsommer, solange auf den steilen Matten desselben noch der Schnee liegt, während alles andere schon im Grünen steht. Um diese Zeit rauschen auch die Wässer grimmig, und die braunen Fluten des am Schloßberge vorüberwütenden Flusses schlagen hoch an die Felswand herauf, daß sogar manchmal ein Tropfen an die Fenster springt. Der weite Talkessel heißt die Kaal, er hat sieben Dörfer, die mit ihren grauen Holzdächern baumlos auf den Matten stehen und einst alle zum Schloß gehört haben. Der Bevölkerung liegt die Hörigkeit noch heute so sehr im Blute, daß sie mir in allem Untertänigkeit bezeigt, obschon ich ein ganz gewöhnlicher Gutsbesitzer bin und das Schloß der verkrachten Grafenfamilie, oder vielmehr ihrem Wucherjuden, für Geld abgekauft habe. Ich halte mich auch nur fünf Monate des Jahres in dieser Gegend auf, um mich gerne mit Jagen, Fischen und dergleichen abzugeben. Die Wirtschaft, von der ich nicht viel verstehe, und die mir nie sonderlich den Schlaf verdorben hat, überlasse ich meinen Meiern. Die übrige Jahreszeit lebe ich in der Stadt oder bin auf Reisen, die man schon so machen muß und die das eine Gute haben, daß es einem dann zu Hause wieder auf eine Weile gefällt.

So war ich denn auch diesmal froh, wieder in der Kaal zu sein bei den gutmütigen Leuten, die man mit ein wenig Artigkeit an der Nase herumführen kann. Wieder da auf meinem alten Grafenschloß, das sich von allen anderen derartigen Burgen darin unterscheidet, daß keine weiße Frau darin umgeht – ja, daß überhaupt keine Frau darin umgeht. Ich besitze keine. Ich habe »das Schnalzerl überhört«, wie die Leute hierzuland von einem alten Junggesellen sagen. Junggesellen, herrjemine! Nur allzuoft muß ich meine Kammerdiener wechseln, damit sich in einem und demselben nicht zu viele Familienerinnerung ansammelt. Aber das wollte ich ja gar nicht erzählen.

Am dritten Tage, als ich nach der Kaal zurückgekehrt war, meldete mein Diener Friedrich mir eine Bauerndeputation an. Drei Mann. Was wollen die? Wollen sie mir endlich ihre Unabhängigkeit erklären? Wollen sie mich in den Landtag wählen? Oder begehren sie Wildschadenvergütung? Na, wir wollen einmal sehen.

»Ei siehe! Welch' gute Stunde bringt mir meine Nachbarn! Der Strehlhöfinger und der Glowogger, nicht? Und der Karer-Martin.«

Die Leute freut's immer, wenn man in der weiten Welt ihre Namen nicht vergessen hat. Sie tun's bedeutend billiger mit den Wildschäden, wenn man sie beim Namen nennt und vertraulich du zu ihnen sagt. Nirgends wird Höflichkeit so gut bezahlt als bei den Bauern.

Der Strehlhöfinger – ich glaube, daß er jetzt Gemeindevorsteher ist – ergreift das Wort: »Es tut uns g'freuen, gnädiger Herr, daß der gnädige Herr wieder da ist. Wenn's G'schloß so leer steht und man nichts trampeln und nichts klocken und gar nichts hört, und alles wie ausgestorben, da ist's so viel langweilig. Und alleweil sagen wir, wenn nur schon die Pfingsten da wären, daß der gnädige Herr wiederkommt. Und weil wir schon so viel eine Freud haben, daß der gnädige Herr wiedergekommen ist, so sind wir – so haben wir– ?« Da stockte er endlich. Ich hatte ihn schon beneidet um seine Rednergabe. Und siehe, er war tatsächlich klüger als die meisten Redner, die den Faden verlieren. Er suchte ihn nicht lange, um wieder anzuknüpfen. Er begann etwas Frisches.

»Heut' auf den Abend, wenn's finster wird, möchten wir dem gnädigen Herrn halt gern eine kleine Freud' machen. Und wollen zu Lob und Ehr' ein Schaug'spiel sehen lassen. Sonnwenden halten, das tun wir sonst alle Jahr. Heuer möchten wir wohl extra was machen. Wie es ausfallen wird, das wissen wir nit, bitten halt, daß es der gnädige Herr so gut möcht aufnehmen, wie es gemeint ist. – Und wie ist's gangen, gnädiger Herr, alleweil gesund gewesen?«

Die letzten Worte waren nicht mehr in getragener Ehrerbietung des offiziellen Teiles gesprochen, vielmehr in gemütlich vertraulichem Plauderton, in dem wir miteinander zu verkehren pflegen. Als ich sie dann auf ein Glas Wein einladen wollte, lehnten sie es ab. Heute nicht, heute hätten sie nicht Zeit. Und sind dann unter lebhaftem Handgeschüttel davongegangen, ohne weiter etwas anzudeuten, worin das »Schaug'spiel« bestehen würde.

Ich fragte dann den Friedrich aus, ob er nichts gehört oder wahrgenommen hätte. Er wußte nur, daß zu einer Komödienaufführung oder dergleichen keinerlei Anzeichen vorhanden wären, daß vielmehr die Leute, besonders das jüngere Volk, die Häuser verließen und gegen das Gebirge wanderten. Die alten Frauen stünden vor den Haustüren, hielten die Hände über die Augen und schauten so hinaus.

Da wurde ich ein wenig neugierig. Je tiefer die Sonne sank, je höher stieg die Neugierde. Und als die Abenddämmerung anbrach, das Dorf zu meinen Füßen zur Hälfte ausgewandert war, zur andern Hälfte aufgeregt auf den Gassen herumging, da bin auch ich unruhig geworden. Es wurde finster, am Himmel schon die Sterne, unten rauschte das Wasser – weiter war nichts. Nachdem ich lange am Fenster gestanden und zu überlegen begann, ob das angekündigte Schauspiel im oder vor dem Schlosse stattfinden würde, oder ob man mich benachrichtigen sollte, wann und wo, hatten Koch und Diener das Souper serviert. Meine gütigen Götter, wie traurig das ist, wenn ein einziger Mensch bei einem Tische sitzt, der reichlich für zwölf Personen Raum hat. Es gibt nichts Traurigeres. Ei doch! Trauriger ist es noch, wenn zwölf an der Tafel sitzen und sind einander nichts und haben einander nichts zu sagen als Abgeschmacktheiten. Habe es oft genug versucht und mich endlich für die Einsamkeit entschieden. Bei Tische ist der beste Freund der Magen. Wenn der gut aufgelegt ist, dann kann's manchmal ganz amüsant werden. Junker Wein leistet auch Gesellschaft und weiß sehr gut zu unterhalten. Er plaudert, er musiziert, er schäkert, produziert sich als Schnellzeichner der Phantasie und malt mit rosigen Farben. Nicht übel sekundiert ihm Madame Zigarre, und in solchem Freundeskreise läßt sich der Abend manchmal recht passabel zubringen. Dann kommt aus Jena der lustige Studiosus, aus Ungarn der forsche Rittmeister und aus Wien der lachende Erbe der zwei Millionen eines ausgezeichneten Goldonkels. Sie kommen und sagen: Erinnerst du dich noch daran, als du ich warst? Ich der Student, der Rittmeister und der, dem plötzlich die Welt in den Schoß fiel, so heftig, daß ihm die Beine wackelten! Ha, wie da die Straßen stolz auseinandergingen in alle Winde hinein, um endlich auszumünden an der alten Räuberburg in diesem verlorenen Gebirgstal. Ja hier, da haben sie ihn ausgeworfen, den übersättigten Sonderling, und da will er nun warten auf –

Auf was will ich denn warten?

»Euer Gnaden möchten zum Fenster kommen!« sagte der Diener, der leise herangetreten war.

»Na, ist etwas los?«

»Euer Gnaden wollen bloß einmal zum Fenster kommen.«

Ich ging in den Erker und blickte hinaus. Wie, was ist nur das? Hoch in den Lüften ein Feuer. Ist es der Mond? Es ist eckig und zackig wie eine Krone und steht ruhig im Himmel. »Das Fernglas, Friedrich!« – Und durch das Instrument, das ich richtete, sah man einen großen Feuerbrand, dessen Flammen langsam aufloderten, eingewölbt von rötlichen Rauchmassen. Und am Fuße des Feuers, auf weißen Wolken zitterten kleine Punkte herum, wie ausgestoßene Kohlenteile oder Wesen, die aus dem brennenden Neste geflohen waren. Ganz fabelhaft, so daß ich aufschreien mußte: »Wie machen sie denn das, die Racker!« An eine Nebelbilderscheinung dachte ich, die von der Erde aus erzeugt werde, da sagte mein Diener schon: »Das Feuer ist auf dem Berg.« Und endlich wurde es klar, daß der Brand nicht am Himmel sei, sondern auf der Spitze des Kegels, wo – wie nun deutlich zu sehen – er sich immer mehr entfaltete. Manchmal lösten sich ganze Feuermassen los und flogen mit dem Rauchqualm hoch in die Lüfte, und eine

Funkengarbe sprühte auf, um dann als glühender Regen nach allen Seiten niederzusinken. Da kam mir der Gedanke: Ein Vulkan! Der Kegel hat sich wieder aufgetan. Ich öffnete die Fensterflügel, um zu horchen, ob man nicht ein Brüllen oder Sausen höre. Aber in der großen Ferne war es ganz ruhig. Nur unten im Dorfe manchmal ein Aufschrei, dann wieder nichts als das Rauschen des Baches. Still und feierlich stiegen die Flammen auf. Mich packte etwas, wie ein wollüstiges Grauen – um das richtigste Wort zu sagen. Das, was in Italien der Vesuv versagt, bietet mir die Heimat? Von Minute zu Minute größer wurde das Feuer und begann sich hinzubreiten über den ganzen Scheitel des Berges, als fließe es auseinander. Siehe, jetzt glitt ein Funke hernieder über den Hang des Berges, und es glitt ein zweiter. Und es begannen mehr und mehr Glutkügelchen herabzurollen über den Berg, teilweise zu sehen wie sinkende Sternschnuppen, gleichsam einen glühenden Streifen hinter sich herziehend. In Bächlein und Bächen begann die feurige Lava herabzurinnen von dem Kegel nach allen Seiten, immer dichter und dichter, daß es war wie ein qualmender Lichtschleier, der sich niedersenkt. Ich hatte mir einen Lavastrom eigentlich anders vorgestellt, nicht so schön, so graziös. Trotz aller Großartigkeit war das fast lieblich zu sehen, ich fürchtete mich nicht mehr, ich betrachtete die unerhörte Erscheinung wie ein Götterschauspiel, bei dem ich ganz vergaß, daß mir ja auch die guten Kaaler an diesem Abende ein Schauspiel bringen wollten. Dann griff ich mir an die Stirn, ob sie kühl sei, ob ich nicht etwa zu viel Wein getrunken hätte. Zwei kleine Gläser wie gewöhnlich. Wie ich dastand an der Fensterbrüstung, von unten das Wasser rauschen hörte und dort den feurigen Berg sah – das war weder Rausch noch Traum. Ich regte mich aber weiter nicht auf. Viel hatte ich ja in dieser Welt schon erfahren und mir angewöhnt, mich über nichts mehr zu wundern, also auch darüber nicht, daß der alte Vulkankegel plötzlich wieder ausgebrochen. Nur die Verhältnisse in der Kaal würden sich jetzt ändern, die Ruhe und Einsamkeit würde dahin sein. Die alten gemütlichen Bauernhöfe würden von Fremdenhotels verdrängt werden, und man würde nicht mehr wissen wohin, wenn man die Welt fliehen wollte.

Lange stand ich da und schaute hin, wie immer noch die glühenden Striemen niedergingen. Ich wartete nun auf den Aschenregen, der geflogen kommen mußte, und gab meinen Hausleuten Auftrag, die Fenster wohl zu verwahren und Wassereimer bereit zu halten. Aber der Aschenregen kam nicht, das feurige Spiel auf dem Kegel wurde dünner und matter; der Brand auf der Spitze war in sich zusammengesunken und den Hang herab glitten nur einzelne Lichtkügelchen.

Nach einer Stunde war alles verglommen und vergangen und der Berg stand da dunkel in der dunklen Nacht. Dieses schnöde Ende hatte mich fast mehr erregt als die Erscheinung selbst. Denn nun konnte ich mir erst gar nichts erklären. Wenn es kein Vulkan war, was soll es denn gewesen sein? In wirklicher Besorgnis darüber, ob ich wohl noch richtig bei meinen gesunden Sinnen sei, befragte ich die Dienerschaft. Ja, auch sie hatte alles so gesehen wie ich, ihre Ausrufe der Verwunderung, des Schreckens, der Angst hatte ich ja wohl gehört. Friedrich der Belesene behauptete, das könne nichts anderes gewesen sein als Elmsfeuer, während der Kutscher daran erinnerte, daß heute die Sonnwendnacht sei, in der sich in alten Zeiten oft große Wunder zugetragen hätten. In dieser Nacht würden manchmal die alten Heidengötter lebendig und ritten auf feurigen Rössern durch die Lüfte.

Da konnte ich den Morgen kaum erwarten, um hinabzugehen in das Dorf und zu sehen, wie die Leute sich zu diesem Ereignisse verhielten. Als ich um Sonnenaufgang die steinerne Treppe hinabstieg – der Kegel stand dort, wie er jeden Morgen steht –, war schon der Maurer bei der Arbeit, um das Stiegengeländer auszubessern. Er lüpfte seine Mütze, nahm die Pfeife aus dem Mund und sagte: »Auch schon auf, gnädiger Herr! Recht gut ist's ausgefallen, heut' bei der Nacht, gelten's?«

»Aber Freund, so sagt mir doch, wer hat denn das gemacht?«

»Weiß man nit mehr, wird noch aus der frühern Grafenzeit stammen. Mit der Zeit morscht halt auch der beste Stein.«

»Ich meine nicht die Mauer, mein guter Meister. Aber das möchte ich wissen, was das war, heute nachts, dort auf dem Kegel.«

»Nit wahr, gnädiger Herr, das hat sich sauber gespielt, recht sauber. So ein Sonnwendfeuer werden die Kaaler wohl noch keins gesehen haben. Die Holzknecht' haben's gemacht. Schon die halbe Woche lang haben sie Holz hinaufgeschleift und dürren Strupp und sogar Birstlingheu, daß es tüchtig brennen und die Feuerfetzen recht hoch auffliegen sollten. Sind auch hübsch geflogen, gelten's? Die jungen Leut' nachher, die sind erst gestern in der Geschwindigkeit zusammengebracht worden. Aus allen sieben Dörfern sind s' hinauf. Grad wie eine Gottsleichnamsprozession ist's gewest, aber viel größer noch, wie sie gestern hinauf sind hinten über die Buchkarrwiesen, jeder den Handschlitten auf dem Buckel.«

»Den Handschlitten – wieso?«

»Na freilich, daß sie nachher haben können herabrutschen vom Kegel, jeder eine Pechfackel in der Hand. Sauber haben sie's g'macht. Hat's gefallen, gnädiger Herr? Na, wenn's nur gefallen hat. So was sieht man nit alle Tag'. Vor hundert Jahren, oder wann – wie der Kaiser auf der Jagd ist dagewesen – sollen sie auch einmal so was gemacht haben.«

So ähnlich sprach der Maurer, dann wußte ich es. Nichts hatte ich mir vorher reimen können, und nach diesen wenigen Andeutungen erklärte sich mir alles. Und so etwas machen die Bauern. Machen es mit einigen Klaftern Holz und Stroh und mit einigen hundert Schlittenfahrern und Pechlunten. Vielleicht waren es auch einige tausend. Alles ohne viel Gerede und Getue. Und solches war mir zu Ehren gemacht worden. Ich war sehr gerührt, nur schade, daß es nicht in die Zeitungen kommen wird. Vielleicht, daß der Friedrich etwas schreiben könnte. Wenn derlei nicht veröffentlicht wird, hat's ja eigentlich keinen Sinn. – Jetzt würde ich aber auch was tun sollen. Man kann sich's von armen Leuten ja nicht bieten lassen. Noblesse oblige. – Es ist aber nicht so einfach. Ihnen ein Armenhaus bauen? Sie haben keine Armen, jedes Haus versorgt seine alten mühseligen Leute selbst. Ein Schulhaus? Das steht schon da. Eine neue Kirche? Sie hängen so sehr an der alten, in der, wie sie sagen, die Vorfahren gebetet haben. Hingegen aber eine gute breite Straße, die sieben Dörfer bequem miteinander verbindend. Oder die Gemeinde Kaal hat vielleicht Schulden. Wir wollen einmal darüber nachdenken.

Schon am nächsten Tage habe ich erfahren, wo die Leute der Schuh drückt. Die Wildschäden. Sie wollten mir dieselben nicht so hoch anrechnen, als sie ihnen zu stehen kämen; denn ich hätte von der Jagd ohnehin nur Unkosten, und es wäre unbillig, einem so guten Herrn sie noch zu vergrößern. Deshalb wäre es ihnen am liebsten, die Gemeindejagd zurückzunehmen. Die Pacht dauere zwar noch sieben Jahre, aber vielleicht hätte der gnädige Herr die Gnade, ihn gleich zu lösen.

Nein, der gnädige Herr hat die Gnade nicht. Das einzige Vergnügen, das mir noch geblieben ist auf der Welt, sollte ich nun auch hingeben? Das kann niemand verlangen.

Diese Wildschädengeschichten habe ich schon satt. Jedes Jahr die Jammerei. Sollten sich anderswo ansiedeln. In den Waldgegenden ist's ohnehin nichts mehr mit dem Landbau. In den Wald gehört der Jäger und nicht der Bauer.

Die Sache schien abgetan zu sein. Doch ging die Sonne noch zweimal auf und einmal unter, da ist wieder etwas Außerordentliches geschehen. Es rächten sich die alten Heidengötter, daß in der Sonnwendnacht ihr weiland feuriger Wolkenritt so arg verweltlicht worden war.

An einem warmen Regennachmittage gab es Stöße in der Luft. Dann begann es zu donnern, und man glaubte, daß es ein Gewitter sei. Es war aber ein anderes Donnern. So weit die weiße Pyramide des Kegels von unten hinauf nebelfrei war, sah man an derselben schwarze, breite Bänder herabrinnen. So wie drei Tage vorher die feurigen Sterne und Fäden niedergeglitten, so waren es die schwarzen Streifen, vorangespannt die Walzen der Schneelawinen, die da zur Tiefe fuhren, in die Waldschluchten hinein. Mit jedem Donnern bekam der Berg ein neues schwarzes Band, bis an manchen Stellen aller Schnee dahin war. Die Leute schauten erschrocken und schweigend hin. Wer das vollbrachte, das waren nicht mehr die Holzknechte und auch nicht die Bauernburschen mit ihren Schlitten. Man konnte auch nicht sagen, daß es so schön war, wie vorher das Feuerschauspiel; ich aber empfand ein Wohlbehagen. Das empfinde ich immer, wenn die Elemente im großen zerstören. Fast ballt sich dabei selbst die Faust und möchte mit dreinschlagen. Warum, das weiß ich nicht, denn im ganzen hat mich diese Welt ja weich gebettet. Vielleicht eben deswegen. Ich wollte den Leuten eigentlich nichts Übles, aber wenn ein wildes, grauses Unheil über sie kam, da war ich ganz unwillkürlich erfrischt. Gleich auch bereit, die Verunglückten zu trösten, ohne das ich übrigens besonderes Mitleid empfand. Gab es nur wieder einmal eine Abwechslung, die mich den Rücken prickeln machte, dann war mir wohl und froh zumute.

An demselben Abende, als vom Kegel die Lawinen abgegangen waren, erhob sich in den sieben Dörfern großer Jammer. Denn das Wasser war ausgeblieben. Auch am Fuße meines Schlosses war es still geworden, auf dem Sande zappelten Forellen, die nun – am Ende ihres Lebens erst – inne wurden, wie notwendig das Wasser ist. In den Dörfern ging es zu wie bei einer Feuersbrunst; die Häuser wurden geräumt, das Vieh aus den Ställen gejagt, und auf den erhöht am Waldrande liegenden Wiesen breiteten sich bald große Lager aus, von allerlei Habseligkeiten und aufgeregten Menschen. Am Flußbett, in dem zwischen weißen Kieseln die toten Tümpel standen, eilten Wasserwächter auf und ab, die von Stunde zu Stunde erregter wurden; denn je länger das Wasser ausblieb, je verheerender müsse es dann kommen.

Und am nächsten Tage ist es gekommen. Das ist nicht zu vergessen. Nicht Wasser kam, Ströme von Schlamm, Steinen, Bäumen und Blöcken kamen. Sie wurden herangewälzt, so unerhört wuchtig, daß sie über das Tal sich mit dumpfem Rauschen verbreiteten und alles, was ihnen im Wege stand, hinwarfen und verschütteten. Wie lebhaft sehe ich es heute noch. Das untere Dorf ist zerstört. Das Dorf am Fuße meines Schloßberges ragt noch halb aus dem Schutte hervor. Das am Eschenberg ist unversehrt. Von den übrigen Dörfern, die hinter der Schlucht liegen, ist noch nichts bekannt. Als unten die Fluten kamen, zitterte das Schloß wie der Oberbau einer Mühle, in welcher die Räder laufen. Ununterbrochen klirrten die Fenster, und manchmal sprang draußen ein Gischtschwall herauf und goß in das Zimmer. Und sind doch die Fenster mehr als vierzig Meter hoch über dem Grunde! Meine Leute waren jammernd beschäftigt, um ihre Habseligkeiten zu sammeln und wunderten sich, daß ich so ruhig wäre und mich um meine Schätze nicht kümmere. Nun – die liegen in der englischen Bank. Was liegt mir an diesem Spielzeug! Nur daß es nicht uninteressant ist, solche Elementarspiele zu beobachten. Leider hatte Regen und Nebel die Gegend derart verdeckt, daß man nichts Rechtes sehen konnte. Nur die

Stromschnelle an der Schloßbergwand war und blieb ganz gegenwärtig. Dieses braune, dicke Wasser, das zornig die größten Stämme vorüberschob! Sie wehrten sich, diese Stämme und Zimmerbäume und Brückenbalken, klammerten sich an Ufervorsprünge, wurden losgerissen und über die Wogen dahingeschnellt. An einen solchen Waldstamm klammerte sich ein Tier fest; ein Rehbock, es konnte auch was anderes sein, es hockte zu sehr im Geäste. Noch heute höre ich sein angstvolles Plärren. Es wird wohl ein junger Hirsch gewesen sein. In der Luft schossen Raben auf und nieder, und ich glaubte sogar einen Adler gesehen zu haben, der vom Hochgebirge her zur Kadaverjagd erschienen war. Als der hohe Herr an den Fenstern vorüberflog, huschte ein dunkler Schatten durch die Zimmer. Wie ich mit der Flinte ans Fenster komme, ist nichts mehr zu sehen.

Am nächsten Morgen war die Luft klar wie Kristall, der weiß- und schwarzgefleckte Kegel stand da wie ein Tiger, und in der Kaal war ein brauner See, aus dem Bäume, Zaunhecken und Häuser verlassen aufragten. Die Leute standen auf Gassen und Straßen herum und waren betäubt. Etliche, darunter mein alter Maurer, falteten die Hände und priesen das Glück. Das Glück, daß die Lawinen nicht in der Sonnwendnacht losgegangen waren! Aber die Sonnwendnacht könne doch an allem Ursache sein, meinten andere. Die Leute und die Schlitten hatten den Schnee erschüttert, die Feuer, die Fackelabfälle hatten Löcher gebrannt in den Schnee, da ist er gerissen. Und wieder andere sagten, man könne nichts sagen. Solange, wie diesmal, sei der Schnee seit Menschengedenken nicht kleben geblieben an dem Kegel. Die Junisonne habe den kalten Bergwinden nicht aufkommen können, aber der warme Regen habe alles auf einmal gelöst.

»Es ist alles eins, ob es so oder so gewesen. Wir sind Betteleute!« Das war dann der Schluß aller Meinungen.

Dann kam der Sonntag. Mein Verwalter erzählte, daß

diesmal die Kirche zu klein geworden sei, sie steht im oberen Dorf. Die Leute waren noch außen herumgesessen, wollten von den Trostworten des Pfarrers etwas hören und durch die Messe gesegnet werden. Am Nachmittag haben sie sich bei dem Friedrich erkundigt, ob ich zu Hause sei, und dann sind sie zu mir gekommen, die Vorsteher der sieben Dörfer. Redner ist wieder der Strehlhöfinger, aber nicht mehr so gewandt, wie bei meiner Ankunft – heiser, klobig, kurz gebrochen hat er es gesagt: »Jetzt sind wir fertig, lieber Herr, jetzt ist die Kaal zu nichts mehr zu brauchen als zum Jagdrevier. Kauf uns der Herr Grund und Boden ab!«

Ich konnte nicht ja sagen und wollte nicht nein sagen, so wurden sie auf später vertröstet. – Grund und Boden! Wozu brauche ich Grund und Boden in der Kaal! Die Jagd gehört auch so mein. Alles andere brauche ich nicht. Wieso sie immer nur zu mir kommen, wenn sie sich nicht zu helfen wissen! Ich werde es ihnen kurz und entschieden sagen lassen, daß ich mich weiter in nichts einlassen könne. Die Leute muß man sich vom Hals halten.

Jedoch – bevor ich es ihnen sagen ließ, hatte sich wieder etwas geändert. Als das Wasser abgelaufen war, ging ich mit meinem Oberförster über die Sandschütten den Bach entlang, um zu sehen, inwiefern der Fischstand etwa Schaden genommen hätte. Die Jahresbrut ist hin. Abscheulich, was man da wieder für Schaden hat. Aber die Pacht, natürlich, die muß regelmäßig erlegt werden. Und da wird man wohl noch beneidet um solche Vergnügungen. Ich danke schön! Das will ich ihnen gesagt haben.

Der Oberförster stocherte mit seinem Stock im Sand, dann bückte er sich und hob eine Handvoll davon auf. Der Sand glitzerte in winzigen Sternchen, daß es ganz poetisch war. Die Feuer der Sonnwendnacht in Miniatur! »Wie in die Erde gelegte Samenkörner des Lichtes, daß daraus wieder Licht soll wachsen.«

»Bitte, gnädiger Herr!« sagte der Oberförster, während er mir die Hand voll Sand mit dem zarten Funkeln vor das Gesicht hielt, »das ist Gold!«

»Was du nicht sagst!«

»Es ist Gold, gnädiger Herr! Echtes Gold. Man hört ja davon, daß dieses Gebirge goldhaltig sei; aber so reich, wie es dieser Sand zeigt – das hätte ich nicht gedacht. Die Lawinen müssen ein Goldlager aufgetan haben. Da soll man nachforschen.«

Das war nicht mehr »Poesie«, das war schon Besseres.

Auch an anderen Stellen untersuchten wir den Sand, weniger oder mehr gab es überall darin die funkelnden Sternchen. Ein kleiner Stein, den wir im Schutte fanden, war sogar mit deutlichen Goldäderchen durchsetzt. Als wir einem Bauern begegneten, der nach davongeschwemmtem Hausgeräte suchte, haben wir den Sand gleichgültig weggeworfen. Den Stein steckte ich in die Tasche, und dann wollten wir durch die Schlucht hinein. Das ging aber nicht, da waren schauerliche Verheerungen. So gingen wir über den Kaalhals, um an den Fuß des Kegels zu kommen. An vielen Stellen war dem Berg die Brust aufgerissen worden: Granit, Quarz – Gold. Steinflächen mit Goldeinsatz lagen zutage an mehreren Stellen. Wir arbeiteten den ganzen Tag, um sie mit Erdreich und Gebüsche zuzudecken, dann sind wir nach Hause gegangen.

Der Kegel ist Eigentum der Gemeinde Kaal. Auf dem Heimweg sprach ich beim Strehlhöfinger zu, der in einer Nothütte wohnt, weil sein Haus die Grundmauer verloren hat und sozusagen in der Luft hängt. Er sagte, es sei ihm ein Gang erspart, er hätte eben wieder zu mir gehen wollen. Sie hätten halt sonst niemand, zu dem sie Vertrauen haben könnten. Ob ich denn nicht eine Fürsprache tun möchte, daß ihnen jetzt das Land zu Hilfe käme oder die Regierung oder sonst wer. Sie müßten alles verkaufen und warten, was man biete.

Ich versprach ihm, das Meinige zu tun und der Gemeinde etwa den Kegel abzukaufen. Für sie habe der Berg wenig Wert. Ich wollte ihn anständig schätzen. Zu Jagdzwecken habe er allerdings auch für mich wenig Wert; müsse schauen, ihn sonst irgendwie nutzbar zu machen. Die Hauptsache sei aber doch, daß die Gemeinde jetzt ein Stück Geld bekomme.

In wenigen Tagen bin ich Herr des Kegelberges gewesen und habe Bergleute gedungen, um »Quarzbrüche aufzumachen und nach Steinkohlen zu schürfen«. Als vom Schluchtgrund hinein am steilen Berghang ein Stollen geschlagen wurde, zuerst durch Erdschutt, dann durch Stein, machte ich mir manchmal darin zu schaffen. Von oben troff Wasser herab, das meinen Golddurst nicht löschen konnte; immer spähte ich verstohlen nach den glänzenden Äderchen und Sternchen, die von den Arbeitern kaum beachtet wurden, weil sie das Flimmern für eine Eigenschaft des Steines hielten. Und einmal nach der Schicht, als sie ihre Krampen, Brechstangen und Sprengstoffe verwahrt hatten und davongingen, blieb ich immer noch zurück. Im Licht einer Grubenlampe begann ich mit dem Brecheisen zu bohren und zu stemmen, den harten, goldenen Spuren nach, immer tiefer in den Berg. Ich dachte an die Pochwerke, an die Goldraffinerien und Goldwäschereien, die in der Kaal errichtet werden sollten. Ein wahres Goldmacherdorf würde das werden. So grub und grub ich. Die Hände wurden mir heiß, der Schweiß rann mir übers Gesicht. Das erstemal im Leben empfand ich, welch eine Lust körperliche Arbeit ist. Je tiefer ich kam, je häufiger wurden die Goldadern und Sternchen im weißen Gestein, das glitzerte und funkelte ringsum wie eine Sternennacht unter der Erde. Ich glaube, auf allen meinen Jagden durch die weite Welt nach Schönheit eine so berückende noch nicht gefunden zu haben. Der blasse Tag schien nicht mehr zur Stollenmündung herein, es war Nacht geworden und ich allein bei meiner

Lampe und bei meinen Sternen. Was dieser wunderbare Berg nur für Lichtquellen hat nach außen und nach innen. Die Glut der Wände wurde allmählich so rosig und tief, daß sie anfing zu knistern. So schien es mir fast. Wenn ich von meinem Graben und Brechen einen Augenblick abließ, um zu rasten, da war es bisweilen ein Schnalzen im Gestein und Gebälke. Ein Knappe hatte einmal davon gesprochen, daß die Berggeister sich ihrer Schätze wehrten, ich dachte jetzt nur flüchtig dran. Meine Seele war gleichsam in den Armen, die da gruben, und in den Augen, die nach Gold und immer größeren Goldspuren ausblickten. Und nun geschah es:

Ein Rollen hub an, ich wußte nicht, wo; ein hohles Dröhnen, Schmettern ringsum, ein Krachen und ein dumpfer Schlag, der mir, soviel mich heute dünkt, die Besinnung raubte. –

Wie lange das währte, ich weiß es nicht. Als ich mich wieder fand, war es finster. Die Lampe war verloschen. Ich wollte dem Ausgange zu und stieß an die Wände. Endlich fand ich die Richtung, aber stolperte über Schuttmassen, die früher nicht dagewesen. Der Ausgang war verstopft mit Schutt und Gestein, und nun wurde mir furchtbar klar, was da geschehen. Der Stollen war eingestürzt, oder eine Lawine hatte ihn verlegt – ich war verschüttet. – Nach dem Gemütszustand, der nun eintrat, frage mich niemand. Von Angst und Grausen, soviel mir erinnerlich, keine Spur. Ich suchte meine Werkzeuge, aber im Dunkeln waren sie nicht zu finden, auch die Lampe nicht. An den scharfkantigen Quarzwänden, wo die Goldfasern sein mußten, tastete ich mich dahin. Warum funkeln sie jetzt nicht, diese Goldblätter und Sterne? – Vor kurzem, in jener Nacht, war vom Gipfel dieses Berges so viel Licht herabgeronnen. Dann hatten des Berges Eingeweide in tausend Funken geglüht. Und jetzt? Spricht man nicht von der Treue des Goldes? Etwas wie Zorn kochte in mir auf; dann allmählich eine andere Stimmung. – Morgen früh werden die Knappen ja das Unheil sehen und mich befreien, aber – jetzt kam die Ewigkeit. Schon glaube ich, mehrere Tage lang zu schmachten, aber es ging immer noch meine Taschenuhr, die unaufgezogen um drei Uhr morgens stehen zu bleiben pflegt. Endlich war sie still geworden. Ich zog sie natürlich auf, um beiläufig ein Zeitmaß zu haben. Das war gut, sonst hätte ich um Leben und Sterben für viele Tage gehalten, was doch nur zweimal dreißig Stunden gedauert. Ich weiß nicht, ob der Schlummer kam, ich glaube es nicht. Als die Uhr endlich das zweitemal stehenblieb, war immer noch die dunkle Grabesruh um mich. Und jetzt kam's mir das erstemal bei: Sterben müssen! – Es wird ein großer Bergsturz gewesen sein, sie können der Unmasse nicht Herr werden, sie finden die Stelle des Stollens nicht mehr. O Tor, der sich verlokken ließ vom Golde! Der diesem falschen Metalle nachstieg bis ins Grab hinab! – In der Sterbestunde kommen die Sünden. Gold und Vergnügen, das waren die zwei Rappen, die mich durch die Welt schleiften, bis ich zerrissen hier liegen bleibe in der goldgesättigten Unterwelt. – Man hört, daß es Leute gibt, die in ihrem Leben nicht bloß immer an sich selbst, die auch an andere denken. Du hast viel empfangen von Menschen. Was hast du ihnen gegeben? Selbst die armen Kaaler haben dich, den reichen Mann, beschämt. Denke an ihre Anhänglichkeit, an ihre Uneigennützigkeit im Jagdwesen, denke an den fürstlichen Willkommgruß, den arme Bauern und Waldleute dir in der Sonnwendnacht gebracht haben. Und du ihnen? – Ein Glück, daß es nichts gibt. Wenn es aber doch etwas gebe! Ein Gericht, eine Vergeltung! – Ich fühlte Atemnot, ich fühlte heftigen Durst. Von Hunger weiß ich nichts. Der Körper bebte in Fieber, ich konnte nicht ruhig liegen und zum Sitzen fehlten die Kräfte. Alles fällt hin, nur das Bewußtsein bleibt lebendig; wenn alles andere schon Moder ist, bleibt vielleicht das Bewußtsein noch und schreit: Nichtsnutz, du! Bist Leib und

Seele gewesen und hast vergessen, Mensch zu sein. Herr Gott im lichten Himmelreich, laß mich noch einmal leben! Ich will anders sein.

Hier schreibe ich und schreibe, und weiß doch nicht, ob es so war. Was weiß ich denn aus jener Zeit des Begrabenseins? Ich finde nur Fragmente von Eindrücken, die der Wahnsinn zerrissen hat. Ich könnte es kaum glauben, daß ich wirklich einmal vierundsechzig Stunden lang in einem Berge eingeschlossen gewesen bin, wenn nicht die ganze Bevölkerung der Kaal Zeugnis davon ablegte. Es fängt erst wieder an, als ich mich am rauschenden Bache auf einer Tragbahre fand, über mir den hellen Himmel, um mich Hunderte von jubelnden Menschen. Mit Labemitteln hatten sie mich umdrängt. Nun kniete der alte Strehlhöfinger neben mir, küßte mir lachend und schluchzend die Hände und rief fort und fort: »Weil wir Euch nur wiederhaben! Weil wir Euch nur glücklich wiederhaben, lieber gnädiger Herr!«

Zwei Tage und zwei Nächte hatte alles, was Werkzeug führen konnte, gearbeitet, um die Riesenlawine, die vom Berge niedergegangen war und den Stolleneingang verschüttet hatte, zu durchbrechen.

Das habe ich aufschreiben müssen, wie man eine Rechenschaft ablegt vor Gott und den Menschen. Seit jener Zeit ist es anders geworden mit mir und mit den Leuten in der Kaal. Über die sieben Dörfer, so wird gesprochen, sei eine glücklichere Zeit gekommen. Es ist ihnen geholfen worden. Sie haben alles wieder gut aufgebaut, haben den Fluß reguliert, haben eine landwirtschaftliche Schule, betreiben die Wirtschaft, wie es in diesen Bergen am zweckmäßigsten ist. Sind zufrieden. Die Jagd macht keinen Schaden mehr, sie ist aufgelassen. Am Bache steht eine Pochmühle, um das Gestein der Kegelbrüche zu zerkleinern; sie haben nicht viel zu tun und weisen mehr wissenschaftlichen als praktischen Erfolg auf.

Ich habe erst in meinem einundfünfzigsten Lebensjahre die Erfahrung gemacht, daß man echtes, treues Gold nicht im Mineralreich suchen soll, vielmehr in den Herzen der Menschen.

Der Kreuzträger

Auf der Landstraße wanderten zwei Handwerksburschen. Der eine hatte ein braunes Gesicht, einen schwarzen struppigen Vollbart, eine Plumpnase und zwei ungleichgroße Augen, denn das linke war am Lide wulstig und das rechte stellte sich demgegenüber wie ein Glotzauge. Die Gewandung dieses Gesellen war mehr zerrissen als geflickt, ich nehme weder die Stiefel noch den Hut aus. Der Knotenstock über der Achsel war viel zu wuchtig für das kleine Bündel, welches daran hing. Der andere Bursche hatte ein frisches bartloses Gesichtl und treuherzige Augen drin; sein grauer Anzug war abgenützt und luftig, aber sorgfältig gehalten; der Hemdkragen legte sich ziemlich weiß um den runden Nacken mit dem Goldflaum. Um Brust und Rükken hatte er jene blaue Doppelwurst geschlungen, in welcher der fahrende Geselle damals seine Habe trug. Der Junge ging barfuß, das wohlerhaltene Stiefelpaar hatte er an die hintere Wurst geschnallt. An diese war auch eine Kelle und ein hölzernes Winkelmaß gebunden, also daß wir über sein Gewerbe nicht im Zweifel sein können.

Die beiden Burschen waren hoch hinauf bis über die Knie grau vor Straßenstaub. Die Straße lag als blendend weißes Band in einer trostlos geraden Linie hingestreckt durch das weite Tal; die Wiesengründe an beiden Seiten waren fahl, und nur dort und da guckte ein Maßliebchen aus dem Rasen hervor. In Mulden lag noch Märzenschnee, und doch war es heiß wie im Hochsommer.

Der junge Bursche benützte seinen braunen, festgewikkelten Regenschirm als Stock, um sich darauf stützen zu können. Er war schon tagelang auf der Straße, und es war nicht das beste Wandern. Spärliches Reisegeld, wunde Füße, schlechte Nachtherbergen, manchmal ein bißchen nagendes Heimweh nach Mutter und Schwester im fernen Steirerland. Sein Übel aber war der schwarze Schustergeselle, der sich ihm angeschlossen hatte und den er nicht loswerden konnte. Dieser Schuster, aus wer weiß woher, war ein so rüder, wildmauliger Kumpan, daß es fast an keiner Haustür, wo sie andrückten, einen Reisepfennig gab. So plump tappte und polterte der Kerl hinein, so frech fluchte und schimpfte er über die hohen Treppen und über die niederen Haustüren, über die Gänse im Hofe und über die Kinder in der Flur, daß die Leute unwirsch ihnen den kürzesten Weg auf die Straße wiesen. Der junge Steirer wäre gerne artig gewesen, hätte gerne für sich um ein Stück Brot gebeten, allein der Schwarze ging ihm nicht von der Ferse, oder vielmehr, er war ihm an jedem Tore voraus und verdarb jegliches Gemüt. Je weniger sie bekamen, je mehr fluchte der Schuster, je lebhafter der Hunger grub, je giftiger wurde sein Humor, und endlich sagte er zum Reisegefährten: »Die ganze Schuld, daß wir nichts kriegen, bist du, weil du dein Maul nicht aufmachst, und nur viehdumm dreinglotzest – Murmeltier, verdammtes!«

»So gehe deines Weges, wir sind ja nicht zusammen verheiratet«, sagte der andere.

»Ich meines Weges? Als ob nit *du* es wärst, der sich an meine Rockfalte klettet und mich am Weiterkommen hindert!«

Der junge Bursche sagte jetzt kein Wort, stand still auf der Straße, um dem andern einen Vorsprung gewinnen zu lassen.

»Oho!« rief der Schuster. »Im Stich laß ich den Staatskrüppel nit! Du bliebest liegen auf der Straßen wie eine Hundshaut, wenn ich mich nit christlich deiner annähme.«

»Gut«, sagte der andere gelassen. »In Geeding werd' ich ja Arbeit finden, daß ich dich endlich loskriege.« Und begann wieder zu marschieren.

»In Geeding!« näselte der Schuster mit wegwerfender Gebärde. »In Geeding, da gibt's lauter Holzhütten. Dort haben sie seit Erschaffung der Welt noch keinen Maurer gesehen.

Kannst dich ja für Geld anschauen lassen, in einem Glaskasten, mitsamt deinem schönen Parapluie, he, he!«

»So bekommst vielleicht du Arbeit in Geeding. Stiefel werden sie doch brauchen«, sagte der junge Maurergeselle.

Blieb der Schwarze stehen: »Du Kröte, dir geb' ich keinen Stiefel ab!« Und hob den Knotenstock mitsamt dem Bündel hoch in die Luft.

»Aber der Schuster bist!« lachte jener.

»Ja so, richtig, der Schuster bin ich. Glaubst du das wirklich, heiliges Kind Gottes! Einmal war ich's, geht's dich was an? Jetzund bin ich Weltreisender, merk dir das, Gnaden Herr Baron mit deinem schönen Parapluie!«

»Pst!« flüsterte der junge Maurer, um den Streit zu schlichten. »Geht dort nicht ein Landwächter?«

»– sas Mar' und Josef!« stöhnte der Schwarze und war daran, seitab zu huschen. Als der andere laut lachte, zeigte es sich, daß er der Gefoppte war. Er stellte seinen Fluchtversuch ein, legte das Bündel auf die Straße hin, spreitete die zottigen Beine aus, spuckte sich in die flachen Hände und sprach: »Maurer, jetzt geht's dir nit gut. Jetzt wirst du abgeschlachtet. Willst du erdolcht werden oder erdrosselt?«

»Ich denk', verhungern laßt du mich«, entgegnete der Maurer.

»Wie du willst, Gnaden Herr Graf – Kalbskopf! Dann mußt aber noch ein paar Tage auf dieser elenden Welt bleiben, auf dieser kreuzweis verschwefelten hundsblunzendummen Welt!« Bei derlei Ergüssen hielt der Schuster das wulstige Auge fest geschlossen, während er mit dem anderen ganz wütend in die Luft stach. »Ist sie nit hundsblunzendumm?« knirschte er.

»Na, wie sie dir in deinem Kopf halt vorkommt«, darauf der andere.

Unter solchen Scherzen kamen sie langsam voran. Der Schuster blieb wieder stehen und sagte: »Dein verdammter Landwächter ist mir wirklich in die Beine gefahren.«

»Es gibt ja gar keinen mehr, seit ein paar Wochen, seit wir die Freiheit haben.«

»Weiß ich wohl, Grünschnabel, verdächtiger! Aber wenn man so eine Kreatur seit Jahr und Tag im Magen hat und auf einmal schreist: Der Landwächter! Freund, das fährt in die Hosen! Das schmeißt dich kurios in den Straßengraben!«

»Ich verspür' überhaupt nichts von der Freiheit«, meinte der Maurer.

»Die Freiheit, die müssen andere verspüren, mein Lieber!« knirschte der Schustergeselle, schwang wieder seinen Knotenstock, und das Bündel daran schlug ein Rad. »Die hohen Herren da oben oder da unten! Denen wollen wir's schon zeigen, denen! Siehst du dort auf dem Berg das stolze Schloß? Das ist Rottenstein. Bist dabei, Maurer, daß wir in nächster Nacht das Rottensteiner Schloß erobern? – O ruhmreiches grimmiges Löwenherz, um solche Eroberungen zu machen, dazu bist du ein viel zu großes Schaf, mit deinem schönen Parapluie. Ich werde die Unternehmung allein machen.«

»Was hast denn du allerweil gegen mein Parapluie?«

»Weil es zu dumm ist, ein Handwerksbursch und ein Parapluie! Spann's nur auf, altes Weib, daß dich die Sonne nit schmilzt. Ich gehe Schlösser erobern.«

Der Leser merkt es schon, daß wir im Jahre Achtundvierzig sind. Er merkt es auch, daß der schreckliche Schustergeselle nicht ganz so ernst zu nehmen ist, als er sich gibt, während wir aus dem jungen Maurer, der weniger und vorsichtiger spricht, noch nicht recht klug werden können.

Auf der weißen Straße gegen Geeding hin war schon lange etwas Sonderbares zu bemerken gewesen, und jetzt, da die Handwerksburschen, trotz ihres unter Hindernissen vor sich gehenden Marsches, dem Ding näher kamen, fiel es dem Maurer auf. Was dort auf der Straße zu sehen war und sich sachte bewegte, konnte kein Mensch und kein Tier und kein Wagen sein. Es war ein Wesen mit hoch in die Luft ragenden Gabeln oder Balken; zuerst hielten sie es für eine Windmühle, dann für einen gehörnten Goliath, und der Schuster riet gar auf eine Riesenschnecke, die so auf der Straße dahinkrieche und ihre Hörner ausstrecke. Sie eilten voran und holten die Gestalt endlich ein. Nun sahen sie es. Ein alter Mann in weitem grauen Mantel, barhaupt und barfuß, schleppte ein riesiges Kreuz dahin. Es war vierseitig behauen und sorgfältig gezimmert. Er trug es auf der Achsel, so daß der Stamm weit hinten nachschleifte. Das untere Ende war schon ganz abgeschliffen, weiten Weges mußte die Reise sein. Der Mann war gebeugt unter der Last, er legte den Arm um den niederhängenden Querbalken, während die zwei anderen Balken hoch in die Luft strebten; wie auf den Bildern der kreuztragende Christus dargestellt ist, so war's anzusehen. Dem Maurergesellen kam das sehr außerordentlich vor, er hatte ähnliches noch nicht geschaut, weder daheim in der Steiermark, noch unterwegs im Gebirge. Der Schuster rief dem Kreuzträger zu: »Kann man da aufsitzen?« und machte Miene, sich auf den nachschleifenden Stamm zu hocken.

»Siehst du nicht, wie er schwitzt?« sagte der Maurer, »hilf ihm lieber das Kreuz tragen.«

»Ich hab' eh selber mein Kreuz«, lachte der Schuster, mit der Hand auf seinen Rücken weisend. »Alter Herr, warum habt Ihr denn kein Roß angespannt?«

Der Alte hielt an, um seine Last ein bißchen auf die Erde zu stützen, trocknete mit dem Rockärmel das hagere, schweißtriefende Gesicht und antwortete: »Wenn der Mensch Sünden abzubüßen hat, da spannt er kein Roß ein.«

»Sünden habt Ihr?« rief der Schuster und schlug die Hände zusammen. »Ei, laßt sehen! Zeigt doch ein paar her!«

»Wirst sie eh kennen«, antwortete der Alte. »Wenn du dein Kreuz hast, wirst du auch deine Sünden haben. Hupp auf, wieder!«

Der junge Maurer war ihm behilflich, das Kreuz auf die Achsel zu heben; da sah er es, an beiden Achseln war das Manteltuch und das Hemd durchgewetzt und die kahle Haut hatte blaue Flecken.

»Aber um Gottes willen, Vater, was treibt Ihr nur?« fragte ihn der Maurer.

»Ich geh' nach Geeding auf den heiligen Berg«, antwortete der Kreuzträger demütig. »Ich muß am Karfreitag meine Sünden abbüßen und eine arme Seele erlösen.«

»Von woher seid Ihr, wenn man fragen darf?«

»Von Reckenbach im Selachtal.«

»Das ist ja eine ganze Tagereise her. Und wie lang zieht sich's noch bis Geeding?«

Der Alte streckte seine Hand aus: »Siehst du dort auf dem Berg die zwei Türme?«

»Vom Turm ist das Wirtshaus nit weit«, wußte der Schuster, und die beiden Burschen beschleunigten ihre Schritte.

»Dieser Mensch mit seinem Kreuz wird mir ganz unheimlich«, sagte nun der junge Steirer.

Doch als sie eine Strecke gewandert waren, holten sie ein altes Mütterl ein, das ebenfalls ein Kreuz schleppte, obzwar dieses kleiner war als das des Mannes aus Reckenbach. Weshalb sie sich so quäle? »Ja, mein Gott!« seufzte sie. Etwas weiter hin gingen zwei Knaben, die gemeinsam ein Kreuz schleiften. Und je näher dem kahlen Berge mit der zweitürmigen Kirche, je mehr Kreuzträger kamen herbei auf Straßen und Wegen. Zumeist Bauersleute, alte und junge; manche beteten laut unter ihrer Last, manche keuchten schweigend dahin. Manche der Kreuze waren groß und massig, andere wieder nur aus zwei Stangen zusammengebunden oder aus flachen Latten genagelt. An einzelnen Kreuzen staken drei lange Eisennägel, mehrere Kreuze waren mit grünen Kränzen geschmückt oder mit Flor und schwarzweißer Schleife, wie man sie sonst auf Sargdeckeln sieht. Etliche der Kreuze waren rot angestrichen. Ein hagerer, blasser Kreuzträger hatte über der Wollenhaube eine Dornenkrone auf dem Haupte; der warf gar hochmütige Blicke hin auf jene, denen eine so heilige Zier mangelte.

Aus der Tür einer Straßenschenke trat ein hübsches Mädchen, lud sich das an der Wand lehnende Lattenkreuz auf die Achsel und trug es den Berg hinan.

Unser Schustergeselle nahte grinsend dieser Büßerin und erbot sich, ihr das Kreuz tragen zu helfen. Sie antwortete mit einem frommen Spruche, der eigentlich mit des Schusters freundlichem Anerbieten gar nichts zu tun hatte, und ging mit feierlichem Schritte ihres Weges.

»Das is ein bigottes Gesindel, ein kreuzweis vernageltes!« fluchte der Schuster und schwang seinen Stock. Das Bündel daran schlug wieder ein Rad, dann flog es durch die Lüfte und in den schmutzigen Graben.

»Schöner Zeitgenosse«, sagte der Schuster zum Maurer, »sei so gut, hol mir meine beweglichen Güter aus dem Graben!«

Der Junge lachte und ging voran.

»Ein ungefälligeres Krokodil als diesen Maurer hab' ich noch nit gesehen«, brummte der Schuster, haschte nach seinem Bündel und lief dem Genossen nach.

Von den Türmen herab klangen Glocken. Es waren deren vier oder fünf oder noch mehr in verschiedenen Tonarten, die fast leidenschaftlich hinausschrien in die Gegend und dann wieder voll schwerer Wehmut zu klagen schienen. Und dieses Geläute rief sie zusammen, alle die, so sich schwerer Sünden bewußt waren, oder für andere büßen wollten, oder heimliche Anliegen tragen mußten. Fast jeder hatte sein Kreuz, welches wohl bei manchen so klein und gering war, daß die anderen Büßer mit Verachtung darauf hinblickten. Je größer die Sünde, je größer das Kreuz, je größer das Ansehen. Der Hohlweg hinan den Berg war voll wandelnder Holzbalken, und die Glocken riefen fort und fort: Kommt alle zu mir, die ihr beladen seid!

Auch der Alte aus Reckenbach war so weit gekommen; allein, als er den steilen Hang hinan sollte, verließen ihn die Kräfte, er fiel zu Boden und sein Kreuz schlug dröhnend auf den steinigen Grund. Nicht weit davon stand der junge Maurergeselle aus der Steiermark, der eben seine Stiefel angezogen und sich schnell ein wenig herausgeputzt hatte. Dieser sprang nun herbei, hob den Greis auf und half ihm das Kreuz vollends hintragen zur Kirche. Der Schuster rief ihm allerhand Spottworte nach, denn der war ein Mann der neuen »Toleranz«, wie sie eben erst zu Wien herausgekommen.

»Glaubst du, daß ich ihm aus Frömmigkeit geholfen habe?« verteidigte sich der Maurer. »Erbarmt hat mich der arme Schelm, und wenn ein Esel unter seinen Kornsäcken hinfällt, so helf ich ihm auch. Ich kann keine Marterei sehen.«

»Aber wenn sich einer selber martert, Narr, miserabliger! Wenn sich einer zu Fleiß martert!«

»Nachher erbarmt er mich noch mehr, weil er da–«, der Maurer legte eine Fingerspitze auf die Stirn, »da drinnen ein armer Hascher ist.«

Der Schuster war versunken in Betrachtung der vielen Leute, die hier zusammenkamen, und traumverloren murmelte er: »Herrgotts Karfunkel noch einmal! Da wär's gut betteln!«

Oben auf dem Platz um die Kirche herum war ein merkwürdiges Leben und Bewegen. Da zeigte sich im Volke eine ernste, fast erschütternde Frömmigkeit. Die Kreuze der Ankommenden wurden an die Mauer gelehnt oder in die Erde gesteckt oder kegelförmig aneinander gestemmt, so wie es die Lagersoldaten mit ihren Gewehren machen. Daneben und dazwischen herum standen, saßen oder knieten Pilger und schnauften sich aus. Die Kirche war mit Menschen bereits überfüllt. Alle Fenster waren verhangen mit blauen Tüchern, so daß die Abendsonne nicht konnte hineinscheinen. Über dem Hochaltare ragte starr ein kahles Kreuz, von unzähligen Lichtern rot bestrahlt. Vom Volke ein- und dann vielstimmig gesungen erscholl folgender Bußgesang:

»Heiland, unsre Missetaten
Haben dich verkauft, verraten,
Dich gegeißelt, dich gekrönt,
An dem Kreuze dich verhöhnt.

Laß dein Leiden und Beschwerden,
Jesus, uns zu Nutzen werden,
Laß durch deine Todespein,
Herr, uns nicht verloren sein!«

Auch der junge Maurergeselle war unter der Kirchtür gestanden und hatte dem alten Liede gelauscht, das daheim in seiner Dorfkirche so oft gesungen worden, bei dem auch seine Mutter, seine Schwester mitgesungen hatten. Heimweh wachte auf in dem Gemüte des Burschen und eine religiöse Stimmung überkam ihn, daß er mit feuchtem Auge ein Gebet tat für die Lieben in der fernen Heimat.

Als die Andacht vorüber war und zur Dämmerstunde das Volk aus der Kirche drängte – jeder wollte jetzt der erste heraus, keiner der letzte drinnen sein – stieg jemand auf die Kirchhofsmauer und hub an, auf die Menge herabzureden, also, daß sich alles nach ihm hinschob, um zu hören. Kein Priester war es, und doch hielt er eine Art Predigt, die mit dem Spruche begann: »Wer mein Jünger will sein, der nehme sein Kreuz auf sich und folge mir nach!« Doch hielt der Redner beim Evangelium sich nicht auf, bald kam er auf die bekannte »Welt, die im argen liegt«, und mit einer weiteren Wendung war er auch schon beim Teufel. »Der Teufel ist los, zu Wien haben sie den Herrgott abgesetzt und sogar den Heiligen Vater! Ist ein Unsinn! Mit dem Kreuz müßt ihr ihn verjeiken (verjagen), den Antichrist, mit dem ledigen Kreuz müßt ihr ihn verjeiken! Piff, paff, zudreschen müßt ihr mit dem Kreuz auf den höllischen Drachen, der durchs Land kraucht, ein Riesenungeheuer, der Schädel noch in Wien und mit dem Schwanz schlägt er schon ins Tirol herüber. Ist ein Unheil! Aber haben wir sie nur erst, die Rädelsführer, die Freimaurer und Volksverführer: hinauflegen auf die Kreuze und unterhalb dran heizen!«

»Ist ein Unsinn!« rief einer drein. Die Stimme kam von der entgegengesetzten Seite des Platzes. Sie kam von einem Manne, dessen brauner Vollbart bis an die Brust, dessen kahle Stirn bis an den Scheitel des Hauptes ging. Er hatte das Gewand eines Jägers an, er hatte eine starke Stimme, die also sprach: »Willst du, alte Fetischbande, das Kreuz entehren! Zuschlagen willst du mit demselben auf die Köpfe der Mitbrüder! Ofen heizen willst du mit demselben und die wahren Erleuchteten verbrennen! Anwesende, habt ihr so etwas je vernommen? Nein, Brüder, das Kreuz – wenn es schon eins geben muß – soll ich euch sagen, was es bedeutet? Hier steht eins. Seht es nur einmal an. Das Kreuz hat einen Fuß, der gründet im Erdboden, das heißt: Mensch, nutze die Erde! Das Kreuz hat ein Haupt, es ragt gegen Himmel, das heißt: Mensch, gedenke deiner Ideale! Das Kreuz hat zwei Arme: Lieb' und Lust. Die Welt ist nicht da zur Buß', sondern zum Genuß!«

Der junge Maurer, welcher diese Rede mit größter Spannung gehört, hätte mögen aufschreien vor Beifallslust, doch fiel es ihm ein, bei einer Predigt tät' sich das nicht schicken. Ruhig blieb es aber trotzdem nicht, ein Murren und Flüstern und Raunen, dann dort und da ein vorlautes Bravo, wie bei einer Komödie, ein lebhaftes Hinundherdrängen war, und die Leute fragten einander, wer denn der bärtige Jäger wäre, welcher so auferbaulich gesprochen.

»Das ist der Teufel selber!« gab einer zur Antwort.

»Bravo, Teufel!« schrie ein zerfahrener Geselle, und das war unser Schuster von der Straße.

Der unbedachte Ausruf hätte dem Schuster beinahe ein bedeutendes Unwohlsein verursacht.

»Wo ist der Bravo-Teufel?« rief zuerst einer, bald schrien es mehrere nach, und die Menge wogte wie ein Meer, in das der Sturm gefahren. Der zerlumpte Handwerksbursche rettete sich für den Augenblick nur damit, daß auch er die Arme hob, die Fäuste ballte und mit einstimmte in das Gebrüll: »Wo ist der Bravo-Teufel!«

»Es ist nicht ein einziger, es sind ihrer mehrere hier! Freimaurer, Seelenjäger!« So rief jemand. »Als Jäger verkleidet!«

Im matten Scheine der Lichter war es nun grauenhaft zu sehen, wie die Kreuze aufgerafft, emporgehoben wurden, wie sie über den Häuptern schwankten und gaukelten und mit den Armen klappernd aneinanderschlugen. Lärmend fuhren die Kreuzträger hin und her, bereit, jeden, der keines trug, niederzuschlagen.

Nun kam der Pfarrer von Geeding herbei, ein hoher, würdevoller Greis, er trat in den Aufruhr, seine Stimme war wohlbekannt, man horchte auf; er ging durch die Menge, legte selbst Hand an, um die Streitenden zu entwirren und sprach ohne Phrasen Worte der Beruhigung. – Die Pfarrkinder sollten ruhig nach Hause gehen, die fremden Pilger möchten ihre Herbergen aufsuchen, und zwar beizeiten, damit sie noch irgendwo Platz bekämen und Ruhe hätten in der Nacht. Die neue Gemeindepolizei wäre gar strenge, und er glaube, daß die Leute von ferne hergekommen seien, um in der Wallfahrtskirche auf dem Berge zu beten und nicht, um über die Ostern zu sitzen im Gemeindekotter zu Geeding!

Also sprach der Pfarrer. Die Menge beruhigte und zerstreute sich.

Am Fuße des Berges liegt das Dorf. Die Leute strömten den Hohlweg herab wie Wildwasser. Auf der Gasse, den

Häusern entlang, waren Krämerbuden aufgerichtet, in welchen man bei Kerzen- und Ampelschein Gebetbücher, Amulette, Rosenkränze, Kreuzfiguren und dergleichen, aber auch viel weltlich Ding feilbot. Gemswurzeln waren zu haben und Uhrketten, Kalmusgeist und Hosenträger, Handspiegel und Mundharmoniken, Zipfelmützen und hölzerne Ostereier, die man aufschrauben konnte, um in ihnen ein wächsernes Muttergottesbildchen oder ein weißes Täublein oder ein herziges Wickelkindlein zu finden. Der Maurergeselle aus der Steiermark hatte im Vorübergehen sein Auge auf einen Lebzelterstand geworfen; der süßwürzige Geruch heimelte ihn an; denn als Knabe hatte er manchmal, wenn er brav gewesen, Lebzelten bekommen. Und heute kam er sich eigentlich auch brav vor. Um übrigens die volle Wahrheit auszusagen, in der Lebzeltenbude stand ein Mädel; dieses Mädel war so, daß er hatte stehenbleiben müssen und daß er nun schäkernd anhub zu fragen, was bei ihr die Busseln kosteten. Die »Busseln«, das waren runde Lebkuchenzeltlein, deren das Mädel einen ganzen Korb voll vor sich hatte.

»Der Vierding (das Viertelpfund) einen Groschen«, antwortete die Verkäuferin entsetzlich trocken.

»Ich kaufe nichts«, sagte der Bursche, »ich bin ein Mensch, der sich die Busseln (Küsse) schenken läßt – oder auf Tausch.«

»Da mag er um ein Häusel weitergehen.«

»Aber einen guten Rat kann mir die Jungfrau schenken, weil wir schon miteinander bekannt sind«, sagte der Maurergeselle, der sich die Kurasch nicht so leicht abkaufen ließ. »Ich bin einer, der viel Hunger und wenig Geld hat.«

»Oh, solcher gibt's genug«, lachte das Mädel. »Ist eh alleweil noch besser, wie viel Geld und keinen Appetit.«

Durch die Gasse hallte schmetternder Trommelschlag. Unser Bursche dachte anfangs, daß eine Komödie oder eine Seiltänzerei oder ein Kalb mit zwei Köpfen ausgetrommelt werde. Mittlerweile kam ein Mann des Weges, stellte sich auf die Stufe des Dorfbrunnens und rief:

»Volk von Geeding! Es sei hiermit kund und zu wissen getan, daß der Glaubenslehrer Johannes Roth in diesen Ort eingekehrt ist und daß derselbe im Gasthofe zum ›Weißen Raben‹ noch am heutigen Abende sprechen wird. Wer die neue Heilslehre des befreiten Christentums zu hören wünscht, der möge sich beizeiten einfinden in dem ›Weißen Raben‹, keiner wird es bereuen. Das ist der Ruf des Herrn!«

Als der Mann so gesprochen hatte, ging er in Begleitung des Trommlers, eines alten Veteranen, zum unteren Dorfplatz, wo er wieder stehenblieb und dasselbe verkündete. Einige der Zuhörer murrten, andere lachten, wieder andere eiferten einander an, in den »Weißen Raben« zu gehen; man habe gehört, im neuen Glauben gebe es gar keine Sünden, und gelänge es nur erst, den altmodischen Zopf, die Polizei, abzuschaffen, dann könne jeder treiben, was er wolle, und das Paradies sei wieder gefunden.

»Was meint die Jungfrau?« fragte der junge Steirer nun die Lebkuchenverkäuferin, »wollen wir uns auch einen neuen Glauben anschaffen gehen?«

»Mir ist der alte noch gut genug«, war ihr Bescheid.

Damit fühlte er sich gehörig abgefertigt und ging seines Weges. Er ging dem »Weißen Raben« zu. Vielleicht ist im neuen Glauben doch ein Gebot vorhanden, nach welchem der arme Wanderbursche im Wirtshause umsonst ein Nachtmahl bekommt. Allzuviel wollte der Maurergeselle indes – für den Anfang wenigstens – dem neuen Glauben nicht zumuten, er setzte sich daher in den Ofenwinkel (die große Gaststube war schon fast überfüllt) und verlangte bescheidentlich ein »saures Beuschel«. Das saure Beuschel, unterschiedliche Eingeweidreste in Essig gesäuert und mit Pfeffer geölt und ein Stück Brot dazu, das konnte dem »Weißen Raben« nicht allzutief in das Fleisch schneiden.

Die Leute tranken Bier, rauchten Pfeifen, Zigarren, schnupften Tabak, räsonierten über die Zeit und die Revolution. Dem einen war zu viel geschehen, dem andern zu wenig; der dritte wollte die Städte und Herrenschlösser der Erde gleichgemacht wissen, der vierte wollte darin wohnen. Jetzt tauchte der neue Glaubenslehrer auf, Johannes Roth. Es war der Mann mit dem langen Barte und der Kleidung eines Jägers. Auch er trank sein Bier und rauchte seine Zigarre zum Troste vieler; so war in der neuen Weltordnung wenigstens das sanktioniert. Plötzlich stand der Heilslehrer auf und, die Zigarre stets im Munde, hub er an, sehr schön zu sprechen. Das Morgenrot sei angebrochen, die Fesseln seien gesprengt, das Christentum sei befreit. Das befreite Christentum kenne keinen Teufel und keine Hölle, es kenne nur einen Himmel. Und der sei schon auf Erden zu haben. Alle Form sei zerbrochen, es walte nur der Geist. Der Geist sei die Menschenliebe. Ob es einen Gott und ein ewiges Leben gebe, um das handle es sich gar nicht, das befreite Christentum strebe nach dem Glück schon auf dieser Welt. Die alten Einrichtungen seien Sklavereien gewesen, seien nur wenigen zugute gekommen, mit ihnen müsse vollkommen gebrochen werden. Er – der Apostel Johannes Roth – sei gekommen, um alle, die hier versammelt, aufzufordern, sich offen zur neuen Heilslehre zu bekennen, sich zu diesem Zwecke in ein Buch zu schreiben, welches gegenwärtig vor ihm auf dem Tische liege. Das sei der Ruf des Herrn.

Mehrere zeigten sich allsogleich bereit zur Unterschrift, bei einigen hatte es aber einen Haken; sie hatten nie gelernt, ihren Namen zu schreiben oder hatten es wieder vergessen, und ein Kreuz darunter setzen? Das Kreuz gilt ja nichts mehr.

Andere hielten sich zurück: es sei doch noch zu bedenken. Man wolle lieber erst abwarten und zusehen, um wie viel es den befreiten Christen besser gehen wird als den alten. Dem Apostel war es aber um eine Massenbekehrung zu tun, und die aufgeregten, dem Zeitgeiste nachjagenden Gemüter erwägend, entschloß er sich zu weiterem.

Von unserem jungen Maurergesellen ist fürs erste zu berichten, daß ihm das »saure Beuschel« ganz außerordentlich gemundet hat, und fürs zweite, daß er bei sich dachte: Der Himmel auf Erden, das wäre gar nicht dumm. Und natürlich, wenn die Nächstenliebe gesetzlich eingeführt wird, dann kann's ja nicht fehlen, dann bekommt der Geselle vom Meister zu aller Zeit Arbeit und guten Lohn, dann sind die Lebzeltenkrämerinnen weniger hochmütig, und im Wirtshause ein saures Beuschel umsonst ist jedem armen Schelm gewiß, da braucht man nicht erst zu einem »Weißen Raben« zu gehen. Alsdann dürfte es mit dem befreiten Christentum doch seine Richtigkeit haben. Wir wollen unterschreiben, früher müssen wir aber noch mit einer Brotschnitte den Saft vom Beuschel auftunken.

Mittlerweile hatte Johannes Roth sich neue Stärkung aus dem Becher zugetrunken und dann wieder zu sprechen begonnen: »Die Religion ist nur für die Armen, die Reichen haben ohnehin ihr Geld. Damit jedoch auch die Armen Geld bekommen, damit im vornhinein ein sichtbares Zeichen sei der unsichtbaren Gnade, die da nahen wird, so sei jedem kund und zu wissen getan: Brüder und Schwestern! Wir taufen nicht mit Wasser, wie Johannes am Jordan, wir – der neue Johannes – taufen mit Silber! Jedermann, der sich zu dieser Stunde bereit erklärt, der Vereinigung des neuen befreiten Christentums beizutreten, der bekommt zwei Silbertaler auf die Hand. Das ist der Ruf des Herrn.«

Kaum daß diese Botschaft verkündet war, drängte sich zwischen Tischen, Bänken und Leuten durch ein zerlumpter, schwarzbärtiger Mensch, stieß mit den Ellbogen nach rechts und links aus, torkelte voran bis zum Johannes und begehrte die Taufe. Er kratzte seinen Namen ins Buch, wobei die Feder nach allen Richtungen hin allerlei Kleckslein spritzte, so daß der Name des ersten Täuflings der neuen Heilslehre zu Geeding: »Sebastian Trumppelhuber, Schuster« umgeben war von einer Herde niedlicher Schweinchen. Alsdann aber hielt er die hohle Hand hin.

Nun wurden die Stimmen solcher laut, die vorher beigetreten waren: Ob nicht auch sie ihre Taufe bekämen? Wenn nicht, so seien sie gesonnen, wieder auszuspringen.

Unser Maurergeselle aus der Steiermark hatte gerade hintreten wollen, um sich ebenfalls einzuschreiben, da hörte er von den zwei Silbertalern, und das machte ihn stutzig. Bestechung? Gekaufte Seelen? – Nein.

Der Heilslehrer hatte es aber bemerkt, wie der Bursche sich ihm nahen wollte. Als das nicht geschah, winkte er mit gekrümmtem Finger: »Nun, junger Mann, kommen Sie! Kommen Sie nur her! Ich bitte, dem Herrn dort Platz zu machen, daß er herantreten kann.«

Jetzt stand der Maurergeselle auf und sagte ganz laut: »Dank schön, ich bleib' beim Ofen sitzen. Wenn mir ein Meister, bei dem ich in Arbeit einstehe, Angeld auf die Hand gibt, so werde ich's gerne nehmen. Aber meinen alten Glauben laß ich mir nit abkaufen für zwei Taler!«

»Er will mehr dafür haben!« rief der Schuster.

Der Maurer hieb sich seinen Hut aufs Haupt und ging.

Das hatte Aufsehen gemacht. Johannes Roth bedauerte die bei jungen Leuten eingerissene Verrohung. Am oberen Tische saß ein stattlicher Mann, und der erkundigte sich nun beim Wirte, ob er den jungen Hitzkopf kenne?

»Der Tausend, das ist ja einer für dich, Grundner«, entgegnete ihm der Wirt. »Mir hat er gesagt, daß er Maurer ist und Arbeit sucht.«

»Übernachtet er in deinem Hause?«

»Ich habe ihm gesagt, wenn er will, so kann er in einem der Wallfahrerbetten schlafen.«

»Wenn er morgen aufsteht, so schicke ihn zu mir. – Und jetzt sei so gut, Wirt, und künde die Sperrstunde an.«

Nach dem letzten Worte des stattlichen Mannes schließen wir, daß es der Gemeindevorstand ist, der gleichzeitig auch die Polizeidienste besorgt. Der Apostel murrte zwar, daß sein befreites Christentum hier durch die Sperrstunde eine gewisse Einschränkung erfahren mußte, aber er gab sich drein. Der Sebastian Trumppelhuber hingegen hielt sich schreckbar laut und schneidig darüber auf, daß ihm die Feier seiner Silbertaufe verkümmert und verkürzt werden sollte, und er gab sich nicht drein. Er ging in ein anderes Wirtshaus.

Der junge Mann aus der Steiermark fand, daß es in Wallfahrerbetten gar nicht übel zu schlafen ist. Besonders ein weiches Ruhekissen fühlte er heute.

Am nächsten Frühmorgen, als er das Haus des Maurermeisters Grundner suchte, fand er auf der Straße allerhand Sachen: einmal einen alten zerknüllten Filzhut, dann einen Knotenstock, dann ein schnuddriges Handbündel, dann den Fetzen eines Tuchrockes und endlich im Schlamme des Straßengrabens den ganzen zerfetzten Kerl. Der wälzte sich jetzt um und knurrte rülpsend dem Wandergenossen zu: »Guten Morgen, Rhinozeros! Aber das muß ich schon sagen, der neue Glauben macht höllisch Kopfweh!« Falls er ihn wieder hätte austauschen wollen gegen seinen alten: der krause Weltapostel Johannes war abgereist.

Für den Maurer gab's beim Meister Grundner Arbeit. Dieser hatte im nachbarlichen Bergorte eine Kirche zu bauen, die Neuzeitler höhnten ihn darob einen Betbruder; und er hatte dort ein Schulhaus zu bauen, die Altzeitler schimpften ihn deshalb einen Freimaurer.

»Wir lachen dazu und bauen!« sagte der Meister zu seinem neuen Gesellen.

Der neue Geselle ließ sich die erste Zeit im Orte Geeding nicht viel sehen, insgeheim stattete er seinen Adam aus. Dann ging er aus auf die junge Lebzelterin und erkundigte sich nach dem Preise der »Busserln«. Ganz wie früher, der Vierding einen Groschen. Allmählich aber wurde es anders – sie sanken im Preise und stiegen im Werte.

Auch dem Schuster schien Geeding nicht besonders übel zu gefallen, nachdem er sein befreites Christentum wieder ausgeschwitzt. Also hockte er am Hohlweg, der hinaufführte den Berg zur Kirche, und ging die Vorüberschreitenden um ein Mittel an »auf ein Glasel Schnaps«.

Und da war es eines Tages im schönen Monat Mai, daß ein junger, fein herausgeputzter Maurerpolier den Hohlweg hinanstieg. An seinem Arm führte er das Lebzeltmädel mit dem Myrtenzweig im Haar.

»Jesses, Jesses!« rief der Schuster, als er dieses Paar sah, »das Renntier, der Maurer! Jetzt schleppt richtig auch der sein Kreuz hinauf!«

Das Bachstoffel-Weib schickt zur heiligen Taufe. Sie atmet auf nach einer bangen Nacht, sie ist dem Leben wieder zugeteilt.

Das Kindlein atmet, wimmert bisweilen ein wenig, ruht aber des weiteren noch tief im Nichts, und wenn die Welt mit allen Sternen des Himmelszeltes jetzt zusammenbricht, es ist ihm alles eins.

Und dieses gottlos gleichgültige Wesen soll nun zu einem Menschen gemacht werden, zu einem Erden- und zu einem Himmelsbürger. Anfängt man das mit der Taufe, und die Frau Sunnbergerin, die Gevatterin und Patin, ist der Meinung, es sei dazu hohe Zeit, denn der junge Wurm scheint über die gute Luft, die er nun atmet, und über das gepriesene Sonnenlicht, das ihn bescheint, nicht gar erbaut zu sein; vielleicht gefällt es ihm in der Kirche besser, denn wir haben auch Kirchen auf dieser Welt und daneben Wirtshäuser, und der Tavernenwirt in der Lusch hat ein gutes Weinlein.

Sollte sich nur ein Schöppel vergunnen, die Frau Gevatterin, meint die Wöchnerin, und Zucker hineintun; aber das solle sie, die Frau Gevatterin, ihr, der Bachstoffelin, nicht antun, daß sie selber wollt' zahlen.

Somit geht die Sunnbergerin mit dem Kindlein davon, geht über das Gebirge hin, ist munter und hat keine Ahnung, was ihr auf diesem Taufgang soll bevorstehen.

Die rot' Lenten hinauf sticht noch die heiße Sonne her, daß sich die Frau, weil sie keine Hand frei hat, mit dem ganzen Wickelkind über das Gesicht fährt, schweißtrocknend wie mit einem Sacktuch. Als sie oben über den Brandsteig hingeht, sieht sie schon allerhand Wolken aufsteigen, etliche so weiß wie lauter Milchrahm und etliche wieder so blaßblau wie Milch, bei der viel Wasser ist. Als sie auf die Höhe zu den Wetterkreuzen kommt, hört sie das

Murren, und der Himmel verschmiert sich mit Grau, so daß die Sonne keinen Schatten mehr schlägt.

»Mag wohl sein, kleiner Binkel, daß sich's der lieb' Herrgott nicht nehmen laßt, dich zu taufen«, sagt die Frau Patin zum Kind, »wird auch gut sein, wenn's nur nicht etwan gar zu kräftig kommt.«

Das ließ sich der Himmel nicht zweimal sagen, Tropfen fielen, die so groß und schwer waren, daß jeder auf dem Erdboden sternartig auseinanderspritzte. Die Frau Sunnbergerin eilte gegen den Waldrand hin, dort stand das Häusel des »kleinen Urban«, in dem sie bekannt war. Der kleine Urban war nicht daheim, aber der Kleine des kleinen Urban – ihr könnt euch denken, wie klein der sein muß! – der war daheim, hockte an der Schwelle der Haustür, hielt die Barfüßlein hinaus, und so oft ein scharfer Regentropfen darauf schlug, sagte er: »Patsch!«

Die Frau mit dem Kind schritt über das Knäblein hin schleunig in die Hütte. Weil der Kleine darauf etwas befremdlich tat, so sagte die Frau: »Wirst uns wohl nicht für übel haben, daß wir ein wenig unterstehen.«

»Wenn du kein Rauber bist!« rief der Knabe mit beherzter Stimme.

»Ist deine Mutter nicht daheim?«

»Die tut beim Schragenkern unten mähen und hat gesagt, ich soll haushüten, daß uns nicht wer was hereintragt.«

»Aber ich hab' dir jetzt g'rad was hereingetragen«, sagte die Frau, die sich auf eine Dengelbank hingesetzt hatte und nun die Tücher ihrer kleinen Last auseinandertat; »da schau her, was ich mitbracht hab'!«

Der Knabe watschelte hin, guckte zwischen das Tuchwerk hinein und fragte endlich völlig überrascht: »Was ist denn das?«

»Ja«, antwortete die Frau. »Das ist ein kleines Kinderl, das erst heute der Himmelvater auf die Welt hat herabgeschickt. Und das wirst du doch nicht wollen hinauswerfen jetzt ins Gewitter. Schau, es kann noch nicht sprechen und laßt dich durch mich bitten, du sollst ihm Unterstand geben. Es ist so spatzenblutarm, daß es noch nicht einmal einen Namen hat, und du bist der erste fremde Mensch, dem es auf der Welt begegnet, und es ist auf der Reise.«

»Das da?« fragte der Knabe und tippte mit dem Zeigefinger auf das Gesichtlein hin.

»Ja freilich, es reist nach Lusch hinüber zur heiligen Taufe. Jetzt ist es noch ein kleiner Heide, ein winzig kleiner, und wenn es im Gewitter müßt' zugrund gehen, da kunnt's dem lieben Gott nicht mehr vor Augen treten und müßt' für alle Ewigkeit in einer dunklen Kammer sitzen. Da muß man wohl recht achtgeben drauf. Ja, mein Kind, das sind Sachen! Heiliger Gott, jetzt hebt's auch zu schauern an draußen!«

Eiskörner prallten ans Fenster und flogen scharf ab auf die Halme, daß sie zwei- und dreimal schlagen konnten, bevor sie liegen blieben auf dem Rasen. Die Bäume bogen Ast und Wipfel alle rauschend nach einer Seite hin, und grauer Nebel flog sausend zwischen den Stämmen und wälzte sich am Boden fort. In der Hütte war es schier finster, nur die roten Scheine des Blitzes zuckten, und diese Scheine zeigten das treuherzige Gesicht des Knaben, des »kleinen Urban« Sohn, der sich an die fremde Frau schmiegte und durch ihre Gegenwart der Zuversicht war, daß nichts geschehen könne.

»Wie heißest du denn?« fragte ihn die Frau Sunnbergerin.

»Bub«, antwortete der Kleine.

»Mit deinem Namen, meine ich. Wirst wohl einen haben, denk nur nach. – Na, wenn er dir jetzt nicht einfällt, macht auch nichts. Ich habe dir nur sagen wollen, Bub, daß du mit deiner Hütten heut' diesem armen Würmel sein Glück bist.«

»Laßt es jetzt da?« fragte der Bub.

Die Frau gab keine Antwort, sondern schaute zum Fenster hinaus, bis sich das Wetter endlich gelegt hatte. An dem Häuslein schoß jetzt ein brauner Gießbach vorüber. Die Frau war in Zwiespalt, was nun zu machen sei. Es wird die Wege zerrissen haben an der Scharwand hin, es kann den Steg über den Schlärmbach davongetragen haben, es kann sich im Krippental das Wasser stauen, wie es öfter vorkommt nach großem Regen. Wer soll da in die Lusch hinüberkommen? Und gar mit einem kleinen Kinde? – Soll sie es nicht lieber in der Hütte lassen und allein nachschauen gehen, ob die Wanderung zu wagen ist?

»Wann kommt deine Mutter heim?« fragte die Frau.

»Weiß nicht«, antwortete der Knabe.

»Aber wenn du hungrig wirst?«

»So darf ich röhren (weinen).«

»Schön, wer satt wird davon«, sagte die Frau, »und wenn du schläfrig wirst?«

»Die Mutter hat gesagt«, berichtete der Knabe, »wann sie noch nicht da ist, sobald's finster wird, soll ich die Milch austrinken, die im Häferl steht und dann ins Nest krauchen.«

»Und dein Vater, wann kommt der heim?«

»Am Samstag, wann er nicht im Raithschlag bleibt.«

Was ist da zu machen? Auch das Wetter ist noch nicht geheuer. Mit dem zarten Wesen so im ungewissen herumlaufen, wer verantwortet es?

»Wenn ich jetzt ein bissel hinausgeh' nachschauen, wie es mit dem Wetter ist«, sagte die Frau, »und das Kinderl dieweil da lass', wirst schön Achting geben drauf?«

Der Kleine nickte lebhaft mit dem Kopf, mit leuchtenden Äuglein lugte er auf das Kind. Die Frau legte dieses jetzt auf das Stroh, das in einem Holzverschlag hinter dem Ofen war.

»Da darf es schon liegen drin«, sagte der Knabe. »Es ist eh mein Bett.«

»Tu schön sitzen bleiben dabei«, belehrte die Frau den

Knaben. »Aber anrühren mußt es nicht, weil es schlaft. Sein Schutzengel ist auch bei ihm, und wenn du es tätest anrühren, so möcht er es gleich hernehmen und forttragen und wir hätten nichts. Gelt, Bübel, du merkst es, was ich dir gesagt hab', bist ja so viel ein braver Bub, ich komm' recht bald zurück und nachher kriegst was von mir.«

So ward es ausgemacht, und dann legte die Frau noch einmal sorgfältig das Kind zurecht, zog ihm das rotseidene Tuch, welches um den Kopf gewickelt war, leicht über das winzige Gesicht herab, machte mit dem Daumen flüchtig ein Kreuz über das armselige Gestaltlein und eilte davon.

Eine scharfe Luft schlug an ihr Gesicht, als sie ins Freie trat, und ein Sausen und Brausen war's, obzwar der Sturm sich schon gelegt hatte. Die Bächlein, die da niederschossen vom Berg und sich hastig Rinnen gruben und Furchen wühlten, schwemmten Erde, Reisig und Eiskörner mit sich. An der Scharwand war nichts geschehen, im Krippental war wohl ein trüber See, aus welchem Vogelbeersträucher und Heuschober emporstanden, aber er war leicht zu umgehen. Der Schlärmbach tat zwar schrecklich wild, wie Bökke rannten seine Wogen an die Felsklötze, und wo er nur was durchbrechen konnte, da schoß er auf die Wiese hinaus, daß es war, als bebe davon die Erde. Aber der Steg war unversehrt. Die Frau Sunnbergerin rüttelte noch am Geländer, um sich zu überzeugen, ob wohl auch alles fest sei, dann kehrte sie beruhigt um, das Kind zu holen und es vollends in die Lusch hinüberzutragen. Als sie zur Scharwand kam, konnte sie plötzlich nicht weiter, eine Lawine war eben niedergegangen und hatte den Steg mit sich gerissen. Ein Abgrund gähnte, in welchen noch immer Steine und Erdstücke niederbröckelten.

Die Frau wollte vor Schreck erstarren. Sie konnte nicht mehr zurück zu dem ihr anvertrauten Kinde, das in einer einsamen Waldhütte der Obhut eines fünf- oder sechsjährigen Knaben anheimgegeben war. Nach der ersten Erstarrung hub sie in ihrer Verzweiflung an zu schreien, aber das Brausen der Gewässer in den Schluchten ließ ihren Schall nicht aufkommen. Wer sollte sie überhaupt hören in dieser Wildnis? Wenn sie sich umwendete: zwei Bergrücken waren dazwischen, und erst auf dem dritten stand aus Nebelfetzen ragend das Kirchtürmchen der Lusch. Und da hinüber muß sie nun, um auf Umwegen das Häusel des kleinen Urban zu erreichen. Was kann dieweilen dort geschehen? »O Unglückstag!« rief die Frau ein ums andere Mal, indem sie den steinigen Fußsteig dahinlief, dort und da über eine Baumwurzel stolperte, dort und da in eine Wasserlache trat. »O Unglückstag! Und wenn der Teufel sein Spiel hat, so kann es sterben ohne Taufe, so viel Wasser auch vom Himmel fällt. Es kommt noch was heut'; es wird schon wieder finster! 's ist eh schwach genug, das Würmel; jetzt kann's auch noch verhungern und als Heidenkind hinfahren! – Na, jetzt kenn' ich mich fünfzig Jahr oder länger und hab' schon manches Neugeborne zur Tauf' getragen, und heut' erst weist sich's, was ich doch für eine unverläßliche Person bin. – Du tragst mir kein Kind mehr in die Kirchen, das sag ich dir!« So redete sie mit sich selbst und eilte weiter im Gebirge.

Dem kleinen Buben im Häusel des kleinen Urban wurde die Zeit lang. Er mußte ja oft allein das Haus hüten und die Ziege draußen auf dem Anger. Die Ziege treibt allerhand Sachen, wenn sie satt ist, aber das da liegt wie ein Stück Holz und rührt sich nicht. Es ist gewiß recht krank. Eine Weile war er neben dem Bette fast unbeweglich dagesessen und hatte auf das Kindlein geblickt und sich scharf zu Gemüte gehalten, daß er es nicht anrühren dürfe. Als sich das Kleine ein wenig bewegte, freute er sich, wollte jedoch vor lauter Gewissenhaftigkeit, ja recht ruhig zu sein, sogar das Atmen einstellen; es zeigte sich aber bald, daß im Menschen ein Atemhauch stärker ist als der Wille, und selbst wenn's ein so opferfreudiger wäre, als der des Knaben vom kleinen Urban, der ganz aufging in seinem wichtigen Amte. Das Kind hub nun an zu nutschen, da zog er ihm das Tuch vom Gesichtlein weg und sagte: »Gugu!« Denn das Kleine tat die Augen auf. Da drinnen war freilich nichts als zwei schwarze Tümplein ohne Stern und Glanz, aber der Knabe war der Meinung, es blicke ihn an, daher wollte er eine Unterhaltung beginnen. »Ich bin der Bub«, sagte er. »Die Frau ist fort und kommt bald. Wir haben auch eine Katz'. Die hat gestern einen jungen Vogel gefressen, weil er aus dem Nest gefallen ist vom Dach herab. Wart, ich zeig sie dir.«

Der Knabe ging die Katze zu suchen und fand sie im Ziegenstall. Sie pfauchte, als er ihr in die Nähe kam, ließ sich aber fangen, und er trug sie in die Stube, um seinem Schutzbefohlenen damit die Zeit zu vertreiben. Das schwarze Tier schaute mit seinem dreieckigen Kopf und mit seinen grünen funkelnden Augen auf das Kindlein hin, gerade so gierig als gestern auf den Vogel, bevor es ihn gefressen. Der Bub hielt es fest im Arm und ergötzte sich an dem Spinnen desselben. Er war vor der Katze stolz, daß er ein solches Kindlein zu hüten hatte, und vor dem Kindlein war er stolz, daß er die große schwarze Katze besaß und sich vor ihr nicht fürchtete, trotzdem sie mehrmals versuchte, ihn zu kratzen. Er hub mit ihr sogar Händel an, schlug sie auf die Tatze, und sie mit der Tatze wieder auf seinen Arm und pfauchte fort und fort. Als sie ihm plötzlich listigerweise ins Gesicht fuhr, schleuderte er sie zu Boden; sie hatte sich mit ihren Pranken noch an seinem Jöppel festzuhalten versucht und fiel trotzdem nicht auf den Rücken, sondern auf die Pfoten. Sie lief nicht davon, sondern blieb jetzt im Ofenwinkel hocken und starrte mit racheglühenden Augen auf die Kinder.

»Das ist ein Rabenvieh«, sagte der Knabe, »ich muß ein Schnürl haben über das ganze Gesicht. Ich will dem Vater sein Holzbeil suchen und ihr den Kopf abhacken.«

Das Kleine begann zu wimmern, da wurde der Knabe ganz ratlos, denn er hatte wenige Tage früher das kranke Kind einer Kohlenbrennerin gesehen, das auch ein wenig so gewimmert hatte, das eilig getauft und dann in einem weißen Trüchlein in die Lusch hinübergetragen worden war. – Er schlich jetzt um das Bett herum, entfernte sich ein wenig und fragte dann auf das Kind hin: »Stirbst du jetzt?« Da keine Antwort war, sondern das Wimmern verstummte, so fuhr der Knabe fort: »Wenn du groß wirst, dann will ich dir Kirschen vom Baum tun, jetzt sind sie aber noch nicht zeitig, du mußt warten.«

Die Katze hockte unbeweglich in ihrem Winkel und funkelte, jede Bewegung beobachtend, auf die Kinder hin.

»Wenn du durstig bist«, sagte der Knabe, »es ist Milch da.« Er brachte das Töpflein und stand damit ein Weilchen vor dem Bett; als jedoch das Kleine keine Miene machte sich aufzurichten oder nach der Milch zu greifen, sondern quakte, rief er: »Also das nicht. Was *denn*? Mit den Kindern ist's ein rechtes Kreuz. Ich werd's dem Mann-Mann sagen, daß er dich mitpackt, wann du nicht brav bist!«

Er gab sich eine rechte Wichtigkeit. Dann schien es ihm doch wieder ein wenig unheimlich.

»Ist es wahr«, fragte er das Kind und streichelte die Windeln, in die es gewickelt war, »die Frau hat gesagt, daß du noch nicht getauft bist! Meine Mutter hat gesagt, die nichtgetauften Leut' mag der Himmelvater nicht leiden, und stirbst jetzt, so sperrt er die Himmelstür zu und du mußt in der finsteren Kammer bleiben und kommen die Mäuse und beißen dir die Nase weg. Der Köhlerin ihr Jackerl, der hat leicht lachen, der ist notgetauft worden.«

Weil das Kind so dahinlag, fuhr der Knabe fort: »Ich taufe dich auch not. Ist's dir recht? Ich weiß schon, wie man's macht. Wenn ich nur wüßt', wie du heißen willst. Magst ein Jackerl sein? Die Jackerln, die tun alle in den Himmel kommen.«

Er holte vom Wasserkübel, der am Herde stand, eine Schöpfwanne voll Wasser. Nun aber mußte er doch darüber nachdenken – es ist was dabei zu sagen, wenn man die Schöpfwanne über das Gesicht hingießt... Jackerl, ich taufe dich im Namen des...

In demselben Augenblicke schoß die Katze auf das Kind los. Der Knabe hieb ihr die Pfanne an den Kopf, daß das Wasser nach allen Seiten hinflutete. Mit zwei Sätzen war das Tier zur Stube hinaus, in welche nun die Frau Sunnbergerin keuchend hereintrat.

Schreiend und über und über mit Wasser begossen, so fand sie das Kind. Erhitzt von dem Laufen, ward sie nun obendrein glühend vor Wut, die sie über den Knaben losließ. »Du Balg! Du Racker! Was hast denn gemacht? Angossen? Angossen! Wart, Fratz, ich will dir zeigen, das arme Würmel–«

»Die Katz'!« ächzte der erschreckte Bub.

»Die Katz hat Wasser draufgossen aus dem Pfandel! So! Lügen auch noch, Wicht, ungeratener. In dir wachst ein sauberes Früchtel auf! Mein solltest sein, ich wollt dir's zeigen! Da hast eins dieweil, Waldzwergel, verdächtiger!«

»Not hab' ich's–«, wimmerte der Knabe.

»Na, ich glaub's, daß du sie Not hast, die Strafe!«

»Not hab' ich's getauft.«

»Notgetauft?« hauchte die Frau auf. »Und das hättest? Das? Notgetauft? Im Ernst auch? Und das wär' dir eingefallen?«

Der Knabe neigte den Kopf und weinte.

»Alsdann hätt' ich dir unrecht getan – geh, komm her, Bübel!«

Mit der einen Hand umschlang sie den Knaben, im anderen Arm schaukelte sie das schreiende Kind, dabei weinte sie selbst und lachte wieder und rief: »Da hat Gott wieder einmal ein Wunder gewirkt. Ein kleines Kind tauft das andere. Die Christenheit stirbt noch lang' nicht aus. Na, Bübel, gescheites, braves, gutes Bübel, wie hast ihn denn geheißen deinen Täufling?«

»Jackerle!«

»Jesus und Josef!« rief die Frau und machte einen Sprung. »'s ist ja ein Mädel!«

Das konnte der Knabe wieder nicht begreifen. Wenn's Jackerl heißt, so ist's halt jetzt ein Bub. Was es da so viel zu schreien und zu springen gibt!

Wir springen aber auch und berichten, daß es dieser Bub zwanzig Jahre später etwas genauer nahm. Der Jackerl ist dem Kinde noch am selben Tage mit Kirchwasser abgewaschen worden.

»Für den Todesfall«, sagte da die Frau Sunnbergerin zum Kaplan, »wäre es doch zur Not ein Christ gewesen.«

»Das wäre es leider nicht gewesen«, belehrte der Kaplan, »und wenn die Frau ihr Lebtag schon mehrere Kinder aus der Taufe gehoben hat, so soll sie wissen, daß die Nottaufe nicht gültig ist, wenn sie von Kindern unter sieben Jahren verrichtet wird.«

»So«, antwortete die Frau. »Das wäre! Das wäre! Und die Nottauf' von diesem lieben Bübel wär' für die Katz' gewesen! – Ja, warum denn, möcht' ich wissen! Etwan weil das Kind unter sieben Jahren noch in der Unschuld ist? Oder weil– «

»Wie soll es heißen?« unterbrach sie der Priester. Hierauf ist das Mädchen regelrecht auf den lieblichen Namen Agnes getauft worden.

Nach zwanzig Jahren, als aus dem Buben des »kleinen Urban« ein großer Bauer geworden war, ging er an manchem stillen Abend und in mancher verschwiegenen Nacht hinab zu einem Fenster des Bachstoffel-Hauses. Und einmal auch am hellen Tage. Da nahm er die schöne Agnes an der Hand und sagte: »Agnes, ich habe dir schon einmal einen Namen gegeben, der dir nicht recht gewesen ist. Jetzt möcht' ich's ein zweitesmal probieren. Willst du den *meinen* haben?«

»Ja«, sagte das Mädchen ganz leise, und er taufte sie am Altare mit seinem Namen.

Boshafte Leute behaupteten damals, auch das wäre eine Nottaufe gewesen – die Folge hat gelehrt, daß dem nicht so war.

Beim Dotterhasch in der Stube schien's, als wäre etwas nicht ganz in Richtigkeit. Die Bäuerin hockte hinter dem großen Ehebette und flennte, der Bauer saß als ein vom Mittagessen Zurückgebliebener am Tische, nebelte ein ganzes Firmament Tabakrauch vor sich hin und stierte in dasselbe hinein.

Daneben auf der Wandbank, schlank hingestreckt, lag der älteste, einundzwanzigjährige Sohn.

Der Kerl konnte tot sein, so regungslos lag er da, er war aber nur faul. Er hielt Sonntagsruhe und tat die Augen zu. Es war ein Prachtbursche, wie er so dalag, und schöne Leute sind berückend, wenn sie schlafen. Das Wunder, daß die Mutter weinte! Denn wenn wieder Sonntag ist heute in acht Tagen, und wenn wieder abgegessen ist und die Leute ihre Rast halten, wird der Egyd nicht mehr daliegen.

»Der wird derschossen«, knurrte der Alte in sein Gewölke hinein, weil manche Leute Trost darin finden, ihr Mißgeschick und Unglück noch größer aufzubauschen, als es ist.

Nun war es eine Weile still, als wäre der Schuß schon gefallen und verhallt.

Daß ich's erzähle, es war nämlich an diesem Sonntag ein schlimmes Dekret ins Haus gekommen.

»Ich wollt' ihm gern die etlichen Tag', die wir ihn noch haben, gut geschehen lassen«, sagte der Alte halb vor sich hinaus und halb in sich hinein, »kunnt eins nur wissen, was er am liebsten möcht'.«

Jetzt räusperte sich der Egyd und bog ein Knie in die Höhe.

»Bist munter, Gidel?« fragte der Vater. »Muß ja hart liegen sein auf der Bank. Wollt mir's an deiner Stell' doch kamodt machen und mich ins Bett aufheben.«

Da sprang der Junge auf, daß die Bank erschrak; was sollt' er liegen!

»Daß ich dir sag', Gidel, die paar Tage hast Feiertag.«

»Früh gehst in die Mess'«, schlug die Mutter vor.

»Ei freilich, als wenn ein' Leich' im Haus wär'«, spottete der Bursche.

»Herrgotts Schutz wirst wohl vonnöten haben, mein Kind«, so die Mutter und verdeckte ihr Gesicht mit der Schürze.

»Bleibst daheim, wenn du willst«, sagte der Vater. »Tust, was dich gefreut, laßt dir kochen, was dir schmeckt, gehst auch ein wenig bei den Nachbarn um, unterhaltst dich mit deinen Brüdern, sind ohnehin hart verzagt, deinetwegen. Wird sie auch treffen, sag' ich, dauert nicht mehr lang. Brauchst Geld dieweilen?«

»Nichtstun steht mir nicht an«, sagte der Egyd und rieb sich den Schlaf aus den Augen. »Im Dorf umgehen und Mitleid betteln oder mich prahlen, daß ich Soldat bin und in den Krieg muß, das mag ich auch nicht. Ich geh' auf die Alm.«

»Was willst denn auf der Alm?« fragte der Vater.

»Hat nicht die Marthel herabsagen lassen, 's wär' die Hochwiesen schon zeitig? In drei Tagen werden wir passabel fertig mit dem Mähen, ich und die Marthel.«

»– du und die Marthel«, sagte der Bauer nach mit etwas zweideutigem Tone. Und dann: »Hast recht, geh' hinauf.«

Die Mutter klagte, daß sie ihn nicht einmal diese letzten Tage mehr haben sollt'. Der alte Dotterhasch meinte, die Hochwiesen sei zeitig, da müsse die Mutter zurückstehen. Und schmunzelte bei sich. Der Junge soll auch seine Freud' haben auf der Welt. Wer weiß, was ihm ohnehin bevorsteht. Die Landstraße draußen soll Tag für Tag voll sein mit vorbeimarschierendem Fuß- und Reitervolk. Es soll kein Spaß sein, sagen die Leut', wir werden noch was hören.

»Morgen ist Montag, gehst hinauf. Am Mittwoch kannst fertig sein, am Pfingsttag (Donnerstag), als am Jakobitag, bist wieder da und heißt's nachher fort – in Gottes namen.«

's ist aber toll, daß ich ihm's erlaubt hab', denkt der Bauer noch bei sich. Wollt' man's ihm nicht erlauben, dem Kaiserlichen, wär's auch toll.

Am Montag früh nahm der Egyd die Sense über die Achsel, den Wetzkumpf an die Lenden und stieg der Alm zu.

Wie er munter war! Nicht, als ob es ihm der Sommermorgen angetan hätte, der mit seiner frischen, leuchtenden und klingenden Herrlichkeit Berg und Tal umspielte. Junge Naturmenschen haben kein Auge für das Sonnengold auf den Felsen, und kein's für das Glitzern der Wasser im Wiesentale, noch viel weniger Gedanken über die Schönheit der Welt, sie sind zu tief eingesponnen in ihr eigenes Selbst.

Egyd dachte einstweilen an nichts, als wie er zu Berge käme. Das war bei seiner Kraft und Gelenkigkeit freilich ein leichtes, solche Leute halten es mit den Hasen: aufwärts lieber als abwärts. Das Soldatenleben war heute ein Stolz und Vorteil – nur die Hochwiese will der Egyd früher noch abgrasen daheim. Wer hätte es dem leblustigen Knaben ansehen mögen, daß er so für die Arbeit ist!

Nun ging's doch nicht so leicht. Das Tal mit seinen Büheln und Waldbergen hatte er wohl schon hinter sich geworfen. Jetzt reckte ihm über den grünen Hängen her schon der Mandelstein seine weißen Spitzen zu. Der junge Mähder ging am Karbach entlang, der in Kreuz und Krumm durch eine baumlose Steinmulde niederrasete. Zornig warf der Bach den weißen Gischt empor, wo ihn eine kahle Kieferwurzel neckte, ein grauer Felsblock hinderte. Da oben waren über dem klüftigen Bett drei glatte Waldbäume nebeneinandergelegen, die hatte er mit sich gerissen und zertrümmert und gespalten. So stand der junge Mann aus dem Dotterhaschhofe da und konnte nicht hinüber, wo er hinüber sollte. Die breiten Steine, auf denen der Steg gelegen, waren noch hüben und drüben zu sehen, als warteten sie auf einen Luftspringer, wie einer mit der hier nötigen Schwungkraft wohl kaum herbeikommen dürfte. So war dem Egyd der jenseitige Berg mit der Alm auf dem Rücken abgesperrt wie eine Festung. Wofür ist man aber Soldat? Er ging am Wasser entlang, wobei er mit seiner Sense freilich oft an dem dürren Gezirme hängenblieb, das sich lieber hätte mähen lassen, als hier in Sturm, Schnee und Sonnenglut zu verwittern. Nun endete plötzlich die Karschlucht, das Wasser stürzte in einem weißen Doppelbande hoch von einer senkrechten Felswand nieder. Sonst war dieses Wasser so klein und zahm, daß es an der braunen Wand in leichten Schleiern und Rieseln und Brunnen von Vorsprung zu Vorsprung plätschernd niederstieg. Jetzt aber wurde das Wildwasser oben aus steiler Rinne scharf hinausgeschleudert und schoß in einem kühnen Bogen krachend herab.

Selbst die Elemente werden überwindbar, sobald sie übers Ziel schießen. Egyd ging, am Felsen gedrückt, unter dem Wasserfalle durch. Da war's zwar arg wild über den schwarzen Tümpeln und im zischenden Donner, aber außer daß er höllisch naß wurde, geschah ihm nichts und er war drüben. Er schaute verwundert zurück. Das Ding war unheimlicher gewesen, als er's vermeint. Nun, jetzt soll Wasser rinnen, so viel da will. Er sucht ein sonniges Angerlein und entkleidet sich, denn für eine Trockenstange ist er sich zu gut. Ein großer grauer Vogel, der in den Lüften schwimmt, läßt sein scharfes Auge mit Bewunderung haften an der Gestalt, die zwischen den Felsen wandelt. Wie der Mensch schön ist! Wie er schön ist, wenn er keine Schale und keine Waffe trägt!

Und der schalke Bursche dachte, die Ehre würde der Hochwiese auch noch niemals zuteil geworden sein, daß sich einer frisch badet und in der Sonne bräunt, ehe er ihr das Gras abschneidet.

Endlich zur späten Mittagszeit war er trocken – auch

hinter den Ohren – und war oben auf der freien, weiten Alm. Der Mensch ist größer, als er aussieht. Wieso fühlte er sich sonst im Tale beengt und frei auf den Höhen? Er dehnt sich aus, läßt sein Auge fliegen und seinen Juchschrei; je leichter die Luft ist, die er trägt, je leichter das Blut und die Sorge. Egyd kennt überhaupt keine Sorge als die, ob die Marthel wohl daheim sein wird in der Almhütte und ob sie allein sein wird? Der Hütten sind nicht viele in diesem Gebirge, um so gesuchter sind die wenigen. Die grünen Matten liegen hin über schwellenden Kuppen und über den Wiegen der Talungen. Dort und da wuchernder Bestand von Knieholz und Donnerrosensträuchern, dort und da ein weißes Felswändlein, dort und da eine Gruppe von schwerästigen Schirmbäumen und dort und da ein Schärchen rotbrauner Punkte, die sich sachte bewegten wie nasse Käferlein auf grünem Buchenblatte. Das waren die auf den Almen weidenden Rinder.

In einer sanft gegen die Tiefe gleitenden Mulde – Egyd stand nun davor – lag die Hochwiese. Es war richtig, was die Marthel verlauten lassen, das Gras stand hoch zum Versinken. Es war aber ein reiner Blumengarten, weithin leuchtend in eitel Weiß, Gelb und Blau. Da standen auf hohen Stämmlein die weißkronigen Schlüsselblumen mit ihren goldgelben Nestlein in der Mitte, da leuchteten die Strahlenrosen der Arnika, der vielzweigige Hahnenfuß mit seinen wachsig schimmernden Scheiblein, die hochwiegenden Glocken und Kelche der blauen Feldblume, die rötlichen, turmartig aufragenden Blütentrauben der Kuckucksblume mit den schwarzgefleckten Blättern. Da waren die mattroten Blütenbüscheln des Klees, die Dotterblume, der Löwenzahn, da hob der langstengelige Kümmel seine weißen Schleierblüten empor, da wiegten die Rispengräser ihre grauen Ähren, an denen die kleinen Blütenflöcklein zitterten. Und hinter diesem luftigen Gewebe der saftiggrüne Grund mit dem Unendlicherlei von Halmen und Blättern.

Ein weicher Dufthauch ging über die Wiese her, um arglos den Egyd mit der Sense zu grüßen.

Keine dieser Pflanzen wiegt eine reife Frucht, jede ist noch in ihrer schönen Jugend; aber im Blühen gemäht ist das Gras am besten, so weiß es der Dotterhasch und so meint es sein Sohn. In diesem sonnigen Blumengehege flattern wie zuckende Flämmlein die hellfarbigen Schmetterlinge, säuseln die Waldhummeln und Bienen – auch solche suchen den Honig nicht in der Frucht, sondern in der Blüte.

Egyd geht mit seiner Sense der Wiese entlang und an ihr vorbei. Dort oben in der Falte des Berges, zwischen zwei breiten Kuppen hingeschmiegt, steht die Hütte mit ihrem weißen Schindeldache. Sie liegt so, daß man von ihr aus lange nicht mehr hinabsehen kann in die tiefe Gegend, wo der Dotterhaschhof steht, dem sie zugehört. Sie schaut hinaus ins ferne, luftblaue Gelände, wo die Welt und das Firmament zusammenfließen und wohin die Almerin gar nicht mehr denkt, weil es dort schon unergründlich ist und sie nichts mehr angeht. – Egyd schritt durch eine hügelige, steinige Halde, wo über jungem Nachwuchs halbverdorrtes Rosen- und Knieholzgesträuche spießig stand, denn das war die Windrinne, durch die von den Scharten des Schneegebirges und den näheren Niederungen her die scharfen Stürme gesaust kamen. Heute strich über diese kleine Wildnis nur ein leises, frisches Lüftchen, daß sich kaum die Steinnelken regten. Und mitten im Gestein und dem dürren Zirmgerippe stand die Marthel.

Egyd erschrak – so schön – so schön war sie geworden.

Die Marthel war ein armes Kind, sagten die Leute, sie selber wußte nichts davon. Sie war ein Waisenkind bei Lebzeiten ihrer Eltern. Ihre Mutter ging jetzt in anderen Gegenden um, sammelte Ameiseneier und Beeren und Kräuter und heilsame Wurzeln, die sie draußen im Flecken verkaufte und nicht ungern eine lebendige Draufgabe machte.

Sie genoß als schönes, zutunliches Weib einen Ruf. Aber ihr Kind suchte sie merkwürdigerweise in jener Reinheit zu bewahren, die sie selbst so früh verloren und nach der sie sich längst nicht mehr sehnt. Trotzdem hatte das Mädchen einen Abscheu vor dieser Mutter, es entfloh ihr, und da fragte der Pfarrer in seiner Gemeinde herum, wer sich mit dem Dirndl einen Himmelslohn verdienen und es in Haus und Zucht nehmen wolle? Da war es nun der Dotterhasch gewesen, der, weil er die Arbeitsamkeit und den Fleiß des Mädchens schon loben gehört hatte, es zu seiner Herde auf die Alm nahm, die Meinung hegend, solch ein junges Blut könne bei dem lieben Vieh weniger Schaden nehmen als bei lieben Leuten.

Egyd hatte sie nur mit einem Blick gesehen, als sie im Frühjahre in den Hof gekommen war und, neben einem bekränzten Kälblein hergehend, mit dem sie im Gespräche begriffen, in Begleitung eines alten Knechtes die Herde bergwärts getrieben hatte. Als der alte Knecht von der Alm zurückgekehrt war, wußte er zu berichten:

Die Marthel sei ein großes Kind. Zum Vieh stelle sie sich zwar wie eine erfahrene Magd, wie sie es im Hofe, wo sie mit ihrer Mutter früher gewohnt, auch nicht anders gesehen habe; allein wenn sie ihren Feierabend habe, da spiele sie noch mit Puppen.

»Na ja, sie wird auch die Rechte, nur daß sie noch nicht zeitig ist«, war die Ansicht der Leute.

So paßt sie schon auf die Alm – mochte der Bauer denken – solche, an denen viel zu verderben, stellt man ohnehin nicht gerne hinauf. – Aber was ist's mit dem Himmelslohn, mein lieber Dotterhasch? – Na, den wird er sich gelegentlich schon holen.

Einstweilen schickt er seinen Sohn. Und der steht da vor dem Mägdl und erschrickt – so schön ist sie.

Was sie da mache im dürren Struppwerk?

Sie mache nichts, war die Antwort, sondern sie breche

etwas. Und brach die fahlen Äste für sich zum Herdholz.

Wie sie dastand, sich neigte, sich streckte und dem Körper allerlei Wendungen gab im Zulangen, Brechen und Aufheben – da mußte sie es wahrlich selber nicht wissen, wie weit sie schon aus ihrem Gewandlein hinausgewachsen war. Für den ersten Blick ist die Marthel wie andere junge Mädchen: frisch, hübsch, schnippisch, hat Haare, Augen und Mund wie jede, die was Rechtes vorstellt; aber wer sie nur mit scharfem Auge anschaut, der schaut sich eine Schönheit und Süßigkeit aus ihr heraus, daß ihm die Sinne vergehen.

So meint der Egyd.

»Sennerin«, sagte er munter, »jetzt bin ich da mit der Sense.«

»Das kann der Tod auch sagen«, war ihre lustige Antwort, dann hüpfte sie mit ihrer Armlast über die Steine hin, und der Bursche mußte dazutun, daß er ihr folgen konnte bis zur Hütte.

So war das erste Begegnen. Dann bekam der junge Dotterhasch etwas zu essen, und dann beredeten sie ernsthafterweise, wie sie miteinander nun sollten die Hochwiese mähen. Unten ist die Mahdzeit schon vorbei, aber auf der Alm, da kommt alles später.

»Freilich, auf der Alm, da kommt es später«, gab sie bei.

»Schön Wetter wird auch bleiben zum Heuen.«

»Darfst gerad' einmal zum Fenster hinausschauen.«

Draußen fielen große Tropfen. Es stand eine braune Wolke gerade über der Alm, aber sehr hoch oben. Und jetzt war sie auch schon wieder vergangen und nur einige Fränslein davon schwebten noch im blauen Himmel. Als ob die Tropfen Balsam gewesen wären, so frisch und duftend war jetzt die Luft. Und die zwei Leute gingen mähen.

Ob er ihr die Sense wetzen solle?

Schönen Dank, er möge schauen, daß er selber bei der Schneid bleibe. Sie habe schon ihren eigenen Kumpf. Und hatte den hölzernen Wasserbehälter mit dem Wetzstein wirklich an einem Riemlein seitlings baumeln. Als nach einer Anzahl Hieben durchs Gras die Sense allemal wieder stumpf war, machte sie flink von dem Schärfzeug Gebrauch.

Schon nach den ersten Streichen stieg der süße Grasgeruch auf, und erst als sie nach stundenlangem Mähen eine Schichte zusammentrugen, um darauf zu rasten und das Jausenbrot zu genießen, war des Duftens kein Ende. Marthel gab dem Burschen in der Arbeit nichts nach, sie war ihm stets hart hinter der Ferse, und einmal, als er vor ihr nicht weiter wollte, mähte sie um ihn herum und war voran. Er dachte: auch gut, so habe ich ein Vorbild – und bemerkte seine Schande nicht. Sie hatte alles überflüssige längst von sich geworfen; die Niederschuhe hatten sich beim schleifenden Schritte des Mähens selber losgestreift, barfuß war's ihr auch bequemer. Als die Sonne mäßiger geworden war, warf sie auch ihren gelben Strohhut in die Luft, daß er tanzte und durch die Löcher der blaue Himmel blickte. Und wer wird ein Halstuch tragen bei einer Arbeit, die so heiß macht!

Was sie am Nacken hinter der linken Schulter für ein Braunes hätte?

Er solle lieber aufs Grüne sehen als aufs Braune, meinte sie, und es wäre jetzt die Zeit zum Mähen.

Er sah aber doch aufs Braune, er lenkte sich ab, aber sein Auge ging immer wieder darauf zurück. Anfangs hatte er es für ein welkes Kleeblättchen gehalten, das da am Nacken klebte, aber es war kein Kleeblatt, es klebte auch nicht, es war ein Mal in der Haut, »womit sich der Teufel die schönsten Dirndl merkt«, wie der Volksmund sagt.

Wie sie jetzt wieder einmal zum Rande der Wiese gekommen waren und umkehrten, faßte er ihren sonnengebräunten Arm an; dagegen war nichts einzuwenden. Dann fragte er, ob sie glaube, daß er bloß gekommen sei, um das

Gras zu mähen? Das könne ein anderer vollbringen so gut wie er, oder besser, denn zur knechtlichen Arbeit sei er – redlich gesagt – dieser Tage nicht aufgelegt. Es hätte ihm aber geträumt, die junge Sennerin auf der Alm sei so wunderschön geworden, und da sei er heraufgekommen, um zu sehen, ob man den Träumen denn in gar keinem Punkte glauben dürfe. Aber richtig, die Träume, wenn man das letztemal in seinem Bett schlafe, die seien immer wahr.

»Ja, du wirst das letztemal in deinem Bette geschlafen haben!« warf sie zweifelnd ein.

»Wird schier so sein, Dirndl, die nächsten zwei Nächte schlafe ich bei dir auf der Alm, und am Jakobitag nimmt mein jung Bauernleben ein End'. Wirst es nicht wissen, daß ich schon seit vorigem Winter Soldat bin.«

Sie schwieg, denn sie wußte es recht gut. Hatte sie doch damals darüber mit ihrem Einseitigen gesprochen: wie es denn sein muß auf der Welt, daß just bei den schönsten Knaben der Kaiser die Vorhand hat! Worauf der Einseitige geantwortet: Die Knaben müßten exerzieren und fechten lernen, damit sie später im Ehekrieg ihren Mann stellen könnten.

»Und jetzt, Dirndl«, sagte der Bursche mit betrübter Gebärde, »jetzt muß ich fort. 's ist Kriegszeit, wie du schon gehört haben wirst. Aber du, Marthel, sollst meine weiße Brust noch sehen, ehe sie darauf schießen.«

Das Dirndl möchte ich kennen, das Abwehr hätte auf solche Red'. Um den Hals wollte sie ihm fallen und weinen, denn das war ihr jetzt klar: Diesen Menschen hatte sie lieb über alle Maßen. Indes, sie rückt sich selber zurück, und foppen, denkt sie, foppen tu' ich dich doch.

Am selbigen Nachmittag war ein anderer über die Alm gegangen, ein alter, hagerer, schiefer Mann in halb priesterlicher, halb bettelhafter verschossener und verschlissener Gewandung; er trug auf und auf einen zusammengeknöpften Lodentalar von grünlicher Farbe mit großen Messingknöpfen, und er ging barhaupt, so daß sein Haar von weitem zu sehen war, als habe er ein weißes Häublein auf, wie ein Herrschaftskoch. Sein Lebenstagwerk hielt er noch nicht für abgetan, er ging um und bettelte und sagte überall, wo er eintrat, er sei unseres Herrgotts Kammerdiener und komme Nachschau zu halten, ob die Leute barmherzig wären. Er wußte allerlei Sprüche und Fabeln herzusagen, und die ihn beschenkten, die konnten bei seinen Schwänken lachen, und die ihm nichts hatten als ein vages »Helf Gott«, denen begann er so trübselige Geschichten zu erzählen, daß, so unwillig sie ihm anfangs auch zuhören mochten, sie allmählich doch davon bestrickt wurden und schließlich ins Ärgern oder gar ins Weinen kamen. Besonders den Weibern tat er's an. Und als sie erst weinten, gaben sie ihm mehr als jene, die lachten. Hätte der Mann seine Phantasiereime aufschreiben können und wäre das Zeug in die Welt hinausgekommen, man würde weiß was Wesens daraus gemacht haben. Erlogen war alles, was er sagte, und wahr war auch alles, es kam nur darauf an, wie man's verstand. Solche Leute sind gerade recht zum Betteln. Weil er arg schief gewachsen war, teils schon von seiner Mutter her, teils von seiner Arbeit – die rechte Achsel stand um eine Faustesbreite höher als die linke, und der linke Fuß schien um so viel kürzer als der rechte – so hieß man ihn allerwärts, wo die zierliche Gestalt sich blicken ließ, den Einseitigen. Dieser Einseitige hatte sich von jeher aus der kleinen Marthel ein Recht gemacht. Als der Priester einst das Neugeborne gefragt hatte, wem es widersage und was es von der Kirche begehre, hatte der Einseitige, der es auf den Armen hielt, an dessen statt geantwortet: dem Teufel! Und das ewige Leben! So mußte er der Marthel nun dieses letztere Ding zu wahren streben. Er war's gewesen, der den Pfarrer um Vermittlung anging, daß dieses arme Kind doch einen Platz bekommen möchte, der weniger gefährlich sei als jener bei der eigenen Mutter, bei deren Wurzeln und Kräutern und

Waldbeeren doch leichtlich auch einmal was Giftiges darunter sein konnte.

Ob die Alm des Dotterhasch ein solcher war? Ein solch passender Platz fürs Dirndl?

Heute, als der Einseitige über die Höhen aus- und einging, um »vor der Himmelstür Wache zu halten«, hörte er von der Hochwiese her das Schrillen, als ob man Sensen schärfe, dann wieder die weibliche und eine männliche Stimme und Gelächter. Und als er nun auf dem Grashaufen gar zwei Leutchen ziemlich nahe beisammensitzen sah, dachte er an den Teufel und ans ewige Leben, kletterte über den Steinwall und schlüffelte durch das Gras zu ihnen hin.

Die Marthel wand ihren Arm von der Hand des Burschen los, der Egyd aber bedeutete dem herannahenden Bettelmann mürrisch, es würde dahier nichts geschenkt!

»Wer sagt denn das?« fragte der Alte zwinkernd und preßte mit der Unterlippe die Oberlippe bis zur Nase hinauf, weil drinnen keine Zähne mehr vorhanden waren; »ich schenke überall, wo ich hinkomme, ich schenke auch euch was. Was wollt ihr denn haben?«

»Einen Hut voll Dukaten«, rief der Bursche.

»Mein junger Freund«, sagte der Einseitige und legte seine Hand dem Egyd auf die Achsel, »das Stoßseufzerlein magst tun, wenn dir der grüne Jäger was anbietet auf dem Kreuzweg in der Neujahrsnacht. Vor unsers Herrgotts Kammerdiener kannst dich schon höher versteigen.«

Sie redeten noch hin und her, halb im Spaß und halb im Ernst.

Man mußte fast ein wenig Zutrauen gewinnen zum Alten, er war gar so absonderlich treuherzig in seinem Gehaben und Reden. Endlich gestand die Marthel, sie wüßte schon, was sie wolle, wenn sie wünschen dürfe…

»Weißt du was, Dirn«, sagte er, »jetzt rucket an und tut noch eine Stunde Gras mähen. Macht die Sonn' ihre Augen zu, nachher reden wir weiter.«

Sie faßten die Sensen. Der Einseitige blieb da und streute mit seinem langen Stabe die Futterwellen auseinander, daß das Gras trocknen und dörren konnte. Dabei flog seine Kutte hin und her, daß es possierlich war.

Es hat sich an jenem Nachmittage weiter nichts ereignet, und so können wir erst dort wieder anknüpfen, wo die Marthel auf dem Einfuß unter der Kuh saß und die Milch aus dem Euter zog. Im Stalle war's dunkel, die Sonne hatte schon die Augen zugemacht.

Dem Egyd war es nicht gelungen, den lästigen Alten zu entfernen. Das äußerste, ihm zu sagen: Dies Dach ist mein Dach, fahr hin! wollte er doch nicht, und so hieb er jetzt, da er auf dem Dengelstock saß, um mit dem Hammer die Schneide der Sense zu glätten, schärfer auf den zarten Stahl ein, als es gut gewesen.

Der Einseitige saß im Stall und redete leise mit der Melkerin. Sie habe einen besonderen Wunsch, das sei recht, er brauche es auch nicht zu wissen, was für einen, sie möge ihn nur bei sich behalten. Er rate ihr was Gutes, und wenn sie klug sei und Mut habe, so werde ihr Wunsch erfüllt werden. – Er weiß gar nicht, was sie will, und verspricht die Erfüllung! »Du kannst alsdann mehr als Birnen sieden!« sagte sie.

»Freilich, ich kann sie auch essen«, sagte der Alte und wackelte auf seinem Zuber, auf dem er saß, sachte hin und her. Sie lachte.

»Aber lach nicht, Dirndl. Die Geschichte ist ernsthaft, wie das Jüngste Gericht. Mut mußt haben, und den hast, sonst bliebest nicht mutterseelenallein auf dieser Alm heroben.«

»Was kann mir denn geschehen?« fragte sie und gestand leise, während das Brünnlein unter der Kuh aufhörte zu rauschen: »Ich trag' ja einen Tobiassegen in die Pfaid eingenäht am Leib!«

»Ei, nachher freilich kann dir nichts geschehen«, rief der Alte überlaut. Dann redete er ein wenig noch so herum und rückte endlich mit seinem Geheimnis vor.

»Den Mandelstein wirst wohl kennen, der da oben hinter der Alm steht und die zwei Hörner hat wie eine Bischofsmütze, und wo in den Nächten, wenn der Mond scheint, immer ein schwarzes Mandel (Männlein) hin und her hupft von einer Felsspitze auf die andere.«

»Sei still, es ist ein Grausen«, wehrte das Mädchen ab, indem es wieder molk. »Den Schatz brauch' ich nicht, der in der dortigen Höhle vergraben liegen soll. Wirst es wohl wissen, daß vor etlich' Jahren ein Hirtenknab' in die Höhle gestiegen ist, um den Schatz zu heben, und nicht mehr zum Vorschein gekommen.«

»Freilich weiß ich's«, sagte der Einseitige. »Und ich weiß auch, daß von heut' in zwei Tagen die junge Marthel-Dirn in die Höhle hinabsteigen wird zum verwunschenen Geist, der's machen kann, daß ihr Wunsch in Erfüllung geht.«

»Weil ich den Tobiassegen bei mir hab', meinst?«

»Der Tobiassegen, mein Kind, der wird dir in der Höhle am Mandelstein nicht viel nutzen. Da gehört was anderes dazu. Laß ihn dengeln, den da draußen vor der Hütten, und hör' mir zu, ich will dir's gut.«

Das weiße Brünnlein war endlich versiegt, die Kuh strampfte mit dem Hinterfuß und fächelte mit dem Schweif gegen die Marthel hin: Was hilft das Anziehen, wenn nichts mehr drinnen ist! – Jetzt sollte die nächste drankommen, aber das Mädchen vergaß es und hörte dem Alten zu. Der wußte eine verwunderliche Mär'.

»Tief drinnen in der Höhle am Mandelstein, wo der versteinerte Wasserfall ist und ein hoher Saal, steht eine Bank aus Marmelstein. Und da geht alle Jahr in der heiligen Jakobinacht eine arme Seele mit einer brennenden Ampel über den Erdboden in die Höhlen und setzt sich auf den Marmelstein und tut rasten. Und wenn die Nacht aus ist, wischt sie sich den kalten Schweiß vom Angesicht, macht einen traurigen Seufzer und muß wieder in das Fegefeuer zurück, wo sie verlassen und vergessen ist. Wenn aber einmal in der Jakobinacht eine *Jungfrau* in die Höhle tät hinabsteigen und zu der armen rastenden Seele sagen: Gott grüß dich, arme Seel'! so wäre sie erlöst. Aus Freud' und Dank wollt' sie der Jungfrau eine weiße Rosenknospe in die Hand geben. Und im Morgenlicht, wenn sie aus der Höhle tritt, blüht die Knospe auf, und der allergrößte Wunsch, den die Jungfrau auf dem Herzen hat, geht zur selben Stund' in Erfüllung durch die Fürbitte der armen Seel' beim himmlischen Vater.«

»Du machst einen auch hell zum Narren mit deiner Fabelei«, sagte das Mädchen, »ich soll ja meine Kühe melken.«

»Deine Kühe wirst melken, aber was ich da rede, ist keine Fabelei. 's ist schon probiert worden, mein Kind, aber 's ist schlecht ausgefallen. Nicht jeder, die am Fronleichnamstage einen grünen Kranz auf dem Kopfe trägt, möchte ich's raten. So ist vor zehn Jahren ein altes Weibl, das keinen Mann gekannt und ihre Jungfrauschaft dem Gottheiland aufgeopfert hat, in die Höhle getreten und nicht mehr gesehen worden. Von ihrem roten Gewand ein paar halbverbrannte Fetzen sind gefunden worden auf den Wänden des Mandelstein. Danach kannst dir denken, was geschehen ist. Viel länger ist's her, hat's ein fünfzehnjähriges Dirndl versucht. 's hat's einer zur Höhle begleitet und dort warten wollen; wenn sie zurückkommt mit dem Gold und Silber, das sie gewünscht, will er sie in seine Arme nehmen und einen Tanz mit ihr machen auf grünem Rasen. Gut. Sie kommt nach einer Stunde zurück, aber anstatt der Rosenknospe hat sie einen dürren Zirmast in der Hand, wie sie auch da draußen wachsen, und sie selber ist nicht mehr zu erkennen vor lauter Runzeln im gelben Gesicht, schier kein Haar mehr auf dem Kopf und keinen Zahn im Maul. Eine alte Vettel, vor welcher der Knab' davongelaufen ist, weil sie ihm noch schreckbarer vorgekommen als das schwarze Mandel, das beim Mondschein oben auf den Felsspitzen hin und her springt. Ja, Marthel, das sind Sachen!«

Die Marthel hatte es gehört und schwieg. So viel sah sie beim Abendstrahl, der durch ein Fenster fiel, es schwamm in der Milch ein Halm um. Und während sie diesen Halm herausfischte, sagte sie leise: »Wenn's drauf ankäm', ich wollt's probieren.«

»Was wolltest du probieren?« fragte der Einseitige, und wie er im Dunkel den alten Kopf so vorneigte, schien er noch viel einseitiger als sonst. Der Höcker an der rechten Achsel war nachgerade höher als der weißhaarige Kopf. Aber der Kopf war gescheiter.

»Wenn du meinst, daß ich keine Kurasch' hätt'? Probieren will ich's!« sagte das Mädchen und setzte den Milchzuber entschlossen auf den Streuboden, »ich geh die Seel erlösen.«

»Es sind wohl allerlei Schrecken in der Höhle«, sagte der Alte. »Ich verschweig' dir's nicht, es gibt Würmer, auf die du treten wirst, und Drachen, die dich anschnauben werden, und Getier, das in den finsteren Lüften umflattert. Vorzeit ist in der Höhle ein großer Wasserfall gewesen, der ist versteinert worden wegen solcher Schrecken. Dir wird nichts geschehen, wenn du's *bist*! Ich kann dir's heilig versprechen.«

Der andere draußen hatte aufgehört zu dengeln, so mußte leiser gesprochen werden.

»In der Jakobinacht muß es sein?« wollte sie sich vergewissern.

»Haargenau in derselbigen. Oder es mag auch die Nacht von einem anderen Aposteltag sein. Solcher gibt's zwölf im Jahr.«

»Nein, nein, ich bleib' schon beim Jakobus.«

»Ist auch der beste«, gab der Alte bei. »Wenn im Niedergang vom Tag der letzte Streifen vergangen und auf dem

Mandelstein kein Glühen mehr ist, dann gehst du hin. Eine Laterne nimmst mit und einen guten Vorsatz. Auch beten kannst was, wenn dir zum Beten ums Herz ist.«

Es ist förmlich verabredet worden, die Marthel wird von nun in zwei Tagen in der Jakobinacht die arme Seele erlösen, auf daß der Wunsch, der ihr so anliegt, wahr werde.

»Bereuen wirst es nicht, liebe Dirn'!« sagte noch der Alte, dann fand er nichts mehr zu schaffen in diesen Wänden, aß mit Mühe eine Schnitte Brot und aufgestrichenen Topfen, mit dem sie ihn bewirtet. »Vergelt's Gott«, sagte er hernach. »Ich kann's nicht«, und er ging in der Nacht davon, ging hinaus zu seinem Hause, um »vor den himmlischen Türen« zu schlafen.

Für das Nachtmahl ließ die Almerin dem Gaste die Wahl; der Egyd entschied sich für einen großen Eierkuchen, bei dem ihm die Marthel Gesellschaft leisten mußte. »Unser drei sind wir zu Tisch gegangen und unser zwei stehen wir auf«, diesen Bauernspaß brachte der Bursche vor, als der Kuchen verzehrt war.

Sie hielt es nicht für nötig, daß die Unterhaltung fortgeführt werde, sondern wies dem Egyd draußen über dem Kuhstall ein Lager an, versorgte rasch noch das Kleinvieh und verschloß sich in die Hütte. Sie schlief nicht so bald ein, sondern reckte das Köpfl durch das Fenster hinaus in die stille, laue Nacht und schaute den Sternen zu, wovon einer und der andere laufend wurde und über den Himmel purzelte. Es war, als hörte sie vom Kar herauf das Brausen des Wasserfalls. Was das für grauenhafte Schrecken sein müssen, daß so ein Wasserfall davon versteinert werden kann! Was doch eine reine Jungfrau sein muß, daß sie stärker ist als der Wasserfall.

An der Türe klopfte es jetzt, erst leise, dann heftiger.

Wer es wäre?

Auf dem Heu sei kein Schlafen. Das Dach sei schadhaft, es falle der Tau herein.

»Wenn das ist, Egyd, so schlafst in der Hütten.«

Sie öffnete die Tür, und als er hereinging, ging sie hinaus, schloß hinter sich zu, und er, der voreh hinausgesperrt gewesen, war jetzt hineingesperrt. Sie schlief auf dem Heu, und der Tau, der dort fiel, kam aus ihren Augen, denn sie sah den lieben Knaben auf weitem Felde hingestreckt, das Blei in der blutenden Brust. – Das Gernhaben, daß es so weh tut!...

Am anderen Morgen waren sie wieder auf der Wiese. Während der Arbeit ließ sich nicht viel sprechen, aber wenn sie hin und her gingen und rasteten oder während sie schärften, wußten sie allerlei miteinander zu bereden, Lustiges und Ernsthaftes und hatten keinen Hinterhalt, als wären sie schon jahrelang miteinander gut bekannt.

»Wir verstehen uns halt, Dirndl«, sagte da der Egyd einmal.

»Das wird auch just kein Wunder sein, wenn zwei deutsche Leut' zusammenkommen.« So drauf sie.

Das gestern gefallene Gras war heute schon Heu, es knisterte, wenn der Egyd aus Übermut zu allerlängs hineinfiel, und die kleinen Heuschrecken hüpften über seine Beine.

Das Mädchen mahnte zur Arbeit, es würde das Wetter nicht anhalten, täte schon »wasserziehen«. Es standen allerlei Wolken am Himmel, solche mit weißen scharfgeschnittenen Rändern, und solche, die eine harte, bläuliche Farbe hatten, so daß man sie schier für blaues Firmament halten konnte, wenn sie nicht teils die Sonne verdeckt und gelbliche Ränder gehabt hätten. Dieses Gewölke hatte Lücken, und aus diesen Lücken gingen hie und da, breiter und schmäler, schimmernde Bänder der Sonnenstrahlen herab, mehr schleierart verhüllend, als beleuchtend. Das sah die Marthel und meinte, es täte wasserziehen. Die Sonne zieht's hinauf, der Regen regnet's herab. »Desweg', Bübel, flink wieder dran!«

»Angeschmiert ist er nicht, wer dich zur Hauswirtin nimmt«, sagte hierauf der Egyd und richtete sich etwas faul mit Hilfe des Rechens auf, »fleißig bist. Wenn du nur auch gutherzig wolltest sein.«

Sie wußte darauf nichts zu sagen, sondern schob emsig das Heu zusammen in Haufen. Sie wird immer dummer, denkt sie bei sich selber; sonst hat sie die Burschen keck abgetrumpft, wenn sie was dergleichen gesagt haben, jetzt verschlagt's ihr die Red'. Was das noch für ein End' nehmen wird!

Als sie mit dem Rechen das Gras aus einem Sträuchlein kraute, welches um einen modernden Baumstock hervorwuchs, flatterte plötzlich etwas vor ihr auf, daß sie einen Schrei tat.

Ein Hähernest, auf dem ein buntgefleckter, struppiger Vogel saß und mit seinen Flügeln so heftig schwirrte, daß man nicht sehen konnte, ob er unter sich nur das Ei hatte oder schon ein Junges.

Der Egyd wollte mit einem langen Halm das ängstige Tier noch necken, da tat selbes seinen plumpen Schnabel auf und krächzte.

»Wie es zeert (schreit), das Vieh!« sagte der Bursche.

»Ich denk«, verwies ihm das Mädchen, »du möchtest schon auch zeeren, wenn sie dir dein –« Sie hielt inne. Es kommt doch schon gar alles ungereimt heraus, was sie heute sagt. Das Nest ließen sie in Ruh', aber ein gesprenkeltes Federchen, das dem Vogel davongeflogen, steckte der Knab' auf sein braunes Hütl.

Als der Egyd im Grünen ein Kleestämmchen fand, das vier Blätter hatte, nahm er Anlaß, zu sagen, er werde heute noch ein großes Glück haben.

Was er sich für ein Glück wünsche? wollte sie wissen.

»Das will ich dir gerne sagen«, sprach er und stellte sich ganz demütig und ernsthaft vor sie hin: »Meine liebe Marthel, hör mir zu: Meinen Durst, den kann kein Wasser löschen. Ich will meinen Mund fest an deinen Nacken drücken, wo du das Braune hast.«

Es war, als ob's sein müßte, daß jetzt über dem Mandelstein ein dumpfer Donnerschlag erscholl.

»So!« sprach das Mädchen. »Das laßt dir der himmlische Vater sagen für dein tollwitzig Reden.«

Nun, wenn der himmlische Vater spricht, da muß der Dotterhasch-Sohn freilich still sein, so viel er zu sagen hätte. Und er war still und blieb still den ganzen übrigen Tag. Das drohende Gewitter murrte noch eine Weile; es ging weiter drinnen in den Alpen nieder und es ging draußen auf dem Lande nieder, über unsere Gegend kam kein Tropfen Regen. Endlich heiterte es sich wieder auf, und die Pflanzen bogen sich welker als früher dem Boden zu. Der Abend war so warm, daß sich die Marthel mehrmals mit der Schürze die Tropfen vom Gesicht wischen mußte. Sie fürchtete die Nacht. Es war auch zu schwül, und bei sich flehte sie, wenn nur die Hundstage vorbei wären! Es war ihr in ihrem ganzen Leben noch nicht so drückend und ängstlich gewesen…

Nachdem am Abende die Kühe gemolken und die Hühner versorgt waren, die Sensen gedengelt, das Nachtmahl gegessen, und als die Marthel den Stab des Butterkübels auf und nieder stieß und im ganzen alles wieder zu werden schien, wie in der vorhergehenden Nacht, da machte der Egyd einen Vorschlag, der dem Dirndl sehr gefiel. Wenn die Tage so heiß sind, sollte man eigentlich in der kühlen Nacht nicht schlafen. Gescheite Leute mähen mit der Sichel – mit der Mondsichel, die dazu leuchten soll. Mähen wir den Rest der Hochwiese bei der Nacht nieder!

Da hörte man in derselbigen Nacht mit dem Zirpen der Grillen das Rauschen der durchs Gras fahrenden Sensen; man hörte das Schrillen, wenn sie den Wetzstein handhabten, und man sah das Glitzern der Sensen im niedergehenden Monde. Die Mähder kamen in die Niederung, wo das

Futter üppig stand und hoch, daß es den beiden bis an die Brust ging. Die großen Blätter des Huflattich und der Germen, die wuchtigen Fächer der Farnkräuter umwogten sie wie ein Meer, und tief am Boden rieselte ein Wässerlein. Einmal, als sie ganz nahe beisammen standen und der Egyd die Hand an ihren Leib legte, weil ihm sein Wetzstein zu Boden gefallen war und er nun den ihren entlehnen wollte, da schwankte der Boden. Er wankte und schwankte unter ihren Füßen, daß sie erschrocken auseinanderfuhren.

»Wenn uns der Erdboden verschlingt!«

Sie waren auf ein Zittermoor geraten, das bei den Tritten der Mähder nachgab, um sich gleich daneben aufzubauchen, als wäre unter der zähen Rasenhaut ein hohler Raum mit Luft angeblasen.

Und kurze Zeit hernach schien es wirklich, als sei das eine in den Grund gesunken. Die Marthel war plötzlich nicht mehr zu sehen. Der war das nächtliche Mähen auf einmal so unheimlich vorgekommen, daß sie in ihre Hütte floh. *Allein* war's kein Spaß, so nahm der Bursche die beiden Sensen über die Achsel und suchte den Heuboden auf.

Am nächsten Morgen – es war der letzte Tag auf der Alm, ja der letzte in der Heimat – faßte der Egyd einen festen Vorsatz. Aber jetzt war es ihm gar nicht mehr und in keinem Sinne um die Hochwiese zu tun. Es hatte ihn tiefer gepackt, und es kam ihm schier unmöglich vor, von der Marthel fortzugehen. Es hatte ihm ein leichtes geschienen, ins lustige Soldatenleben hineinzuspringen, den Kummer der Eltern hatte er nicht begriffen. Jetzt hatte er den seinen.

Das Futter mag gemäht sein, gedörrt, aber es ist nicht eingeführt. Da wird ein anderer heraufkommen und mit ihr an den Ziehkarren gespannt das Heu in den Stadl bringen. Sie werden es unter Dach tun und ihr Wesen treiben dabei. 's ist doch sauer, das Soldatsein, das Fortmüssen. Oder sollte er dableiben? Das Dirndl haben und ins Schneegebirge flüchten, wenn sie ihn suchen?

Was half das Sinnen! Es konnte doch nicht sein. Aber was sein kann, das soll geschehen, bevor er Abschied nimmt.

Heute fiel das letzte Flecklein Gras auf der Hochwiese. Und als es um war und die Marthel ihren Rückenkorb füllte, wie sie ja niemals leer zur Hütte zurückging, da hatte sie vom feuchten Grase so schwer aufgelastet, daß sie mit der Last nicht auf die Beine konnte. Nun kauerte sie auf dem Rasen, um die Achseln die Tragbänder geschlungen, das Haupt weit vorgebeugt, mit Fuß und Hand sich anstemmend. So sah es der Egyd. Er eilte flink herbei, aber anstatt ihr aufzuhelfen, beugte er mit seiner Hand ihr Haupt noch weiter nach vorwärts und preßte einen schreckbar heftigen Kuß auf das braune Mal des Nackens.

»Aus ist's!« schrie sie auf und war im Augenblick aus den Bändern. Sie stand aufrecht, als wäre sie nie gesessen, zuckte, als ob sie sich auf ihn stürzen wollte, tat es aber nicht, sondern ging langsam beiseite und weinte.

Der hochgeschichtete Korb war umgekippt, und der Egyd stand ratlos daneben. Der Korb war leicht wieder aufgerichtet, aber wie das Mädchen beschwichtigen? Willst Soldat sein und kannst kein Weib flennen sehen! Ja, das ist auch ein Unterschied, der bis an die Zähne bewaffnete Feind und ein hilfloses Weib.

Zagend schlich der Egyd zum schluchzenden Mädchen und bat treuherzig, sie solle wieder gut sein, es wäre nicht schlecht gemeint gewesen.

Sie sagte eine Weile nichts, weinte so heftig, daß ihre leichten Busenwellen wie in einem Orkane wogten und daß der Bursche glaubte, es könne ihr das Herz zerspringen. Er wußte es nicht, daß der Kuß wohl der leichteste und der geringste Anlaß gewesen war zu ihrem Weinen. Ihr Glück, daß er sie lieb hatte, ihre Freude, daß er da war, ihr Schmerz, daß er fort mußte, ihre Erwartung, daß ihr das Vorhaben im Mandelstein gelingen werde, ihre Angst, daß der Liebste ihrer vergessen könne und wohl auch der wonnige Schreck, wie er sie plötzlich so mächtig überfallen und geküßt hatte: das alles tobte jetzt im Weinen aus. Selbstverständlich ließ sie ihn glauben, es sei alles nur, weil er sie beleidigt habe, und ihr Weinen gewann für sie gerade dadurch eine unendliche Süßigkeit, daß sie wußte, ihm sei ihretwegen wehe.

Er bat noch einmal: »Sei gut, ich habe dich nicht kränken wollen!« und legte seine Hand ganz leicht auf ihre Achsel. Sie ließ sie darauf liegen und sagte endlich mit stokkender Stimme: »Du weißt halt nicht, was du hättest anstellen können, und daß es uns allzweien zum Unglück sein kann!«

Er konnte es freilich nicht verstehen, er hörte nur das süße »uns allzweien«.

So hat er sich am selben Nachmittage, als die Arbeit geschlichtet war, aufgemacht. Den Kumpf an der Seite, die blinkende Sense über der Achsel, so stand er vor ihr, gab ihr ruhig die Hand und sagte: »Also, Marthel, wenn ich nicht mehr heimkomme, so denk: Er soll im Frieden schlafen, wo er schläft. Er ist wohl kein schlechter Bursch' gewesen.«

Jetzt sprang sie ihm an die Brust, preßte ihre Arme fest um seinen Nacken und rief: »Ja, du kommst wieder heim! Du kommst gesund wieder heim! Wirst es schon sehen, du lieber Bub! Du herzlieber Bub! Und jetzt geh, geh eilends fort!« Sie stieß ihn von sich, daß die Sense in der Luft zuckte und einen Blitz warf auf die schattige Hüttenwand.

Sie floh über die Matte hin, wo die Herde graste. Er schaute ihr gar verwundert nach, und dann stieg er zu Tale.

Während Egyd betrübt und glückselig zugleich hinabging, um unten wenigstens die letzten Stunden seines Daheimseins noch einigermaßen angenehm zu verbringen, hatte die arme Marthel in ihrer Hütte unbeschreibliche Qualen zu erdulden. Sie hockte im Winkel hinter dem Herde; ihre Hände hätten von einem halbeingedorrten Laibe sollen Brot in die Abendsuppe schneiden, aber sie vergaßen immer drauf, ruhten im Schoß. Endlich schob das Dirndl den Topf gar von sich: Sie ißt heute lieber gar nichts, sie hat keinen Hunger.

Wie das Wetter draußen ist? Es ist schon dunkel geworden, es tut »nachtlitzen« (wetterleuchten). Sie soll heute noch zum Mandelstein hinaufgehen. Wenn nur das nicht wäre gewesen, daß er seinen Bart so gottlos an ihrem Nakken hätt' gerieben! Es kann ja nichts Schlechtes sein, aber ihr ist die Sach' durch den ganzen Leib gegangen, daß es ihr den Atem verschlagen, als ob ihr einer hätt' glutheiße Funken ins Herz geworfen, gerade so ist's gewesen. Sie weiß nichts Lustigeres mehr auf der Welt, aber wenn's etliche Augenblicke länger gedauert, so hätte sie sterben müssen. Ob sie's nun aber wohl wagen darf, mit der Höhle im Mandelstein?

Sie fährt sich mit beiden Händen rasch über das Gesicht und springt auf. Sie *wird's* wagen. Fahren lassen kann sie ihn nicht mehr, diesen Buben. Und weil gar kein anderes Mittel sein kann, daß sie zusammenkommen als der einzige Rat vom Göden (Paten), so setzt sie darauf all ihr Vertrauen. Lügen tut er nicht und daß im Mandelstein ein Schatz ist und daß man dort eine Seele erlösen kann und daß man darauf einen Wunsch frei hat, das hat sie schon oft gehört.

Sie steht vor der Almhütte und schaut hinaus ins weite Land, wo es immer so blau ist, und gar nicht zu denken, wie weit. Und jetzt soll sie doch dorthin denken und ihren Sinn hinausschicken, daß er ins Blaue versinkt. Sie weiß nur das: es ist die Gegend, nach welcher die Soldaten marschieren.

Sie hält noch Umschau im Stall, ob beim Vieh alles in Richtigkeit ist, sie schiebt mit dem Eisenschlüssel, der statt des Bartes eine lange bewegliche Zunge hat, den Holzriegel innen vor die Hüttentür und denkt dabei: Wie wird's sein, wenn ich den Riegel zurückschieb'? Wie wird's sein?

Und dann geht sie eilig über die mäßig ansteigenden Matten empor. Durch die Scharte, zwischen den scharfen Zacken des Hochstoll und den fast senkrechten Abfällen der Finsterhalde, schimmert noch der letzte Streifen des Abendrotes. Auf dem Federgrase geht sich's so weich und still wie auf unredlichen Wegen.

Dort und da hockt ein schwarzer Körper; sie weiß, daß es die Schöpfe des Zirmstrauches sind. Dort sieht sie etwas, als ob eine Gestalt, so lang wie ein liegend ausgestreckter Mensch, mit einem weißen Tuche zugedeckt wäre; sie weiß, es ist einer der weißen Steine, die auf dieser Hochmatte herumliegen. Nein, vor diesen Erscheinungen bangt ihr nicht; dafür hat sie für alle Fälle in ihrer Pfaid den Tobiassegen. Wenn sie den verschachert hätte! Einen halben Winter lang ist sie in die Schule gegangen, da hat ihn ihr der Lehrer abschwatzen wollen. Damals hat sie ihn nur nicht gegeben, weil er ein Angedenken von der Großahne war; heute, da das geweihte Blatt auf der Alm sie beschützen muß vor Unholden, weiß sie besser, was es wert ist.

Hoch vor ihr steht eine schwarze gewaltige Masse, die ihre zwei Spitzen, eine scharfe und eine stumpfe, fast bis zum Halbmond aufreckt, der still am blassen Himmel ruht. Das ist der Mandelstein. Sie schaut genau, ob sie dort oben keinen hin und wieder hüpfen sieht. Das nicht. Hinten jedoch bleckt manchmal ein roter Schein hervor, aber auch nicht das leiseste Murren ist hörbar. Es ist alles in Ruh' und denkt die Marthel daran, es würden sie auf diesem ihrem Wege gewiß ganze Rotten armer Seelen verfolgen. Jede drängt sich vor die andere, jede streckt flehend ihre Hände aus: Mich erlöse! Mich erlöse! Es sind von ihren Bekannten und Blutsfreunden auch schon etliche gestorben, es kommen ihr alle vor, die sie auf der Bank liegen gesehen, kalt und eingefallen in den Gesichtern, die wachsfarbigen Hände über der Brust. Wenn sie alle erlösen könnt', die im Leide sind, wie gern, wie gern! Daß sie einen irdischen Wunsch daran knüpft, das kommt ihr jetzt auf einmal sündhaft vor. Aber Gott weiß es, auch auf Erden gibt es Seelen, die erlöst sein wollen. Und wenn sich's heute um ihre eigene handelt, die sie ausspielt, die heilige Jungfrau im Himmel möge ihr Schutz und Schirm sein!

Nach länger als einer Stunde Wanderns, da ihr Haupt schon naß geworden vor Aufregung und ihre Füße von dem Tau des Grases, stand sie endlich in einer der Falten des Mandelsteines. Rechts und links hatte sie Felsen, auf deren höchsten Tafeln und Zinnen der blasse Mondschein lag. Vor ihr, aus hohen Spalten und Schründen, ging eine breite Schuttriese nieder; in derselben, über das lose Gerölle, das bei jedem Schritte rieselnd nachgab, mußte sie hinauf. Sie konnte sich aber mit ihrem Bergstocke gut helfen, und so war sie bald hinter dem scharfen Steinvorsprung, von dem sie wußte, daß er das Wahrzeichen zum Eingang in die Höhle war. Sie sah vor sich unter überhängenden Wänden die schwarze Scheibe der Höhlung. Hier zündete sie das Licht in der mitgebrachten Laterne an, schaute noch einmal hinaus zu den blaß überschienenen Almen, die wie ein weites Tal unter ihr lagen. Dann hob sie ihren Gedanken zum allmächtigen Gott und betrat die Höhle.

Unter ihren Füßen hatte sie den fast glatten Boden des Felsens, an beiden Seiten starrten die rauhen Wände, an denen schwarze Wasserstreifen niedergingen. Eine kalte Luft strömte ihr entgegen, wie aus der Klostergruft zu Niedersing, in die sie mit anderen bei einer Wallfahrt einmal hinabgeschaut hatte. Was nur jenen widerfahren sein mochte, die einst in diese Höhle hineingegangen und nicht mehr zurückgekehrt sind? Für reine Jungfrauen hätte es keine Gefahr, sagt der Einseitige. Aber ein andermal hatte derselbe gesagt: Die Reinen liegen alle noch in den Windeln. Es mag schon etwas Wahres daran sein, denkt sich die Marthel, und weil ihr doch wieder in den Sinn kam, mit Willen und Absicht sei sie bis zur Stunde nichts anderes, denn als was sie Gott erschaffen, so bewahrte sie ihren Mut und schritt vorwärts. Ihre Tritte widerhallten so laut, daß es zu hören war, als gingen neben und hinter und vor ihr im selben Schritte allerlei nächtliche Wanderer. Sachte abwärts höhlte es sich, und die Wände rückten enger zusammen, und hie und da standen oder hingen Gebilde, so weiß und glatt wie Marmelstein.

Das Licht zuckte und zitterte und wies mit seiner Lanze immer nach rückwärts, als meine es, umkehren wäre hier das beste. Ein kleines Untier kam plötzlich durch die dumpfe Luft geflattert, prallte an die Laterne, schwirbelte an der Gestalt des Mädchens zu Boden und huschte wieder davon. Die Marthel blieb standhaft und erwartete nun im Namen Gottes das Gewürme, auf das sie treten sollte, und die Drachen, die sie anschnauben würden. Aber es kam nichts als losgebrochenes Gestein, auf das sie steigen, und nasse Klammen, durch die sie sich zwängen mußte. Ihr Gewand war schon feucht von den niederfallenden Tropfen, und manchmal ging ein Schaudern durch ihr Wesen. Sie dachte nichts mehr anderes als: jetzt bist so weit, jetzt vorwärts, und geht's aus, wie's will. Schlechtes hast nichts angestellt.

Da war's, als wüchse mit einemmal ihr Fuß fest an den Boden. Der unterirdische Gang hatte eine Biegung, und auf der Wand lag ein roter Schein, der nicht von der Laterne kam. Da sah sie auch schon das Ämplein und die glühenden Formen der Gegenstände, die es zunächst beschien. Ein Teil dieser Formen wurde lebendig, es war eine Hand, ein Arm, ein Mantel, ein tiefgeneigtes Menschenhaupt. Die Gestalt war nur in diesen ihren oberen Teilen sichtbar und wie aus der Finsternis des Bodens hervorgewachsen.

Das Mädel beherzte sich, tat noch einige Schritte gegen die Erscheinung, dann blieb es stehen und rief laut, daß es selbst vor seiner Stimme erschrak:

»Gott grüße dich, arme Seele!«

»Grüß dich Gott, meine brave Marthel«, sagte die Gestalt, erhob sich und wandelte mit ihrer Ampel dem Mädchen entgegen. Und welche Verwandlung ging nun vor mit der armen Seele – es wurde daraus der einseitige Körper und das gute, schalkhafte Gesicht des alten Paten.

»Grüß dich Gott!« sagte er noch einmal und nahm sie an der Hand. »Ich hab's nicht verhofft, daß du kommen würdest. Ich habe gefürchtet, daß du nicht kommst, Marthel, ich habe es gefürchtet. Es freut mich, wie ein ganzer Korb voll himmlischer Freuden, daß du gekommen bist. Es freut mich über alle Maßen.«

Nun standen sie eine Weile stumm nebeneinander; dann schritt der Alte tiefer in die Höhle, sie glaubte, er führe sie der armen Seele zu und folgte ihm. Bald aber blieb er wieder stehen, leuchtete ihr mit der rußigen Ampel ins Gesicht und sagte: »Du bist es, Marthel, es ist nun ganz gewiß, du bist es. O schau! Was sich meine alte Seel' abgekümmert hat um dich, daß du sicherlich auch nicht weit möchtest vom Stamme fallen, daß du soviel Gelegenheit hast zum Leichtsinnig- und Schlechtwerden und schier keine zum Bravbleiben, und daß du ins zeitliche und ewige Verderben rennst, dieweilen du mir taufshalber bist aufs Gewissen gebunden, dieweilen du mir so grausam erbarmest und ich mich an dich angewachsen hab', daß ich vermeine, wenn ich einstmals dich nicht finde im Himmel, dann dürft' mir auch das andere alles miteinander gestohlen werden. Jetzt bin ich im Zutrauen und im Frieden; du hast gewußt, wer das sein muß, der sich da herein darf wagen und bist gekommen. Gott danke dir's, du hast meine arme Seel' erlöst!…«

So ging sein Redestrom und seine Freude. Das Mädchen schien aber nicht erbaut über diese Wendung. Seine Seel'! Das wäre ein schlechter Spaß, und wo ist denn die Knospe, die im Sonnenlicht aufblüht und mein Begehr?…

»Dein Begehr? Dazu, was du meinst, wird noch Zeit

sein«, fuhr der Alte fort; »halte du die Laterne fest, ich trage die Lampe, wir wollen jetzt miteinander in die Unterwelt hinabsteigen.«

Er zerrte die willenlos Gewordene mit sich fort und weiter mit sich fort. Die Höhle weitete sich hallenartig aus, ihre Schritte schallten wie der Hall von Pistolenschüssen, und sooft der Einseitige ein Wort sprach, huben die Wände an zu reden, und man hörte die gleichtönigen Stimmen aus der Nähe und aus der Ferne. Der Einseitige machte die Begleiterin auf einen stillen, lichten Strom aufmerksam, der aus der Höhe niederging und auf dem Boden in Wellen und Adern auseinanderfloß. Der versteinerte Wasserfall. Die Marthel machte ein ablehnendes Zeichen mit der Hand: er möge versteinert sein, sie sei es auch.

Einmal bückte sich der Alte, hub vom Boden ein graues Stänglein auf, gab es dem Mädchen in die Hand:

»Wieg einmal, wie leicht dieser Stein ist!«

Sie ließ ihn sogleich erschrocken wieder fallen, denn sie hatte erkannt, daß es kein Tropfstein, sondern ein Knochen war.

»Ein Rest von denen, die sich verirrt haben«, sagte der Einseitige.

Die sich verirrt haben! Jetzt wurde ihr leicht, sie verstand die Stunde. In ihrem Herzen dankte sie Gott für die Gnade in den Tagen der Gefahr und machte ein heiliges Gelöbnis für die Zukunft.

Noch stiegen sie eine Weile niederwärts, da schimmerten ihnen aus der Tiefe zuckende Lichtstreifen entgegen – sie standen vor einem schauerlich gurgelnden Gewässer.

»Wenn wir wieder auf die Erde zurückwollten«, meinte der alte Mann, »so könnten wir in dieses Wasser springen. Möchte nicht gar lange dauern, täten wir beide unten mit dem Wasserfall ins Kar hinausfahren.«

»Um des heiligen Leidens und Sterbens willen, kehren wir um!« bat das Mädchen zitternd. Es konnte ja wohl doch sein, daß der Pate übergeschnappt war. Obschon sie bisher der Meinung gewesen, er sei der Klügste weit und breit. »Mein Pat', wo führst mich hin? Mein lieber Pat', kehren wir um!«

»Auf die grüne Welt willst du wieder hinaus?« sagte der Greis. »Hast du noch nicht genug von ihr? Ei so, du bist ja erst siebzehn Jahr alt. Aber bedenk's, wenn du später in die Erden steigst, ob deine Seel' ein weißes Kleid wird tragen, wie heut'!«

»Ich will nichts hören, ich will nichts haben, nur hinaus, um Gottes willen hinaus in die freie Welt!«

Noch umgingen sie kletternd den Tümpel, stiegen einige Schritte an, zwängten sich durch einen Spalt, wobei sich die Marthel so sehr sträubte, daß sie fast mit Gewalt mußte durchgepreßt werden. Da war es plötzlich lau und lind, und in den Höhen funkelten die Sterne des Himmels.

»So ist es«, sagte der Alte. »Ich bin einseitig, aber der Mandelstein ist zweiseitig, bei der einen Seite geht man hinein, bei der anderen wieder hinaus.«

Das Mädchen begann vor Freude zu lachen. »Nun hast du es«, schrie ihr der Greis fast jauchzend ins Gesicht. »Die erlöste Seel' hat dir noch nicht einmal die Knospe in die Hand gegeben, und schon ist dein größter Wunsch erfüllt. Du willst *sein.* Sollst es, sollst es wahrhaftig! Das ist noch die Nacht, aber erst wenn die Sonne aufgeht! Die anderen Leut', die da umgehen und oft ein so armseliges Herz haben, daß sie sich und anderen nichts Gutes gönnen, die wissen es nicht, was das ist, die Sonne, das Licht. Du weißt es jetzt. Die Laterne lösch aus.«

Sie gingen darauf nebeneinander hin, über rauhen Steinschutt zuerst, dann umwandelten sie zwischen Klötzen und Gestrüppe einen Teil des Felsstockes, und endlich kamen sie auf die weichen feuchten Matten. Der Greis blieb mehrmals stehen und atmete und schaute zur Höhe.

Der Mond war nicht mehr da, auch keine Schwüle und

kein Wetterleuchten, nur der weite, stille, sternklare Himmel.

Als sie hinabkamen zur Hütte, wehte schon die scharfe Kühle des nahen Morgens. Der Einseitige ging mit ihr in die Wohnung. »Weil wir noch nicht ausgeredet haben mitsammen«, das war dafür die Begründung.

Das Trautsame der menschlichen Behausung tat beiden wohl.

»Du bist erst wenige Wochen auf der Alm«, sagte der Alte, »aber du wirst noch dableiben und im nächsten Sommer etwan wieder heraufkommen. Dein Leben wird viele so heiße Tage haben, als die waren seit vorigen Sonntag. Vielleicht noch heißer. Aber ich werde nicht mehr lange um dich sein, um das an dir zu halten, was ich für dich versprochen habe. Wenn ich so mitten im Sommertage sitze drüben in meinem stillen Tal und den alten Kopf auf die gestemmte Hand lege und der Stille zuhöre, da ist's mir zuweilen, als hörte ich in weiter Ferne eine helle Stimme rufen oder einen Gesang singen. Und wenn ich genau danach horche, ob's wirklich sollte wahr sein, daß mich meine heimgegangenen lieben Leut' schon rufen, dann merk' ich's wohl, es kommt nicht weit, es kommt nur aus meiner Brust herauf. Der singende Atem, Kind! Ich glaube, daß ich auch da drinnen schon stark einseitig bin. Viel habe ich nicht geleistet auf der Erden; der von so geringem Namen ist, einer blinden Hüttlerin Kind; 's ist gar keine Waage dafür, wie gering – dem vertraut man nichts an. Der Bettelmann hat wohl auch sein Gutes, er ist unsers Herrgotts Mahnrute, mit der er herumfuchtelt, wenn die Leut' nicht arbeiten wollen. Ich war fortweg allzu gescheit und allzu faul, heißt das, was man in der Bäuerei faul sein heißt; gearbeitet hab' ich schon, aber wie der Jochochs, nämlich mit dem Kopf. Das gilt nicht dahier. So bin ich eine Münze worden, die man auf der Straße hat liegen lassen, aber ich denke mir, man hat sie nur nicht wechseln können. Deiner Mutter war ich gut bei deiner Taufe, weil kein Besserer zu kriegen gewest. Von der Straßen hat sie mich hereingeholt, 'leicht wie dich auch. So hab' ich mir gesagt: Stefan, das nimmst ernst, das Dirndl ist verlassen, um das nimmst dich an. Schlecht machen hab' ich dir den Burschen nicht wollen, es wär' ihm unrecht geschehen und du hättest ihn dafür erst recht schadlos gehalten. Närrische Mittel braucht's schon, daß ihr nicht aus dem Kittel springt, ihr nichtsnutzig Weibervolk ihr! Na, gottlob, 's ist g'raten, du bist brav. Und das wird wohl meine einzige Aufweisung sein vor der himmlischen Tür. So, und jetzt sag' auch du was.«

Sie wisse nichts, sie sei ganz kleinsinnig. Es sei gut gemeint gewesen, aber die Mär' hätte auch einen schlimmen Ausgang nehmen können. Und mit ihrem einzigen Verlangen stehe sie jetzt da wie ein Narr.

»Tust es gern, so kannst mir's ja sagen, was du dir von der armen Seele gewünscht hättest.«

»Sagen kann ich's, aber helfen kannst mir nicht, dafür bist du eine zu arme Seel'! Soll er denn zugrund' gehen im Krieg?« schluchzte die Marthel in den Winkel ihres Ellbogens hinein, in den sie ihr Haupt niedergesenkt hatte. »Daß er glücklich wieder heimkommt, nur das wollt' ich, *nur das*!«

Er stand eine Weile still neben ihr, wie sie weinte, dann legte er seine Hand auf ihr Köpflein und sagte ganz leise: »Bist ein gutes Wesen.«

Nun wollte er aber, daß sie sich schlafen lege, er werde draußen im Heu seine Rast suchen. Doch als er schon hart an der Tür war, drehte er sich um, machte ein paar rasche Schritte zum Mädchen hin und sagte: »Er kommt glücklich heim, verlaß dich drauf!« Dann war er fort.

Ob der alte wunderliche Mann im Heu des Stadls seine Rast gefunden oder in dieser Nacht noch seinem Hause zugegangen ist, man weiß es nicht. Man weiß überhaupt von ihm nichts mehr weiteres. Von Jakobi bis Maria Himmelfahrt sind drei Wochen. Als Maria in den Himmel fuhr, hat sich der Einseitige ihr angeschlossen. Sein Leib saß auf dem Bänklein unter dem armseligen Dach, das der Bettelmann ein Haus und Heim genannt.

Fast genau ein Jahr später war unten im Tal, besonders um den Dotterhaschhof herum, helle Lustbarkeit. Die Alten hatten sich der Ruh' begeben, Egyd hielt Hochzeit mit seiner Almerin, der Marthel. Ob's geworden wäre, wenn sich die junge Sennerin auf der Alm weniger spröde gezeigt? Geworden wär's – aber anders. Der Egyd kennt sich aus. »Wohlfeile Zwetschken«, sagt er, »muß man kosten, aber nicht kaufen.«

Nun war's wunderschön, und der muntere Bräutigam hatte an seiner Brust neben der Myrte ein eisernes Kreuz, ein Ehrenzeichen, daß er im Krieg seinen Mann gestellt hatte.

Daheim – so Gott will, Marthel – wird er ihn auch stellen.

Der Zehrkäfer

Da ist irgendwo in unserem Vaterlande ein Ort, der heißt Sankt Josef auf der Heide. Er liegt mitten in einer hohen Fläche, über welcher der unendliche Himmel ruht. Die Gegend hat nach allen Seiten bis ins Blaue hinein Wälder von Wacholder und verkümmerten Kiefern. Dazwischen sind kahle Stellen, aus denen graue Steine aus dem Boden hervorquellen, oder es ragen Felsblöcke wie finstere Burgen über den Wald. Wenn man hinaufsteigt auf eine solche Zinne, so meint man fast, es sei ringsum das Meer mit seinen grünen und blauen Tinten, aber dann sieht man auch, daß das Himmelsgewölbe nach zwei Seiten hin gestützt ist durch graue Bergzüge, die aber in ihrer großen Entfernung so sanft und flach daliegen, daß man in ihnen das Hochgebirge kaum erkennen kann.

Durch die Wildnis von Strauch und Wald und Stein ziehen etliche hellgrüne Streifen der Matten und Wiesen, auf denen manches klare und kalte Wasser rinnt und auf denen weiß- und braungefleckte Herden weiden. In einer dieser Matten steht einsam und still, aber nicht unfreundlich das Dörfchen Sankt Josef. Die Häuser sind durch keine Linde geschützt, von keinem Obstbaum bestanden, die Wände sind weiß, die flachen Dächer schimmern grau, und für eine Hirtenansiedlung zeigt sich der Ort noch immer stattlich genug. Der Kirchturm sieht von weitem freilich wie ein hoher Rauchfang aus; er hatte ein spitzes, funkelndes Dach gehabt, aber das hat eines Tages der Blitz weggebrannt. Die Leute haben hierauf Bretter über das Mauerwerk gelegt, daß Regen und Schnee die Glocken nicht behelligen konnten – und so ist es verblieben. Indes ist es dem heiligen Josef versprochen: wenn er ein paar warme, feuchte Sommer gibt, daß viel Futter wachsen kann, so erstatten sie ihm die Turmspitze.

Die Jahre waren dann für die Viehzucht eben recht gewesen, aber einer der vordersten Insassen des Dorfes soll gesagt haben: »Wir warten noch etliche Jahre, dann können wir den Turm um das höher bauen und oben dran einen goldenen Knauf machen. Ist's gescheit so?«

Gescheit war's. Und seither warten sie und warten, und wenn der Turm von Sankt Josef so hoch wird, als sie den Bau verschieben, dann mag er wohl einst mit seinem »goldenen Knauf« in ganz Mitteleuropa zu sehen sein.

Im Sommer des Jahres 1881 war's, daß ich über die Heide reiste. Am frühen Morgen brach ich im Flecken, der an deren Rande in der Niederung liegt, auf und wanderte den ganzen Tag auf dem weißen Sandwege fort. Anfangs Lärchen und Birken neben mir, dann die Kiefern und dann die Wacholder. Nicht mehr als zwei einzelne Häuser fand ich am Wege stehen, wovon ich in einem das Mittagsbrot genoß und bei dem andern anfragte, ob denn dieser Weg in die Ewigkeit hineingehe oder doch nach Sankt Josef?

»Ja«, sagte der alte Mann, der an der Haustür saß und eine Sense dengelte. »Er geht freilich in die Ewigkeit hinein, aber zwei Stunden von da steht der Weiler, dort könnt Ihr abrasten und morgen weitergehen oder im Wirtshaus warten, bis sie Euch entgegenkommt.«

»Wer soll mir entgegenkommen?« fragte ich.

»Nun, die Ewigkeit«, sagte er und dengelte weiter.

Das war jetzt schon die rechte Stimmung für die Heide und das war gerade noch abgegangen, um mein ohnehin stets leise schlummerndes Heimweh aufzuwecken. Wenn du auf fremden Wegen müde bist und geistig abgespannt, da wandelt's dich an: Wenn ich jetzt daheim wär'! Heißt das, wenn du so glücklich bist und ein Daheim hast und nicht etwa noch glücklicher, nämlich so, daß du das Daheimsein gar nicht kennst und das Fremdsein auch nicht.

Ich mußte noch so lange wandern, bis die Abendröte über den Wäldern der Heide lag. Und nun sah ich den Weiler. Die Gasse zwischen den Häusern war munter belebt; die heimkehrenden Herden schellten und blökten, die Hirten riefen sich lustige Spottworte zum Gruße zu, und Mädchen kamen mit ihren Melkzubern, um das Ergebnis des Tages einzuheimen. Mich, den daherhinkenden Fremden, blickten Rinder und Menschen mit Verblüffung an, und als ich ins Wirtshaus trat, war die Wirtin in einiger Verlegenheit darüber, wie plötzlich herangeschneite Fremde zu behandeln seien. Ganz wehmütig wurde sie vor Glück, als ich nur Brot, Butter und Apfelwein verlangte; in der Tat, das hatte sie ja und konnte also eine wahrhaftige Wirtin sein.

Als ich mich gestärkt und mein Glas Apfelwein getrunken hatte, verwandelte sich das Heimweh in Vergnügen über das idyllische Sankt Josef auf der Heide. Ich hatte auf dem Binsenstroh eine erquickende Nacht und blieb am nächsten Tage im Weiler und betrachtete mir das still-heitere Leben und die Armut, die sie hier mit göttlicher Einfalt ertragen. Ich strich auf den steinigen Höhungen zwischen den Wacholderbüschen hin, setzte mich auf die bemoosten Felsblöcke, und wenn ich so hinausschaute in das sonnige Dämmern und nichts hörte, als von weitem die Schelle einer Herde oder den Ruf eines Hirten oder das Summen einer über den Büschen herumirrenden Hummel, da kam es mir in den Sinn: Wenn auf der ganzen Gotteswelt nichts wäre als diese Heide und dieses Sankt Josef darin, so wäre sie eben auch groß und ganz.

Ich habe in jener Einsamkeit mancherlei gefunden und empfunden, was der Reise dahin wert gewesen; namentlich ist es zur Selbsterkenntnis und rechten Weltauffassung heilsam, wenn man einmal außerhalb seines gewohnten Lebenskreises steht und in der Studierstube der Einöde einmal nachdenkt. Wie wird da manches klein, was einem sonst das Herz aufgebläht hatte, und wie wächst manches zu einer hohen Größe, was man sonst gewohnt war zu übersehen und zu mißachten!

Als ich ausgeruht und gestärkt am dritten Tage Sankt Josef verlassen wollte, um nach der andern Richtung hin die Heide zu durchwandern und den Bergen zuzustreben, geschah etwas, woran ich in meinem ganzen Leben nicht gedacht hätte.

Während ich die Geldnote vor mich auf den Tisch legte mit der Bitte, man möge den Betrag meiner Schuldigkeit von derselben abziehen, tat ich nebenbei die Frage, wieso die Frau Wirtin nur so leichtsinnig sein könne, mir für drei ganze Tage Nahrung und Pflege bloß einen Gulden und acht Kreuzer zu rechnen? Schaute mich die Frau etwas unsicher an und sagte: »Wenn's dem Herrn zu viel ist, so lasse ich die Bettkreuzer nach; aber das Essen kostet uns selber was, wir sind nicht reich und geben dem Herrn die Kost des Tags um dreißig Kreuzer.«

Das war doch wahrlich zum Erschrecken, so mißverstanden zu werden, daß die wohlgemeinte Bemerkung über die viel zu geringe Rechnung als Spott darüber, daß sie zu hoch wäre, aufgefaßt wurde.

Ich konnte das Weib erst beruhigen, als ich allen Ernstes versicherte, daß ich in meinem gewöhnlichen Wohnorte, wo sich's doch auch noch leben ließe, für solche drei Tage wohl viermal soviel zu entrichten haben würde, daß ich aber die gute Gastlichkeit auf diesen Heiden viel höher schätze als anderswo, und daß ich daher bitte, von dieser Note frisch und munter fünf Gulden zurückzubehalten.

»Ich nehme, was mein ist, nicht mehr und nicht weniger«, sagte die Wirtin. »Aber das fremde Geld da kann ich nicht annehmen.«

»Das ist kein fremdes Geld«, sprach ich. »Das ist ein gut vaterländischer Hundertguldenschein; ich habe nichts Kleineres und nichts Größeres im Sack.«

Alsogleich rief die Wirtin das Haus zusammen, erstens, um die unerhörte Banknote anzustaunen, und zweitens zu versuchen, ob sie gewechselt werden könne. Sie taten ihre

Geldtaschen hervor, die waren fast alle vollgespickt – aber lauter Kupfergeld.

»Ihr Närrlein!« rief der Wirt aus, »da mögt ihr zehn Pfund Kupfergeld zusammenschleppen, so wiegt's nicht so viel, als der Papierfetzen da. Aber Kaisers Ehrenwort ist halt drauf, und das hat Gewicht.«

»Kommt erst zur Frag', ob Kaisers Ehrenwort drauf ist!« rief die Bandelkrämerin, zu der wir kamen, ob sie wechseln könne. »Ist der Hunderter echt und gerecht? Ich kann's glauben und kann's nicht glauben!«

Somit war eine neue Frage eröffnet, der die Wirtin mit einiger Beharrlichkeit nachhing, indem sie mehrmals, ohne Rücksicht auf meine Gegenwart, äußerte: »Bei fremden Leuten könne man nicht vorsichtig genug sein.«

»Was heb' ich an«, sagte ich, »solange ich nicht gezahlt habe, kann ich nicht fort, denn in diesem Papier steckt mein ganzes Reisegeld, und bleibe ich da, bis der Hunderter verzehrt ist, so werde ich grau in Sankt Josef, und dann laßt ihr mich erst recht nicht fort, wenn ihr zu diesem Geldschein kein Vertrauen habt.«

»Siehst, Toni«, belehrte ein alter Hirt seinen Sohn, »was das Reichsein für Sorg' macht! Der hat einen Hunderter und muß damit verhungern.«

»Wenn einer Geld hat in Sankt Josef, so ist's der Pfarrer«, warf ein anderer ein, »und wenn er gleich den Opferstock müßt' aufsperren.«

Nun setzte ich aber auf den Opferstock kein allzu großes Vertrauen, es ist zwar stets viel gute Meinung drinnen, aber dieselbe klingt grauenhaft hohl, wenn man an das Gefäß klopft. Dennoch ging ich zum Pfarrer.

Das war ein großer, scharfeckiger Mann mit etwas linkischem, gutmütigem Benehmen. Er sah mich freundlich an, als er mein Anliegen hörte, und lächelte; und hub immer mehr an zu lachen, so daß er sein blaues Sacktuch hervorzog und sich damit den Schweiß von der Stirne rieb.

»Weil Sie gehört haben, mein lieber Herr«, sagte er hierauf, »daß der Pfarrer den Leuten in all ihrer Not beispringen soll, so kommen Sie auch in der Ihren zu mir. Wohl, wohl, für die Armut habe ich allerhand gute Sprüchlein in meinen Büchern, aber sehen Sie, gegen den Reichtum stehe ich ganz und gar machtlos da.« Er könne mir, fuhr der Pfarrer fort, höchstens die Parabel erzählen, wie ein Mann mit seinem Klumpen Gold in der Wüste verschmachtet sei. Er glaube aber, bessere Dienste als solche Parabeln leiste mir ein Glas Landwein, wozu er mich einlade.

So ist derselbe Tag in Sankt Josef noch recht angenehm vergangen. Nur am Abende war etwas Unerquickliches. Ich hatte mich auch noch an den Schulmeister, ein altes, griesgrämiges Männlein, gewandt mit der bescheidenen Anfrage, ob er mir vielleicht die Banknote wechseln könne. Der fuhr scharf auf mich los: Ob ein armer Volksschullehrer nicht ohnehin geplagt genug sei, daß man ihn seiner Armut wegen auch noch verhöhne! Er wünsche mir nichts, als den Segen Abrahams, aber lauter Buben, und alle sollten Dorfschullehrer werden. – Da machte ich mich freilich davon.

Schließlich riet mir noch der Pfarrer, ich möchte mich an den Kranken wenden, vielleicht könne mir der aus der Verlegenheit helfen.

»Ja richtig, der Kranke!« rief nun auch die Wirtin; »daß ich aber auf den nicht gleich verfallen bin. Der tut's, der kann's!«

Ich hatte den »Kranken« schon tags zuvor gesehen, er lag mit seiner ganzen, behaglich aussehenden Figur im Schatten einer Weißbirke, las in einem Buche und schmauchte an einer Zigarre. Wir hatten uns still gegrüßt. Später, als ich mich nach ihm noch einmal umsah, bemerkte ich, wie auch er mir nachschaute. Im Dorfe fragte ich hernach, was das für ein Mann sein könne da oben bei der Birke, der sich so ganz anders gehabe als die übrigen Leute zu Sankt Josef. Ja, das wäre der Kranke gewesen.

Er sähe aber – nach meinem Erkennen – nicht danach aus.

Aussähe er freilich nicht danach, war der Bescheid, er habe eben die heimliche Krankheit, und die sei viel gefährlicher als die offene, weil sie ganz inwendig sitze, wo ihr mit den besten Medizinen nicht beizukommen sei. Wahrscheinlich sei ihm die Krankheit angehext worden, wie vor etlichen Jahren dem alten Weber Rupert in Sankt Josef, der das rechte Mittel nicht gefunden habe, sondern zu einem fremden berufenen Arzt gereist wäre, wo er auch bald gestorben sei. Dieser jetzige Kranke hätte aber das Ding vernünftiger angestellt, er sei den Doktoren seiner großen Stadt davongelaufen und nach Sankt Josef gegangen, wo ihn der Schmied heile. Man sehe es, der Kranke schaue von Tag zu Tag besser aus, aber das wäre – meine der Schmied – noch lange kein Zeichen der Heilung, das wäre nur ein Zeichen, daß sich die Krankheit noch immer tiefer in den Menschen hinein vergrabe, weil der Mann leichtsinnig sei und die Verordnungen des Arztes nicht befolge. Die Krankheit müsse man wieder hervorlocken und erst, wenn sie auswendig sitze und der Kranke recht übel aussähe, dann könne man ihr bei. – Und was man sonst vom Fremden wisse? Nichts, als daß er beim Schmied eine Stube bewohne, viel bei den Leuten herumgehe, dann wieder im Schatten liege und daß er Geld haben müsse.

Derlei hatte mir mein Wirt mitgeteilt.

Ich begab mich also zum Kranken, den ich in seiner Stube fand, behäbig sitzend bei einem Schöpsbraten. Er war ein schier noch junger Mann; seine Kleidung, sein Bart war wohlgepflegt, und er begrüßte mich nach Weltmannsart. Als wir die ersten Worte gewechselt hatten, wie sie Fremde wechseln, die miteinander in Fühlung kommen wollen, sagte er: »Wahrscheinlich kommen Sie in Ihrer Verlegenheit zu mir. Ich habe schon gehört, man kann Ihnen in Sankt Josef die Geldnote nicht wechseln.«

»Ich hätte an dergleichen in meinem Leben nicht gedacht. Ich komme mir hier mit meinem Hunderter wie ein Spitzbub' vor.«

»Ich begreife«, sagte er, »daß man Sie hier auf Treue und Glauben nicht gerne wird fortgehen lassen, man ist gegen die Fremden mißtrauisch. Aber mich wundert nur, daß Sie nicht auf das einfachste Auskunftsmittel verfallen sind. Sie nehmen einen Begleiter mit in den nächsten größeren Ort, von wo aus Sie den schuldigen Betrag nach Sankt Josef leicht zurückschicken können.«

»Dieses Auskunftsmittel wollte ich morgen ergreifen, wenn nicht zufällig Sie, mein Herr, in der Lage sein sollten –«

»Selbstverständlich«, unterbrach er mich, »auf jeden Fall schieße ich Ihnen den Betrag gerne vor und wollte mich in dieser Sache heute selbst an Sie wenden und auch anfragen, ob es Ihnen angenehm wäre, wenn ich Sie auf Ihrer Weiterwanderung über die Heide eine Strecke begleitete?«

»Das wird mir angenehm sein«, sagte ich, den Kopf höflich neigend, »wenn Sie sich dazu wohl genug befinden. Ich hörte, daß Sie etwas kränklich –«

»Damit ist's nicht weit her«, unterbrach er mich, »vielleicht sprechen wir davon. Ich bin ordentlich vollgeladen mit Sprechlust. Wenn man fünf Monate lang in Sankt Josef lebt! Es ist höllisch idyllenhaft hier! Reisen Sie morgen? Dann reisen wir mitsammen.«

Am nächsten Morgen war, zum Erstaunen der Leute von Sankt Josef, der bösartige Hunderter zerkleinert und meine Schuld beglichen. Der »Kranke« hatte verordnet, daß die Stube beim Schmied geräumt und ihm seine Sachen gelegentlich nachgeschickt würden. Nun schritt er neben mir rüstig fürbaß, manchem im Vorübergehen noch zum Abschiede die Hand reichend, manchem und mancher nekkisch mit gehobenem Finger zudrohend und endlich noch den Hut lüftend: »Leb wohl, du gutes Sankt Josef!«

Und dann frisch und munter voran.

»Schon seit einiger Zeit habe ich mir dies Davongehen vorgenommen«, sagte mein Begleiter, als uns der Ort aus den Augen geraten war, »aber ich bin, möchte ich sagen, wie betäubt gewesen von der Narrheit der Leute zu Sankt Josef, und gebannt von ihrer Weisheit.«

»Ich habe weder vom einen noch vom andern viel gemerkt.«

»Sie haben auch fast nur in Essens- und Geldsachen mit ihnen verkehrt, und das steht so zwischen beiden drinnen. Ich kam nicht hierher, um zu essen und zu zahlen, sondern aus anderen Gründen.«

»Sie sind durch ein Unwohlsein hier festgehalten worden?« warf ich ein.

»Nun – wenn Sie wollen – ja«, antwortete er, ließ sich aber in dieser Sache nicht weiter ein.

Nach einer stundenlangen Wanderung kamen wir zu einem dichten Walde von alten Buchen und Ahornen, der zog sich über einen Hügel und hinter demselben hub Berg und Tal an. Die Heide war zu Ende.

Ich hatte geglaubt, daß – als wir auf einem kühlen Anger zwischen den Ahornen Rast hielten – mir mein Begleiter Näheres über seinen Aufenthalt in Sankt Josef mitteilen würde, aber er tat es nicht. Ich gewann unterwegs nur die Überzeugung, daß er nichts weniger als krank war; ein flinker, lustiger Geselle war's, von dem, als in der nächsten Ortschaft unsere Wege auseinandergingen, ich mich nur schwer trennte. Ich hatte nichts mehr von ihm als seine Visitenkarte: Hans Erhart, Doktor der gesamten Heilkunde.

Indes fügte es sich nach kurzer Zeit, daß wir uns zufällig auf einer Reise in die Hauptstadt trafen. Wir begrüßten uns wie alte Freunde; es zeigte sich bald, daß während unserer Trennung einer manchmal an den andern gedacht hatte, wodurch wir uns unbemerkt nähergekommen waren. Wir wohnten nun in der Stadt in einem und demselben Hotel, wir genossen mitsammen dieselben Vergnügungen und erinnerten uns im Geräusche der Million fast mit Heimweh an die stillen Tage in Sankt Josef auf der Heide.

Da fand sich eines warmen Herbstnachmittags in einem schattigen Biergarten der Umgebung ein ruhiges Stündchen, wo wir uns in ein Gespräch über die Heilkunde vertieften. Und hier hat mir Doktor Hans Erhart erzählt, warum er damals in Sankt Josef gewesen war.

»Du sagtest, daß du dich für Priester und Ärzte besonders interessierst«, begann Doktor Erhart, »und das ist wohl begreiflich, beide gehören zu den wichtigsten Leuten der Gesellschaft. Auch haben sie manches Verwandte, so daß ich glaube, ein guter Priester müsse auch ein klein wenig Arzt sein und ein Arzt bisweilen auch Priester. Was unsere Wissenschaft auch sagen mag, Leib und Seele ist doch zweierlei. Wenn der Arzt nur Körperkenner allein ist, so ist er zu wenig.«

»Ganz deiner Meinung«, sagte ich. »Aber wie man heutzutag' im allgemeinen bei der Berufswahl weniger die ursprünglichen Fähigkeiten als vielmehr die äußeren Verhältnisse oder den Hang nach Erwerb, Ehre usw. entscheiden läßt, so daß mancher Priester oder Gelehrter wird, ohne für solchen Beruf das Zeug zu haben, ebenso widmen sich viele der medizinischen Laufbahn, vielleicht wohl der Wissenschaft wegen, vielleicht um Geld und Karriere zu machen, aber gewiß selten genug in der ernsten Absicht, die Leiden der Mitmenschen zu lindern, wozu nicht allein Kenntnis der körperlichen Krankheit, sondern auch liebreiches Eingehen in das Seelenleben des Kranken nötig ist. Übertreibe ich?«

»Im Gegenteile«, sagte der Doktor, »das klingt eher wie ein Gemeinplatz. Jedoch, wenn du diesen Umstand nicht erwähnt hättest, so wollte ich es tun. Es gehört hierher. Ich war auch so einer. Meine Eltern, nicht eben wohlhabende Gewerbsleute in der Stadt L., fanden, daß ich Talent hätte, und ließen mich studieren. Eine leichte Auffassungskraft in Schulgegenständen und ein gutes Gedächtnis nennen die Leute Talent. Das war bei mir da, aber nicht mehr. Noch im achten Mittelschuljahr spürte ich in mir weder besondere Anlage noch Vorliebe zu einem bestimmten Berufe. Ein guter Bekannter riet mir: Nur Arzt! Der Arzt könne es am weitesten bringen, ein berühmter Arzt lasse sich den Gang mit einem Tausender bezahlen, und der Leibarzt eines hohen Herrn lache jeden Minister aus. – Das Ministerauslachen war etwas, aber der tägliche Tausender war noch mehr. Am allermeisten aber war die Aussicht auf den Umgang mit schönen Frauen, dessen sich die Ärzte rühmen können. Ich bin Arzt geworden. Um meine Ziele zu erreichen, nagte ich mich tüchtig in die Wissenschaft hinein. Die Praxis ging ziemlich armselig an, doch hatte ich Mut – und der Mut ist mein einziges wirkliches Talent. Ich studierte und behandelte die Kranken nach den neuesten Theorien, aber nur wenige taten mir den Gefallen, unter meiner Behandlung gesund zu werden; einige gingen zu anderen Ärzten, bevor sie genasen, etliche machten es kürzer und starben hin. Am wenigsten Glück hatte ich bei langwierigen Krankheiten, auf einem Felde, wo ich sah, daß andere sich Geld machten. Und ich ging doch stets mit Sorgfalt und Gewissenhaftigkeit vor und studierte mit Fleiß alle einschlägigen Werke. Die Kranken verloren die Geduld, wandten sich dann zumeist zu Winkelärzten in der Bauernschaft und wurden gesund. Ich hatte mir von den Albernheiten und Gewissenlosigkeiten solcher Afterdoktoren mancherlei erzählen lassen und war darüber empört, denn das ging gegen den Menschenverstand. Aber es starben den Kurpfuschern nicht mehr Patienten als den Ärzten, und das machte mich stutzen. Als gar eine Seuche kam, die in unserer Stadt mehr als ein Drittel der Kranken dahinraffte, während in der ländlichen Umgebung kaum jeder Fünfte starb, steigerte sich mein Befremden.«

»Ich finde es erklärlich«, war mein Einwand, »daß die durch körperliche Arbeit abgehärteten Naturen bei guter Luft, gutem Trinkwasser und bei der einfacheren und natürlicheren Lebensweise leichter standhalten konnten als die Städter.«

»Dein Einwand hört sich gut an, lieber Freund«, sagte der Doktor. »Doch ist zu bedenken, daß zu große und anhaltende körperliche Anstrengung nur scheinbar abhärtet, in der Wirklichkeit aber schwächt und für Krankheiten empfänglicher macht; dann, daß dem Kranken die gute, frische Luft gewöhnlich entzogen wird, so daß er in der ungelüfteten, dunstigen, oft übermäßig geheizten Stube unter schweren Decken fast verschmachten muß; das Trinkwasser, wenn es nicht etwa schon in der Erde durch faulende Stoffe verdorben war, wird dem Kranken gewärmt und mit allerhand zweifelhaften Zusätzen versehen; von einer Diät in Nahrung oder der übrigen Lebensweise keine Rede. Der Städter würde unter solchen Umständen zugrunde gehen.«

»Vielleicht wäre ein Anhaltspunkt zu finden«, sagte ich. »Die Heilkunde schlägt, besonders bei langwierigen Krankheiten, eine vollständige Änderung der Lebensweise vor, darum muß der siechende Städter in die gute Luft, zu gutem Wasser und guter, einfacher Nahrung. Will der Landmann seine Lebensweise ändern, so hat er das Gegenteil, nämlich schlechte Luft, schlechtes Wasser und ungewohnte Nahrung zu suchen. Nichts als Veränderung der Lebensweise.«

»Mir war damals gar nicht ums Scherzen, lieber Freund«, fuhr der Doktor fort. »Und als ich so unsere Wissenschaft für die Praxis als recht zweifelhaft sah, begann mich mein Beruf erst zu interessieren, und ich suchte nach dem Grunde, warum die gebildetsten und gewissenhaftesten Ärzte nicht ausgiebiger helfen und die Kurpfuscher auf dem Lande nicht mehr Schaden anrichten können. Ich begann Ausflüge in die Umgebung unserer Stadt zu machen, besuchte

Kranke, suchte mit Leuten in Berührung zu kommen, die im Geruche der Kurpfuscherei standen, habe jedoch nichts herausgebracht als hie und da die Spuren eines ungeheuerlichen Aberglaubens. Und siehe, mit der Sorge und Angst um mein Können wuchs die Liebe zu meinem Berufe; die Ideale vom täglichen Tausender und von ärztlicher Berühmtheit verschwanden allmählich, das wissenschaftliche Interesse an dem menschlichen Körper ging in ein wärmeres Streben für das menschliche Wohlbefinden über, und ich war entschlossen, in fremde, mir noch unenthüllte Geheimnisse der Arzneikunde einzudringen und besonders auch dem eigentlichen Wesen der sogenannten Bauernärzte auf die Spur zu kommen. Und als es mit meiner Praxis glücklich so weit gekommen war, daß ich Zeit hatte, für einen ganzen Sommer auf Ferien zu gehen, wählte ich mir eine entlegene Gegend, wo Menschen seit jeher ohne Arzt leben und sterben, um daselbst in meiner Sache Studien zu machen. Die blasse Stadtfarbe meines Gesichtes kam mir wohl zu statten, und so fuhr eines Tages auf einem Bauernwagen ein kranker Mann in Sankt Josef auf der Heide ein und nahm dort Wohnung mit der ausgesprochenen Absicht, in dieser Gegend einen guten Arzt zu suchen und von ihm gesund zu werden. Mir fielen alsbald die mancherlei sehr alten Leute auf, die da rüstig herumwalteten und denen man die achtzig oder neunzig Jahre nicht ansah, wenn nicht sonst bisweilen davon die Rede gewesen wäre. Alsogleich wurden mir mehrere Personen genannt, die Vorzügliches geleistet hätten und mich sicherlich gesund machen würden. Es war darunter ein alter Mann, der in Rinderkrankheiten Bescheid wußte, ein altes Weib, das allerlei Wurzeln und Kräuter sammelte und nebenbei im Rufe einer Wetterhexe stand, und der Dorfschmied von Sankt Josef. Letzterer schien der Gesuchteste zu sein; auf der Bank, die vor seinem Hause stand, saßen zu allen Tagesstunden irgendein paar Kranke oder Boten, die auf Medizin warteten, welche drin bereitet wurde. Der Schmied schaute mich das erstemal scharf an und fragte, ob ich der Kranke selber sei oder nur der Bote. Ich antwortete, daß ich tief brustkrank sein müsse, weil ich ganz und gar erschöpft, in fortwährender Atemnot und zu allen Arbeiten unfähig wäre. Er fragte mich nach meinem Vorleben und nach meinen bisherigen Gewohnheiten. Das war das erste, was mich überrascht hat; ich gestehe aufrichtig, ich habe an keinen meiner Patienten eine solche Frage jemals gestellt; ich begnügte mich stets mit dem augenblicklichen Befund der Krankheit und glaubte mit der nach demselben aufgestellten Erkennung die Hauptsache getan zu haben. Die Erkennung stellte mir nun allerdings auch der Schmied zu Sankt Josef. Sie haben den Zehrkäfer, sagte er, nachdem er mich in seiner Art untersucht hatte, der muß umgebracht werden, lieber Herr, aber es braucht Zeit und Weil dazu. Ist er hin, dann sind Sie frisch und gesund. Ich werde Ihnen ein Rochuspulver geben, da wollen wir den Kerl schon kaputt machen. Einstweilen hübsch munter sein und essen, was gut und teuer ist. – Das war doch der größte Unsinn, aber ich erinnerte mich an den Kranken, der sich eingebildet, eine lebende Stechbremse im Kopf zu haben, bis ihm der Arzt eines Tages eine Stechbremse im Fläschchen zeigte und sagte, daß es ihm gelungen sei, während der Kranke geschlafen, das gefährliche Tier zum Ohr herauszukriegen. Der Patient war zufrieden und hat nicht mehr über die Stechbremse geklagt.«

»Ob sich der Mann bei seinem Zehrkäfer etwas gedacht hat?« fragte ich.

»Da ging«, erzählte der Doktor, »in Sankt Josef ein etwa zwanzigjähriger Bursche umher, welk und abgezehrt, vor Erschöpfung auf den Steinen herumsitzend und ins Nichts hinausstierend, bis ihn plötzlich Husten und Atemnot weckte. Der Bursche hatte den Zehrkäfer. Nur recht essen, sagte der Schmied, solange der Käfer von außen Nahrung bekommt, zehrt er nicht an Fleisch und Blut. – Aber als der

Kranke nicht mehr essen konnte, als ihn das Fieber schüttelte und auf seine fleischlosen Wangen rote Flecken traten, sagte der Schmied: Jetzt ist der Zehrkäfer schon beim Herzen, jetzt weiß ich nichts mehr. – Der junge Mann ist wenige Tage danach an der Lungenschwindsucht gestorben.«

»So ist im Volke überall und immer wieder der Drang zum Gestalten vorhanden«, erinnerte ich. »Selbst die Krankheiten des menschlichen Körpers sind ihm gegenständliche Wesen, besondere Körper, die von außen kommen und wieder nach außen hin vertrieben werden können. Auf solche Voraussetzungen fordert das Volk denn auch besondere Mittel. Da genügt die Diät nicht, da müssen sichtbare und greifbare Medizinen sein, um die Seele des Kranken zu beschäftigen und zu stärken. Weiß doch auch ich von einer nervösen Gräfin zu erzählen, an der die Heilkunst der berühmtesten Ärzte gescheitert war, und die schließlich ein Winkeldoktor damit geheilt hat, daß er ihr verordnete, täglich während des Sonnenaufganges von einer Quelle zu trinken, die auf einem Berge war. So stieg die sonst gar bequeme Frau, an die Wunderkraft der Quelle glaubend, täglich früh aus dem Bette, machte in der Morgenfrische den weiten Spaziergang auf den Berg und fühlte sich nach einigen Wochen gesund.«

»Ein solcher Patron und Wunderdoktor ist auch mein Schmied von Sankt Josef«, fuhr der Doktor fort. »Ich bin mit seiner Heilmethode allmählich bekannt geworden, ohne daß ich ihn habe in die Karten blicken lassen. Ich habe viel Narrheit und Tollheit kennengelernt, um schließlich zu finden, daß manches Körnlein Weisheit dahintersteckt.«

»Wie das im Volkstum überhaupt so ist«, sagte ich, »Dinge, die sich jahrhundertelang vererben und von Geschlecht zu Geschlecht gepflegt werden, können nicht ganz nichtig sein; etwas Brauchbares ist dran, und wenn es schon nicht für alle Welt paßt, für einen Teil des Volkes hat's irgend welchen Wert.«

»So bin ich auch zur Einsicht gekommen«, entgegnete er, »daß das sogenannte Abbeten von Krankheiten und ähnlicher Hokuspokus für manchen Kranken von wesentlicher Heilkraft ist. So gut wie für andere mancher Gesundbrunnen in Kurorten oder wie die Homöopathie oder – doch wozu die Aufzählung der zahllosen eingebildeten Heilmittel, zu denen oftmals auch unsere gewöhnlichen Medizinen gerechnet werden können, die aber heilsam sind bei Krankheiten, auf welche man durch die Einbildung und durch das Gemüt wirken kann. In unserem Zeitalter mit seinen vielen nervösen Krankheiten darf man bestimmter als je aussprechen, daß nicht bloß die Medizin, sondern auch der Glaube an dieselbe gesund machen kann. Was ich an meinem Schmied tatsächlich hoch anschlagen muß, das ist ein einziger Punkt. Es fiel mir auf, daß der Mann, der doch sonst seine Art von Geselligkeit liebte, mehrere Abende nacheinander nicht im Wirtshause erschien. Als ich ihn später nach der Ursache befragte, gab er zur Antwort: Wenn man »hitzige Kranke« hat, geht man nicht unter die Leut'. Er behandelte damals ein paar Typhuskranke und fürchtete sich vor der Verschleppung. Ich habe mir daran für die Zukunft ein Beispiel genommen. Ein weiterer Vorteil der Heilmethode meines Schmiedes ist das wenigstens scheinbar teilnahmsvolle Eingehen in die Zustände des Patienten und die Wahl der Heilmittel in Berücksichtigung der Person und des Gemütslebens des Kranken. Je mehr der Arzt fragt und sich um das Befinden erkundigt, je mehr Vertrauen bringt ihm der Kranke entgegen; je mehr er sinnfällige Mittel verordnet, je lebhafter und also wirksamer wird dem Kranken die Zuversicht, daß die Krankheit vertrieben werde.«

»Es wäre gegen die harmlosen Mittel ja nichts einzuwenden, wenn sich der Bauernarzt für seine List nicht mit schwerem Gelde bezahlen ließe«, bemerkte ich.

»Das ist es«, versetzte der Doktor. »Die Scharlatanerie,

das Kurieren des Geldes willen ist beim Landmanne noch abstoßender als beim Stadtarzt, der das Zeug mit Mühe erlernen mußte und von seiner Kunst denn einmal leben soll. – Nun, und daß ich zum Schlusse komme. Als mein Schmied gesehen hat, wie ich bei ihm körperlich gedieh – denn ich ließ mir, soweit das in Sankt Josef geht, gut geschehen – glaubte er, daß durch sein Rochuspulver der Zehrkäfer umgebracht worden wäre und begehrte ein ganz erkleckliches Honorar. Als ich ihn fragte, was er sich eigentlich bezahlen ließe, seine Wissenschaft oder das Pulver, antwortete er nicht ohne Entrüstung, daß man erst wissen müsse, was das Rochuspulver für Geld koste! Gut, sagte ich, das Rochuspulver ist noch unversehrt hier, ich habe kein Stäubchen davon zu mir genommen. Der Schmied hat mich angestarrt, hat das Pulver an sich gerissen und hat ganz unverfroren erklärt, daß ich ein Narr wäre. Und mein gutes Aussehen sei falsch, der Zehrkäfer habe sich nur zurückgezogen ins Innere, um seine Eier auszubrüten; bis nur erst die ganze Sippschaft hervorbräche, würde ich alle Heiligen anrufen. Ich habe dem Manne ins Gesicht gelacht und erklärt, das könne er seinen Bauern sagen, ich verstünde unter dem Zehrkäfer einen Kurpfuscher, der mit Kindermärchen und mit gestoßenen Krebsaugen, die sein Rochuspulver wären, die Leute ums Geld bringe.«

»Also, der Geprellte war der Schmied?«

»Und ich war um eine Erfahrung reicher.«

So erzählte mein Doktor und führte dann noch weiter aus, wie er trotz der haarsträubenden Irrtümer und der lächerlichen Torheiten, die er angetroffen, doch mancherlei gelernt habe und zum Nachdenken angeregt worden sei. Wie er jetzt seine Praxis etwas anders einrichte, vor allem sich mehr mit dem empfindsamen Seelenleben des Patienten befasse, und wie er nun in der Tat merke, daß ihm die Leute Vertrauen schenkten, daß ihm häufiger Kuren gelängen als früher und daß in ihm eine große und wahre Liebe zu seinem Beruf erwachse. Er freue sich der medizinischen Wissenschaft und ihrer Fortschritte, er suche von ihr so viel als möglich zu lernen, aber er wisse auch, daß man auf neue Theorien nicht allzu hochmütig bauen dürfe und daß diese Wissenschaft, das Alte so gerne mißachtend, doch oftmals auf weiten Umwegen zum Alten zurückgreifen müsse.

Ob er denn wirklich in Sankt Josef solchergestalt umgestimmt worden wäre? fragte ich, indem es Zeit wurde zum Aufbruch.

»Ich habe ein neues Stück Volkstum kennengelernt«, antwortete der Doktor. »Und ich habe meinen Beruf von einem neuen Standpunkte aus angesehen. Das fördert immer.«

Mit dem rechten Fuß

Rochus Himmelkaiser! Wenn unsereiner diesen Namen hätte! Der dumme Junge wußte damit nichts anzufangen. Kaiser wird er nie, und der Himmel ist zweifelhaft. Ist sehr zweifelhaft! sagt die alte Base, bei der er wohnt, seit seine Eltern verstorben sind. Unter dem Vorwande, daß er seine einzige mühselige Blutsverwandte ernährt, zehrt er mit an den letzten Resten ihrer Habe, und wenn sie miteinander verhungern, bevor der Himmel verdient ist, dann weiß ich nicht, was werden wird.

Heute geht der Rochus die Straße entlang. Im schönsten Mehl watet er bis über die Knöchel, die Sträucher zur Rechten und zur Linken sind wie überzuckert, und die kleinen Kürbisse auf den angrenzenden Feldern sind ganz grau vor Staub.

Wenn das Knödeln wären! denkt sich der Bursche. Nun, es wird ja bald etwas geben; er geht in das Walzwerk, um Arbeit zu suchen. Wenn er nur wüßte, der Rochus, mit welchem Fuße er an diesem Morgen zuerst aus dem Bette gestiegen ist. Als er vor einigen Tagen wegen Arbeit im Steinbruch anfragte, war es nichts, er war damals mit dem linken Fuß aufgestanden. Heute das Geschrei der alten Base: »Achti ist's, du Faulpelz, und die Welt brennt über und über!« Vor Schreck über die Feuersbrunst war er rasch aus dem Stroh gesprungen, im hellen Sonnenlicht war er der Gefoppte, aber niederlegen mochte er sich nicht mehr, und wissen tat er nun auch nichts, als er auf der Straße so dahintrudelte.

Vor seiner sah der Bursche schon die Weile einen schwarzen Menschen dahergehen; es war, als schreite er mit kurzen Beinen in der freien Luft dahin, weil die staubigen Stiefel von der Straßenfarbe sich nicht abhuben. Da hatte es der Rochus besser, sein zerschlissenes Leinwandkleid konnte nicht mehr grauer werden, als es schon war, hingegen hoffte er, daß es am Abend auf dem Rückwege schwarz sein werde vom Kohlenstaub im Eisenwerke.

Nun lag auf einmal etwas Rotes vor seinen Füßen. Ein Gebetbuch? Er kann nicht lesen. Eine Brieftasche? »Meiner Seel' und Gott wahr, eine Brieftasche!« Ja, darin könnt' er freilich lesen.

Der schwarze Mensch vorne ging sachte fürbaß und schaute nicht um. Soll der Rochus rufen und fragen, ob jener etwas verloren? Vorher will er doch lieber sehen, was er gefunden. Hinter einen Erlenstrauch huscht der Bursche und prüft den Inhalt der Brieftasche. »Herr Jesses Christi! Geld! Viel Geld! Also doch mit dem rechten Fuß aus dem Bette? Ein Hunderter und sechs Guldenscheine! Das gehört jetzt ihm? Da braucht er ja gar nicht ins Eisenwerk, da können sie jetzt davon so lange leben, bis sie sterben!« So fährt's dem Burschen durch den Kopf, und ein Jauchzen will aus seiner Brust. Er hält sich den Mund zu, man darf's ja nicht hören, nicht wissen, was er gefunden hat. Wenn man's nicht hören, nicht wissen darf, dann ist's am Ende eine Sünde! Wenn's eine Sünde wäre, gefundenes Gut gleich so lautlos zu sich zu stecken! Seine Eltern sind ohnehin nicht in dem allerbesten Rufe gestanden wegen der paar Kohlköpfe, die der Vater einmal gefunden hat auf dem Felde des Nachbars. Jetzt will er's aber just zeigen, der Rochus, daß sie sich geirrt haben, wenn sie den Vater schlecht machen wollten. Es ist ja gerade, als ob man sich mit so einer roten Brieftasche den ehrlichen Ruf zurückkaufen könnte! Und vielleicht kriegt man noch einen Gulden als Finderlohn.

Er lauft die Straße entlang, dem schwarzen Menschen nach: »He! Aushalten! Hat Er nichts verloren?«

Der Mann vorne dreht sich um, tastet an seinen Säcken, reckt sein mageres und völlig essigsaures Gesicht vor und schreit mit breiter Stimme: »Du verschwamelt, die Brieftasche! Hast mir die Brieftasche gefuchst?«

»Gefuchst hab ich sie nicht«, sagt der Bursche ihm zueilend. »Gefunden hab ich sie auf der Straßen.«

»Aber brav bist, Junge!« ruft der Mann. »Wart, ich will dir ein Zwanzigerl schenken. Ehrlichkeit muß man belohnen. Halt!« Er tut die Ledertasche auseinander und prüft den Inhalt. »Das stimmt nicht!« kreischt er auf.

»Gehört's nicht Sein?« fragt der Rochus.

»Mein gehört sie freilich, aber Geld fehlt! Es ist nur ein Hunderter da!«

»Und sechs Guldenzetteln!« versichert der Bursche.

»Der Tausender fehlt! Noch ein Tausender ist drin gewesen! Jetzt auf der Stell' sag's, Lump, wo ist der Tausender?«

»Tausender hab' ich keinen gesehen«, beteuert der Rochus. »Was drin gewesen, das ist noch drin, und genommen hab' ich nichts, meiner Seel' und Gott wahr!«

Der andere hatte ihn mit knochiger Faust schon am Kragen gefaßt und anstatt ins Walzwerk, ging's jetzt ins Dorf hinein zum Gemeindeamt. Der Bursche wird ausgesucht, sogar in den Mund greift ihm der Vorstand mit ruppigen Fingern. Da hätte der arme Rochus freilich am liebsten zusammengebissen, doch größer als sein Zorn ist sein Leid darüber, was ihm da widerfährt. So schrecklich mit dem linken Fuß aus dem Bett zu steigen! Wenn der Tausender in der Brieftasche war! »Ja freilich, und bei allen Heiligen war er drin! Kann ihn niemand haben als dieser Falott, der die Brieftasche von der Straße aufgehoben und geöffnet hat. Weiß recht gut, wie viel einzelne Gulden drin sind, und soll vom Großen nichts wissen? Man kennt diese Leute!« So der Schwarze.

»War er aber auch sicherlich drin gewesen, der Große?« fragt ein Gemeindebeamter streng.

Der Eigentümer der Brieftasche hebt die rechte Hand und macht die zwei Finger zu einer Gabel: »Ein Jurament leg' ich darauf ab! Ein heiliges Jurament! Erst gestern ist er aus Niederösterreich gekommen für einen Trieb Jungvieh, den ich vorige Woche hinausgeschickt hab'. Fragt mein Weib! Die hat's auch gesehen, wie ich den Tausender in die Brieftasche gesteckt hab', und daß ich heute damit auf den Handel ausgehe. Ein Jurament, meine Herren!« Und hoch gegen Himmel reckte er die Gabel.

Nun konnte freilich kein Zweifel mehr sein: Der Rochus hatte den Tausender. Aber *wo* er ihn hatte, das war der Zweifel. Der Bursche wühlte mit den Fingern hastig in seinem fuchsbraunen Haar, sagte aber kein Wort mehr. Denn so viel hatte er bereits geleugnet, um zu wissen, daß es nichts half.

Gleich war nach den Gendarmen geschickt worden ins Kreisgericht, aber bevor sie erschienen, mußte der Dieb unter guten Verschluß kommen. Der Gemeindekotter war besetzt, stand des Gemeindedieners Ziege drinnen und der Futterbarren. Was machen? Den Galgenstrick hinein zum Tiere und von außen scharf abgeschlossen. Aber als das Weib des Dieners herbeikam und hörte, welch einen Genossen sie der lieben, braven Ziege gegeben hatten, hub sie an zu jammern über das unschuldige Tier, das im Umgange mit Spitzbuben im Arrest leicht verdorben werden könne, wie man solcherlei oft genug beklagen höre bei dem dummen Zusammensperren. Sie beschwor ihren Mann, den Unband aus dem Gelasse zu nehmen. Als aber der Diener mit rasselndem Schlüssel das Türchen öffnen wollte, ging es nicht auf. Der Rochus hatte es inwendig durch das Kettl festgehängt, und wie sie jetzt auch fluchen und zetern mochten draußen, er lag unter der Ziege, hielt ihre Hinterbeine fest und sog ihr mit Bedacht und Behagen die Milch aus dem Euter, bis es leer war.

»Ah, das hat geschmeckt, das ist gut gewesen. Doch mit dem rechten Fuß aus dem Bette!« Tätschelnd und streichelnd bedankte er sich bei der vierfüßigen Wohltäterin, dann hakte er das Kettl los und ließ die Wut der Eindringenden über sich ergehen. Der Vorstand wußte oft nicht, wo ihm der Kopf stand, andere wußten es auch nicht, und so war dieser Bestandteil manchmal gar nicht zu finden. Nun sollte der Dieb für die paar Stunden in den festen Gemeinde-»Feldkasten« gesperrt werden; fiel es aber dem Vorsteher noch zu rechter Zeit ein, daß dort Rauchfleisch und Speck aufbewahrt werde; für einen Arrestanten keine zweckmäßige Ausstattung. Der Rochus wurde also kurzerhand in des Gemeindevorstands Flachskammer getan. »Flachshaar und Hanf fressen, so viel er will! Wird ja sobald andere Bekanntschaft machen müssen mit dem Zeug!« – Es war der linke Fuß, dachte der Bursche, als er über die Schwelle hineintaumelte und die Tür hinter ihm zuschlug.

Mit großer Genugtuung ging der Vorstand dann hinaus in den Kohlgarten, wo sein Weib mit einer Gießkanne die Pflanzen spritzte, half ihr bei dieser Arbeit und erzählte von dem Diebe, diesem Rochus Himmelkaiser, der dem Viehhändler Kilian einen Tausender aus der Brieftasche gestohlen habe, und wie der Lump nun in der Flachskammer aufgehoben sei, bis die Gendarmen kämen.

»Was sagst«, rief das Weib aus, »wo sagst? In der Flachskammer? Den Haderlumpen? Nit gescheit bist, Mann!« Dabei rieselten aus ihrer Kanne hundert Wasserfädlein auf seine Beine, und sie merkte es gar nicht. Der Vorstand merkte es auch nicht, sondern fragte beklommen: »Weswegen soll ich denn nit gescheit sein?«

»Auf allen vier Füßen lauf und tu den Burschen aus der Flachskammer! Weißt es denn nit? Das Weiddirndel ist drinnen und tut Reisten auskampeln!«

»Was? Die Agerl ist in der Kammer? Und ich hätt' sie zusammengesperrt? O du höllische Ramsau!« Da lief er auch schon dem Gehöfte zu. »Was dieser Lump für ein Glück hätt', heut'!«

Mittlerweile hatte der Rochus schon Bekanntschaft angebahnt mit dem Weiddirndlein, das Flachssträhne durch eine Hechel zog, um die Agen abzustreifen. Beiläufig kannten sich die beiden schon vom Kirchwege her. So sagte der Bursche nun trotzig: »Hast denn du keine Angst vor mir, Agerl? Bin ja ein schauderhafter Diebskerl! Hab' ja dem Viehtreiber Kilian einen Tausender weggeraubt!«

»Du einen Tausender?« lachte das Dirndl auf. »Geh, plausch nit!«

»Ja, ja! Wenn ich's sag!«

»Dir glaub ich nichts. Du bist ein schlechter Falott, dir glaub ich nichts, daß du es nur weißt.«

Inbrünstig wie vor einem Altare, so kniete jetzt der Bursche nieder vor dem Dirndl, auf beiden Scheiben kniete er, klammerte die Finger ineinander und sagte: »Dank dir's Gott, Agerl, daß du mir's nit glaubst. Sie sagen es nur so, aber wahr ist's nit. Gefunden habe ich die Brieftasche, dem Viehtreiber seine, sind hundert Gulden drinnen gewesen und noch sechs dazu. Eingefallen ist's mir wohl: behalten kunntst es. Unsere liebe Frau hat mich behütet, nachgelaufen bin ich ihm und das Geld zurück. Und jetzt soll ein Tausender fehlen. Ich hab' ihn nit, Dirn, ich nit, und das mußt mir glauben, du mußt! Du mußt! Sonst!«

»Nau!«

Das Gesicht verdeckte er sich mit beiden Händen: »Auweh! Zum Glauben kann man ja niemanden zwingen. Auweh, auweh! – Wär' ich schlecht gewesen, ging's mir jetzt besser. Weil ich ehrlich bin gewesen, bin ich ein Dieb. So weit kommt man mit dem Bravsein! Aber das sag' ich dir, Agerl, wenn sie mich eintreiben, so geschieht was.«

»Mensch!« redete nun das Dirndl, dieweilen sie den Flachssträhn ausschlenkerte, »wenn du's so meinst, wie ich's verstanden hab', so bist blunzendodeldumm! Wenn sie dich schlecht gemacht haben, so mußt du dich selber wieder gut machen, da ist keine Zeit für so was, da heißt's ihnen den Lumpen vor die Füß' werfen.«

»Glaubst, das hilft was?« begehrte er auf. »Bei solchen Leuten findet unsereins sein Recht nimmer.«

»Geh, red nit und sei still!«

Der Viehhändler Kilian war mittlerweile ins andere Dorf hinübergegangen, wo sein Haus steht. Sein Weib fegte mit dem Besen gerade eine Staubwolke zur Tür heraus, als er daherkam mit seinen langen, heute seltsam gelenkigen Beinen.

»Es ist ein Unglück!« rief er, da hatte er einen Mundvoll Staub; »es ist ein Unglück!« rief er noch einmal, da hatte er zwei Mundvoll. »Ein Tau–«, pustete er. »Ein Tausender ist mir gestohlen worden!«

Sie ballte die Fäuste, in deren einer der Besen stak: »Du – hu!« Unbeschreiblich viel Drohung lag in diesem langgezogenen du.

»Der Lump hat ihn, der Häusel Rochus hat ihn!« röchelte der Mann.

»Gott sei Lob und Ehr'!« rief sie aus.

Er starrte sie an und konnte dieses *Te Deum laudamus* nicht begreifen.

»Wenn man's weiß, wer ihn hat, dann ist's ja gut!« sagte sie.

»Wissen freilich! Aber hergeben tut er ihn nicht!«

»So!« antwortete sie spottend. »*Das* ist ein Schlimmer!«

»Leugnen tut er's!«

»Narr, nachher weißt ja gar nicht, ob er ihn hat!«

»Auf der Straßen. Nach einer Weil' lauft mir der Rochus nach: Meine Brieftasche hätte ich verloren. Und wie ich nachschau, sind nur hundert und sechs Gulden drin, und der Tausender ist weg!«

»Was für ein Tausender?« fragt sie jetzt erst.

»Nau, der drinnen war. Den mir gestern der Österreicher geschickt hat.«

»Du Locherl!« schreit sie. »Den hab' ja *ich* herausgenommen. Weißt ja so, daß ich dem Hautzenhuber das Paar Ochsen zahlen muß, wenn er heut' ums Geld kommt und du bist nit daheim!«

Jetzt hätte man den langen Viehhändler photographieren können. Es war natürlich eine Erstarrung vor Freude. Dann hub er an, das Glück zu preisen und das kluge Weib, das die Banknote herausgenommen. Wäre der Tausender in der Brieftasche gewesen, so hätte ihn der Rochus sicher entwendet.

»Wo ist er denn, der Rochus?« fragte sie.

»Der?« sagte der Kilian. »Wo wird er denn sein? Der Gendarm hat ihn fortgetrieben. Um den ist kein Schad'.«

»Ja du, Mann, warum denn der Gendarm, wenn er nichts gestohlen hat?«

»Geh, dem geht's eh besser in der Keuchen wie heraußen, wo er umeinanderfaulenzt, und man weiß nit, was er anstellt.«

»Jetzt gehst aber gleich und sagst es, daß sie ihn heraustun, und das Geld wäre schon fürgekommen!«

»Ich? Ich soll das sagen?« begehrte er auf. »Wo ich vorher ein Jurament hab' abgelegt, daß der Tausender in der Brieftasche ist gewesen! Daß sie *mich* einsperren könnten statt seiner!«

»Weil du ein Dummian bist und einer bleibst!« rief sie aus. »Als ob sich der Papierfetzen nit hinter dem Brieftaschenfutter kunnt verschloffen haben! Reiß es auf, das Futter, da drin hat er sich versteckt! Kein Mensch beweist dir's anders, und kann dir nichts geschehen.«

Da sah es wieder einmal einer, was der Mensch an seiner Frau hat!

Am nächsten Tage, vielleicht auch erst am übernächsten, ist der Rochus Himmelkaiser wieder ausgelassen worden. Es kam nun für ihn eine angenehme Überraschung, für den Viehhändler aber eine unangenehme. Dieser Viehhändler war sehr erschrocken, als er hörte, daß gesetzlich zehn Prozent Finderlohn vorgeschrieben sind. Gott, das macht ja fast soviel als ein ganzes Kalb! Der Richter belehrte ihn eines anderen. Es machte einen ganzen Ochsen! Denn nicht nur für die hundertsechs Gulden war zu zahlen, sondern auch für den Tausender. Hatte der Kilian doch geschworen, daß er drinnen gewesen! Und jetzt mußte er Finderlohn geben für etwas, das er gar nicht verloren hatte. Das war furchtbar hart, und neuerdings bereute er es, die Schuld des Burschen widerrufen zu haben.

Einhundertzehn Gulden hielt der Rochus in der Hand und noch sechzig Kreuzer. Und das war sein Eigentum. Nun stand es fest. Er war damals mit dem *rechten* Fuß aus dem Bette gestiegen.

Am nächsten Tage natürlich wollte er heiraten. Die Agerl. Aber diese verlangte *zwei* rechte Füße, ja eigentlich einen ganzen rechten Kerl drauf, der sein Heiratsgut nicht erst finden muß, sondern erwerben kann. Mag sein, daß es glückt; der Rochus arbeitet jetzt im Walzwerke.

Lieferbare Werke Peter Roseggers

Die Älpler, 270 Seiten, Ln.
Als ich noch der Waldbauernbub war, 256 Seiten, Ln.
Das ewige Licht, 300 Seiten, Ln.
Die Försterbuben, 208 Seiten, Ln.
Die Schriften des Waldschulmeisters, 294 Seiten, Ln.
Erdsegen, 256 Seiten, Ln.
Heidepeters Gabriel, 234 Seiten, Ln.
Jakob der Letzte, 226 Seiten, Ln.
Mein Weltleben, 248 Seiten, Ln.
Volksleben in Steiermark – Das Haus, 189 Seiten, Ln.
Volksleben in Steiermark – Das Jahr, 266 Seiten, Ln.
Waldheimat, 508 Seiten, Ln.
Wanderungen in der Waldheimat, 240 Seiten, Ln.
Das Buch von den Kleinen, 240 Seiten, Ln.
Das große Peter Rosegger Hausbuch mit vielen Geschichten, Erzählungen, Gedichten, Fotos und Illustrationen, 448 Seiten, Ln.
Als ich zum Pfluge kam, 254 Seiten, Ln.
Mein Himmelreich, 144 Seiten, Ln.
Abelsberger Chronik, 240 Seiten, Ln.
Novellen I, 240 Seiten, Ln.

Weitere Neuauflagen sind in Vorbereitung

L. STAACKMANN VERLAG KG · MÜNCHEN